我的一生有噩梦、有美梦
梨香是我的一场美梦

女人梨香

万方◎著

中国工人出版社

图书在版编目（CIP）数据

女人梨香 / 万方著. —北京：中国工人出版社，2014.10
ISBN 978-7-5008-5942-0

Ⅰ. ①女… Ⅱ. ①万… Ⅲ. ①中篇小说—小说集—中国—当代
Ⅳ. ①I247.5

中国版本图书馆CIP数据核字（2014）第240867号

女人梨香

出 版 人	李庆堂
责任编辑	董 虹
责任校对	董春娜
责任印制	栾征宇
出版发行	中国工人出版社
地 址	北京市东城区鼓楼外大街45号 邮编：100120
网 址	http://www.wp-china.com
电 话	（010）62350006（总编室） （010）62005039（营销出版部） （010）82075934（社科文艺分社）
发行热线	（010）62005049 （010）62005042（传真）
经 销	各地书店
印 刷	三河市万龙印装有限公司
开 本	850毫米×1168毫米 1/32
印 张	8.25
字 数	170千字
版 次	2015年1月第1版 2015年1月第1次印刷
定 价	38.00元

本书如有破损、缺页、装订错误，请与本社营销出版部联系更换

目 录

女人梨香

范阿姨，范梨香，一生中有一个词从来没有从嘴里说出过：爱情。

一

四月，马路上刮着强劲的春风，范阿姨提着满满的菜篮子往家走，风一股往东一股往南，没头没脑，挟带着细小的沙砾，刮得她睁不开眼。她走得很慢，头发全乱了。街边小花园，一个男人坐在长椅上看报纸，瘦削，头发灰白，身穿米色风衣。报纸像挣扎的大鸟，哗啦啦扇动翅膀，要飞走。结果“忽”地真飞了，就是说，报纸被一股强风猛然掠去，扑向范阿姨，突如其来地兜住她的脑袋。

范阿姨一阵慌乱，用手乱抓。男人远远看到觉得好笑，随即就笑不出了，胸口微微抽紧，天哪，那不就是她吗，他要等的人。

“梨香，梨香吗……”他喊着走上前，“你家主人说你买菜去了，我出来在这里等，你好不好？”

范阿姨一手提着菜篮另一只手抓着报纸，意外地相逢让她困惑不解，慢慢缓过神，眼睛惊愕发亮："是你，陆先生……"

"是，是我呀，我来看你。"陆伯南不由向矮小的范阿姨俯下身，回答。

"你怎么找到这里的？"范阿姨真想知道。陆先生笑了，"很简单，想找，就能找到。"范阿姨也笑了，"你本事真大。"

那天他们站在春风里，头发被吹得乱蓬蓬。行人熙攘，嫩芽从伸向天空的树枝上悄悄冒出来，地球转动着，与每天没有一丝不同。

二

水，使这块土地晶莹闪烁。湖泊在阳光下闪耀着大片的白光，数不清的一线线一圈圈的闪光散落乡野，是小河或水塘，更加细碎的闪光是稻田，遍布大地，水牛沉重而缓慢地在田间跋涉，扭动的脊背亮光闪闪。

范家世代居住在西塘镇，十多亩水田，五间房子，雇着两个长工。三个姐妹之后终于有了弟弟，一个月五斗米为儿子雇了奶娘。奶娘的紫色奶头大如梅子，范梨香看着弟弟的小嘴吃力吸吮，在心里暗暗为弟弟使劲。

大姐六岁死于天花。梨香和二姐在水塘边玩耍，掉进水中，一个被救起，一个淹死。梨香是幸存者。长到八岁，一天家里来了几个客人，挑来八担花生，又叫长生果，放在堂屋，再掏出一摞白花花大洋摆到桌上。娘在灶堂间煮水扑蛋，笑着端上来。小姑娘凑热闹站在门口张望，来人对她指指点点，羞得她脸红逃跑。第二天爹吩咐长工把客人挑来的长生果又挑回去两担，算作回礼，就此定下小姑娘的终身。

当年曹丝娘生下女儿是在三月末，桃花刚谢，梨花正开，当过教书先生的祖父给孙女起名梨香，很美的名字。祖父个子高大，身穿长衫，人人见面都称他先生。在学堂教书时手握戒尺，爱听戒尺嗖嗖挥舞的声音。后来教孙女认字，范梨香的小手时常肿得像粽子，越是害怕越记不住。

两个女儿的丧生让曹丝娘流了太多眼泪，导致眼睛终日酸涩，并常遭头疼折磨。终于给范家生出儿子让她感觉大功告成，卸下重担后的身子总是懒洋洋，日趋丰腴。父亲范炳三开着猪行，农人养猪的饲料、稻谷由他供给，猪长大了却不卖给他，而是卖给出价更高的人，整日忙着四处要账。女儿渐渐接下妈妈的担子操持家务，屋里屋外收拾打扫，洗衣做饭，再给长工做三顿饭。最怕的是洗衣服，水下沉溺的经历让范梨香对水恐惧，硬着头皮往河塘走，边走边掉眼泪。

过节时村上来了戏班子，热热闹闹搭起戏台。姑娘们躲在屋里忙着照镜子，涂脂抹粉。曹丝娘守着梳妆匣不许女儿碰，一晚上四出戏只允许女儿看一出就回家，道理是定了亲的姑娘少抛头露面。早有风言风语刮进耳朵，范家的梨香不用打扮，十足的美人胚子，抹了灶灰也好看。戏班的人见到她也不由逗趣：这小姑娘真是漂亮，跟我们走，做戏去吧。此类流言令曹丝娘不安、不悦，她以千年不变的眼光看世界，衡量好女人坏女人，一辈子只担心一件事，女人的名节。信念之坚定可用磐石比喻。

上坞的谭家有田上百亩，楼房一座，门前立着的石狮子经岁月浸润乌溜溜发亮。独子阿宝六岁时大病一场，病愈后眼睛看东西模糊，逐渐灰蒙一片，直至黑暗彻底降临，再也看不见这个世界。谭家挑来长生果，送来大洋，与范家结亲，这让范炳三满心得意，然而对未来新郎的视力问题他并不知情，等知道了一切已定，想想无可奈何，作罢。

八岁的梨香懵懂无知，觉得定亲和过年差不多，是件遥远而令人期待的事。一天天长大，开始照镜子，喜爱对镜梳妆，不由被镜子里的人吸引，总想多看几眼，镜中人下颏尖尖，一双眼睛弯弯如月牙，浓密黑发三拧两拧结成粗粗的大辫子，甩到身后，刘海齐齐遮住眉毛。

“梨香，梨香，”有谁轻声唤她，“你真好看，让人怎么也看不够。”身后模模糊糊显出一人影，想看清楚却不可能。“你脸红什么，别不好意思，是我。”

“你、你是谁？”

“你不认识我，我是你丈夫，你是我的女人。”

“妈呀，羞死人了。”镜子“啪”地扣到桌上。

“好好，我不说，再不说了，我会等着你。”

镜子悄悄翻转过来，窗外的蓝天一闪而过，鸟儿在墙头啁啾。

纸包不住火。快过年时范炳三让女儿到镇上的肉铺要账，伙计孙麻子站在案板前给猪只剔骨，利刀沿隐秘缝隙划开，再割下整条粉嫩里脊，摔到案板上。见范梨香进门，嘻嘻笑道，“哎哟，今天是什么好日子，仙女下凡啦！”

老板去了茅厕，梨香等他回来。

孙麻子拿起手边烟袋点上，深吸两口，话语随烟雾从口中冒出，“老天爷真是不公道，明明长着一副天仙模样，偏要给一个看不见的人，要我说不如给他个歪嘴斜眼的丑八怪，还不是一样。”

好久以来范梨香只觉得头上蒙着一块黑布，懵里懵懂。那些旁敲侧击，闪烁其词，隐藏着秘密，而又津津乐道，让她饱受疑心之苦。

“孙麻子，你说谁看不见，你说清楚。”

“谁？你问我是谁？我怎么知道是谁，哈哈哈哈……”开心大笑。

范梨香胸口一阵憋闷，眼前泛起层层波光。姑娘的眼泪触动了男人的心，孙麻子止住笑，长叹一声，“唉，我是劝过你爹的，不该呀，好好的姑娘给瞎子做老婆，真作孽！”

瞎子?! 天爷啊，原来是这样，怎么会这样！

梨香抽噎着往家跑，回家后扑到桌子上大哭。曹丝娘被惊动，问女儿怎么了，受了欺负还是别的，得不到回答满心恼火，欲发作，转念之间猜中了缘由。

“哭什么嘛，我讲给你听，嫁汉嫁汉穿衣吃饭，你男人家有钱，又是独子，你嫁过去不会吃亏的。”

“我，我……”鼻涕眼泪齐下堵住喉咙，拼命吞咽才免于窒息，

"我不要嫁给瞎子!"囫囵喊出一句，转而扑到床上悲痛号啕。

看女儿浑身哆嗦不止，曹丝娘又急又气，跺脚，"说什么不要，你是谭家的人，不要只有去死。"

晚饭是曹丝娘做的，女儿在床上用被子蒙住头不起身，饭也不吃。早料到会有这天，随她哭吧，又哭不死人。

范梨香不再照镜子，头也懒得梳，胸口上时刻压着块大石头，感觉憋闷，要用大力量吸几口气才好一点儿。去河塘边洗衣服，荡漾的水波令人眩晕，想象自己一头栽入水中的景象，不由神往。

"梨香，梨香……"那声音又在叫她，她泪眼蒙眬，"不要信他们，他们骗人，你那么好看，我要好好地看你，怎么会看不见。"

夜晚躺在黑暗里，心底有一个声音喃喃不休，和菩萨说话，求菩萨保佑，保佑自己是被骗了，将来的那个人有一双明亮的眼睛。爹娘是亲生的爹娘，总是疼她的，总不会害她。

暗夜，梨花的白影子一团团静止不动。

闲言碎语像风在街面上刮来刮去。看范家女儿眼睛哭得红肿，未卜的命运实在吊人胃口。肉铺，孙麻子蹙眉摇头，嘴巴咂得吱吱响："好好的姑娘，这一世可苦喽，天下哪有这样的爹哟。"酒馆里，杂货铺老板和范炳三同桌喝酒，细声细气嗔怪："你呀，少见这么糊涂的人，闺女又不是断手断脚，干吗非给个瞎子做老婆，你就忍心?"

范炳三垂头丧气，“又能有什么办法嘛。”

“退，退了吧。”

不断的劝说让范炳三心里沉甸甸的，回到家一副愁眉苦脸的样子，曹丝娘明察秋毫，质问他在盘算什么，久久沉吟后终于开口：“不然，就把婚退了吧。”

霎时，女人眉头拧起，强压住火气，“我问你哪来的钱，要退得退百十块，够他们弄个媳妇才成。你拿得出？”

“不行就卖几亩田。”范炳三咬咬牙。

女人声音陡然提高八度：“昏了头呀你！退了婚就成破烂脏货，谁还要她！”

“我是想……”

“不要再说，想什么都没有用，晚啦。”

丈夫虽不再吭气，但说过的话却像在曹丝娘心上扎了一根刺，不知怎样才能彻底拔除，想想干脆去禀告公公。范老先生面如铁板，背手踱步，走着走着抬脚踢翻近旁的板凳，吓得曹丝娘一哆嗦。

“爹……”

“闭嘴，出去。”

曹丝娘退了出去，心中忐忑。

午后，范炳三办完事回到家，女儿赶紧给爹爹打水洗脸。

“炳三，炳三！”屋内传来祖父直通通的呼喊。范炳三丢下毛巾，一边应着一边走进爹的屋里。梨香把毛巾搓了晾起来，把盆里的水倒掉，忽听身后有奇异响动，扭头看见爹爹从屋内踉跄冲出，几乎跌倒，爷爷挥舞着扁担，一下砸中门框，又一下砸中地面，范炳三左突右闪，蹿出院门不见踪影，爷爷紧追不舍，也随之消失。

那日多少人在街上看到热闹的一幕，儿子在前方奔蹿，范老先生气喘吁吁在身后咆哮，“糊涂虫，你个昏了头的，看我不敲破你脑壳，让你作死!”扁担是放大的戒尺，追逐着犯错的儿子，非要落到他头上不可。

范炳三两天没有回家。曹丝娘找到他，告诉他爹已消了气，没事儿了，女儿的婚事不可更改，不许再提一句，听清没有？范炳三松了口气，缓缓点头。事实有目共睹，不是他当爹的心狠，他实在没有办法。

三

范阿姨在衣兜里摸钥匙，左摸右摸没有，不由自责地咕哝：“咦，该死了，哪儿去了……”

“不要急，慢慢找。”陆伯南说。范阿姨感激地看看他，把口袋再摸一遍，终于还是没有，只得敲门，却没有人来开门。家里人都出去了。

“这可怎么好呀。”汗珠顺着额角淌下。

“没关系，那就等一等，总会有人回来的，对吧。”

“是，是，可你……”

“我没事，我就是来看你的，这不是已经看到，目的达到了。”陆伯南的语气轻松、温和，没有一点儿压力，把难以言说的复杂感情锁得严严的。

范阿姨望了望站在面前的男人，再次恍惚起来，怎么是他，他怎么会出现？真希望有人能告诉她是怎么回事儿，可没有。

“陆记缫丝厂”的少爷乌黑铮亮的头发中分，瘦长脸，薄嘴唇，笑起来嘴角歪向一边，微显俏皮，爱到厂里兜兜转转。那天范梨香站在厂门口，想进而又不敢进，怯生生的样子正好被他看到。

“你从哪来?”陆伯南问。

回话声赛过蚊子：“乡下。”

“乡下？哪里的乡下?”

“西塘镇。”

“哪里?”

梨香只得再说一遍。

“哦，倒没听说过。想要进厂做工?”

“是来找人，找我二姑。”

二姑范宝珠，缫丝厂伙房的管事。早年嫁到城里，婚后一年间丈夫暴病去世，进厂做工自己养活自己，从此再没有结婚。在家时曾搂着小梨香哄她入睡，进城后时而会买块布料托人给侄女带去。那年范炳三到城里看望妹妹，带了乡下土产也带上了女儿。看着出落成大姑娘的梨香，范宝珠惊喜地瞪大眼睛，“哎哟，这是哪一个哟？哪幅画里下来的佳人，都认不出喽。”

带侄女去照相馆拍了照，是梨香今生的头一张照片，身上穿着二姑的粉色旗袍，长及脚面，额前刘海用火钳夹过，曲曲弯弯，表情虽呆滞，难掩少女特有的清纯。照片被梨香珍藏，此次离家逃婚也没有忘记带上它。

陆少爷带着西塘镇来的姑娘去伙房找她的二姑，姑娘一路低着头，紧盯脚面。

“你叫什么名字？”陆伯南问。梨香抬起头朝问话的人望了一眼，眼睛因紧张羞涩而水汪汪的，“范梨香。”

这一眼，就这一眼，陆伯南瞬间想到一个词：“可爱”。是的，可爱，有人创造出这个词必定是见到如此惹人怜惜的脸庞和表情，必定的。

而一路的逃跑是怎样惶恐紧张啊！当梨香终于看到二姑范宝珠时，眼泪顷刻间涌上来堵住喉咙，只叫了一声“二姑”就再也说不出话。门刚刚在身后关上就扑进二姑怀里哭起来，哭得止不住，头脑因哭泣而盲目，忘掉了一切。范宝珠受到感染也哭了，过了一会儿止住眼泪，看清了眼前的形势，父亲再凶也管不到自己头上，嫂子更是不必怕，生活早已脱离了家乡的轨道，让她感到自己的硬气。

“不哭了，不要再哭，他们不能把你抓回去，你就和我在一起，不用怕的。”

晚上和二姑睡在一张床上，听着身边均匀的鼾声，梨香心想：也许吧，也许闭上眼睛事情就能过去，永远不会看到那个人，那个瞎眼的人……想着想着她睡着了。

梨香被安排到伙房打下手，淘米洗菜是她做惯了的，只是量大得吓人，要管女工们两百多张嘴。一种过新生活的感觉让她干活时浑身是劲，笑容明媚而毫不知觉。

陆少爷到饭堂来吃饭，一边用目光寻找梨香。他完全可以直截了当地招呼她到面前，和她说话，可他却没有这样做，宁愿远远观望，看她干活的灵巧样子，眼里流动着笑意，一旦发觉自己被注视则像受惊的小兽，手足无措，甚至扔下手里的活逃走，躲起来。每看到这一幕陆伯南不由开心偷笑。

这很像做游戏，然而并不是，是一种实实在在的吸引。年轻人被这个乡下姑娘的模样、身姿、一颦一笑迷住，他已经知道了她的事，为了逃婚跑出来，同情和爱怜在心中泛滥。

而范梨香那边呢，早晨照镜子梳头时感觉有另外一双眼睛在看着自己，让她有点儿害怕，却不知道怕什么。难道怕的是他吗？“他”这个字眼冒出来惊得心“咚咚”乱跳。

晚上范宝珠坐在床旁缝衣服，慢悠悠一针一线，不时瞟瞟梨香：“哎，我说，照够了没有？照够了跟你说件事。”梨香脸红了，离开镜子，“后天休息，咱们去逛梅园，陆少爷也去。”

天哪，梅园！陆少爷!!

梨香穿了一件月白褂子，黑绸裤，发硬的大辫子在背后直立，因为辫时太用力的缘故。她人也发硬，不自在，嘴巴像被什么黏住了，张不开，耳朵里飞进小蜜蜂，嗡嗡作响。

“你怎么，不舒服吗？”陆伯南有所感觉，柔声问。

她不回答，头埋得低低的。陆伯南转向二姑，“宝珠，你问问她是不是哪里难过。”

“难过什么呀，不用管她，她好得很。”二姑不理睬梨香，和陆少爷东拉西扯说笑，毫不在意的态度救了梨香，让她慢慢放松下来。

梅园并不是因为有梅花，而是百年前的主人姓梅。如今荒芜的园子里小径被草丛覆盖，小桥下的水流呈墨绿色，静静通过，长满青苔的假山石如硕大怪物，墙壁坍塌处掠过一道白影子，是只歇息的野狗受惊蹿出墙外。

树阴覆盖的石板路忽明忽暗，陆伯南对范宝珠明知故问，问梨香是否定亲，得到的回答是：定了，定了个瞎子。继而讲述细节，绘声绘色。梨香一言不发跟随在二人身后，似乎他们在说别人的事。忽然陆伯南扭过脸，“梨香，我问你一个问题可以吗？”

梨香怔住。

“这门亲事你答应吗？你肯吗？回答我呀！”

眼泪模糊了视线，她不肯，怎么会愿意，可是她能怎么办？心里比以往任何时候更委屈，却什么话也说不出。在这个男人面前世界变得很不真实。

可这男人说，他想娶她。

他们又出去玩过，逛街，下馆子，梨香渐渐开口说话，说乡下的事，儿时的事，说娘是多么能吃，一顿吃两大碗米饭，还能吃下一碗猪大肠，肚子又大又圆，发起脾气来吓死人，连爹爹都怕她，说着笑起来，抬手撩撩头发。“咦，你这里怎么有个疤？”陆伯南指着额角问。原来是小时候和伙伴玩过家家，她们让梨香扮新娘，采来花瓣捣碎涂到唇上，被娘看到一巴掌轮过来，人咕咚摔倒，头磕到石磨上。小小的粉色疤痕微微凸起，陆伯南伸手想摸，梨香下意识退缩，脸涨得像红布，耳朵，脖子都红了。

“对不起对不起……”陆伯南赶紧道歉。稍后他指着商店柜台里的袜子问，“好看吗，喜欢吗？”梨香点头又摇头，她不想让陆少爷给她买东西，当然他还是给她买了。买了一块雪白的毛巾，包着花纸的肥皂，一瓶贴着美人像的头油，又指着柜台里的一样东西：“这个呢，你要不要？”梨香无法回答，只见长长的一条布带子，不知是做什么用的。这是陆伯南有意试探，看来梨香还不懂得女人的例假是怎么回事。从上海回来陆伯南给梨香买了一双皮鞋，黑色的皮鞋亮铮铮，穿在脚上硬硬的，走起路来咔嗒咔嗒，穿了它梨香又高兴又害羞。

不真实的世界渐渐真实起来，对范梨香来说有陆少爷的世界变得越来越真实了，几乎成为她的生活。与此同时还有一个乡下的世界在远方匍匐着。

一天陆伯南到范宝珠的住处来玩。梨香沏好茶端到他面前，“陆少爷喝茶，是新茶。”

“不要叫我少爷。”

“那叫什么？”

“叫名字，叫伯南。叫，叫一声我听听。”

梨香张了张嘴，却叫不出，扑哧笑了。陆伯南忽然伸手攥住她的手，梨香像被烫了，下意识一甩，扭身躲开。事情到了这一步必然如此发展。陆伯南从桌旁站起来，走近梨香身后，把手轻轻搭到她肩上，而姑娘不由自主地闭上眼睛，身体瘫软，微微后倾。

那天他们并没有做别的事，没有拥抱也没有亲吻，只是那样依偎着，静静站立。陆伯南告诉自己绝不能欺负这个姑娘。等陆少爷走后，梨香难以支撑，走到床前身子一歪躺倒，感觉像是晕过去了。

这之后陆伯南提出让梨香退婚，说他要娶她，但是他也告诉梨香自己的父母不同意，他知道他们的态度，因为已经有人向他们透露了风声。梨香很害怕，“那怎么办，那我走，回去吧。”

“回去嫁那个瞎子。”好刺人的话，梨香双手捂住脸，像个孩子似的呜呜哭了。

走，还是走吧，她确实一次次这么想过，因为她不愿意让陆少爷为难，可是却没有走，因为她是那么想看到他，想和他在一起。虽然知道这是梦，但只要有一丝希望，女人就会有那么点儿不老实。

钥匙原来掉到菜篮子底下，范阿姨不好意思地笑了，“看我，真糊涂死了。”进屋后她让陆先生在饭厅坐，自己直接进了厨房。陆伯南凑到厨房门口，“你在忙什么呢？”

“你去坐，就好。”

很快一碗溏心蛋摆到陆先生面前。

“吃吧。我多放了糖的，你喜欢甜。”

这话将陆伯南猛地拉回往昔，年轻的胃，爱香甜的糯米藕、桂花糖芋艿，甜甜的酒酿圆子，而现在他有糖尿病，戒甜食。这碗溏心蛋他吃得很认真，慢慢地，一勺一勺，范阿姨拿出一个小本子和一小截铅笔在桌旁坐下。

“做什么，记账吗？”

“不记怕忘了。”她的右手无名指上戴着一枚戒指，能看出黄色，磨得发乌，是哪位丈夫给她买下的呢？陆伯南伸出手，“让我看看，看看你写的字。”拿过小本子，排骨五块一毛，青菜两毛八分，“嗯，字写得蛮好，没有退步。”

范梨香的胸口感到一股骄傲的冲动，“说给你听，那些诗我都还背得出呢，不骗你。唧唧复唧唧，木兰当户织，不闻机杼声，唯闻女叹息。问女何所思，问女何所忆，女亦无所思，女亦无所忆。”陆伯南笑着加入进来，两个人同声背诵，“昨夜见军帖，可汗大点兵，军书十二卷，卷卷有爷名。阿爷无大儿，木兰无长兄，愿为市鞍马，从此替爷征。”

陆伯南用楷书抄写下“木兰辞”，让梨香照着抄写，看她努着嘴，认真使劲的样子觉得好笑，竭力克制住自己不打扰不逗她。后来又教她“钗头凤”。梨香喜欢“钗头凤”，写这首诗的人和陆先生同姓，她替那位陆先生难过，难过得很，喜欢的女人做不成夫妻，只因为他母亲不喜欢，只能顺从母意写下休书。“错、错、错，莫、莫、莫”，诗中的六个字像咒语在心中低低回响。陆少爷考她，要她背诵，结果眼泪不由自主地涌上来，她赶紧背过身不让陆少爷看到，因为不想让他难过。

陆伯南从口袋里掏出手帕为梨香擦眼泪，凑得很近地看着她，鼻尖对鼻尖，“不要难过，你是我见过的最好的女人，我会对你好的，一定会的。”说话的气息拂到脸上，梨香忍不住扑进对方怀里，脸死死贴住陆少爷的胸口，一团黑，什么也看不见，连气都喘不过来。要是世界在这一刻停止多好。可怎么能停止呢，除非死去，没人敢死，梨香更是不敢。

西塘镇上来了个呆子，不知道从哪儿来，四处出没，捡东西吃，捡起石头扔向树干，扔向水田，再捡一块咬牙扔出，击中马屁股。拉车的马受惊狂奔，范老先生正坐在车上，一骨碌摔下来，屁股着地摔碎了骨盆。大热天躺在床上不能动，溃烂，继而发烧，天天叫唤自己要死了。消息传到城里，范宝珠带梨香火速赶回。

床上的范老先生变了个人，缩小了，枯焦的样子吓坏了梨香，更让她心痛，连忙打水，烧水，擦拭身体，整日煎药，浑身的毛孔都散发中药味。几天后姑姑搁不下厂里的事要回去，临走时梨香攥着她的手不愿放开，范宝珠安慰梨香，让她好好求求娘，求她答应退婚。这话做姑姑的不好说，其实是不敢，真到了嫂子面前她还是感觉心虚，缩手缩脚。

“告诉他，告诉陆先生……”梨香嘴唇微颤，可惜却不知道能告诉他什么。让他等着她吗？告诉他她想他，想得很，想一辈子跟着他，可是能怎样跟呢？只能眼睁睁看着姑姑走远，身影消失，心沉哪沉哪，一个劲往下沉。

多年的棕绷床松了，中央洼陷，被子下面几乎看不出人形，梨香站立床前，眼望气若游丝的爷爷，喃喃乞求：“求求你，阿爷，让我娘把婚退了吧，爷爷，我求你了，求你……”

深陷的眼窝里有亮光闪烁，范老先生睁开了眼睛，梨香又惊又怕，连连呼唤：“爷爷，爷爷……”老先生微微张开嘴巴，似有话说，然而只是往空中吹拂虚弱气息，直至吹出最后一口。

公公离世，头上没有了悬着的东西，曹丝娘愈发懒散，一觉睡到日上三竿，女儿把早饭端到床前，香喷喷炒年糕一盘，吃得满意，问女儿吃了没有，梨香摇头，说不想吃，吃不下。再看女儿确是瘦了一圈，曹丝娘叹气：“你呀，何苦来的。”

“娘，娘，”梨香心一横，“我不要嫁瞎子，你可怜可怜我，把婚退掉吧。”

“瞎讲，又不是让你去吃苦，又不是让你嫁讨饭鬼。”

“可他是瞎子，看不见！”

“看也不用看，又不用做活，有吃有穿有人侍候。再有句话你给我听好，定了亲你就是谭家的人，变不了，死了这条心。”

话斩钉截铁，到此为止，面前只有死路一条。这时陆先生有信来。信写得简单，字大而整齐，问梨香什么时候回来，说她走了他很难过，只想见到她，看她的笑容、听她的笑声，和她在一起让他心暖。梨香把信揣在怀里，放到床铺底下，再揣进怀里，再塞到床下，失魂落魄坐卧不宁。夜晚她摸出藏起的纸笔给陆先生回信，胸口涨得发紧却不知写什么，将话语变成文字竟能把人难死。手攥着笔攥得出汗，写下：信收到，看了好难过，爷爷死了，娘不答应退婚。我难过死了。下面呢，还说什么？有样东西就在手边，一把大剪刀，梨香盯住剪刀发愣，想到了死，伸出手拿起来又吓得放下，最后还是拿起剪刀剪下一绺头发，相信陆先生会明白自己的心意。

陆先生的信按照姑姑嘱咐寄到裁缝家，由裁缝的老婆再转交梨香，回信照此。两三封信过后风声就传进曹丝娘的耳朵，天王老子，居然有这种事情！当天买来一把大铁锁，咣当摔到桌上，“要命了，你个小丫头胆子真大，敢在外面找男人。你不打算要脸，我可还要在世上活，我算看出你的心思，非要把娘气死你好到外面称心得意去！”

梨香双腿一软扑到脚下，“娘，你听我说……他、他对我是真心……”

曹丝娘气得发晕，双脚乱蹦，“再说再说，丑死啦！给我起来！滚到屋里去，听见没有，滚进去！”梨香抽噎着，挪动身子迈进里屋门槛，门咣当关上，就此铁将军把门。

知不知道唐家姑娘的事？哼，不说你也知道。曹丝娘撇着嘴自问自答。唐家姑娘那可是远近闻名的美人，你见过的。梨香不置可否。结果呢，让村上的教书先生看上了，追得紧，也不管那姑娘是定了亲的。夏天姑娘自己端了一盆水回屋里洗澡，谁想到那赤佬趴到外面偷看，弄出声响。姑娘晓得他人在外面，就吹了灯和他说话。你猜她说的什么?

哪里还用猜，这故事早已传遍乡里。曹丝娘端起一碗酒酿圆子，圆子滑溜溜下肚，嘁，要我说也是骚货一个，她说男人要是真心就把她的洗澡水喝了，真就舀了一碗洗澡水隔窗子递出去，那赤佬真就喝进肚里。

梨香忍不住扑哧笑了。

还笑呢，好事在后面。姑娘第二天和妹妹说他看见我的身子，我只有跟他了，就跟着先生跑了。娘家一辈子不让她再进家门。她跟先生去了上海，一连生了三个女儿没有儿子，先生理都不理她，她心里不好过，没几年就生病死了，真真作孽，说着说着一碗酒酿圆子已喝光。梨香见过故事里的主人公，比她大七岁，长得确实漂亮，比她漂亮，可人已经没有了，结局就是这样。放下碗曹丝娘要出门，下床趿上鞋，目光向女儿狠狠一剜：你个呆子，昏了头的，城里人骗骗你还不容易。

有人轻轻敲门，梨香问：“哪个?”是家里的长工。隔着门缝听到压低的声音：“裁缝让我跟你说，陆先生要来看你，听到没有?”

“什么时候?”梨香魂飞魄散。回答是隔天就到。

两天两夜她一分钟都闭不上眼，心急如焚，想来想去只有再求送信长工，让他和娘说舅舅要见她。舅舅的村子远在十多里外，娘靠一双小脚挪动必得耗去大半天时间。

陆先生到了，就住在裁缝家。巧的是裁缝家和范家紧邻，窗子对窗子。听到陆少爷的声音叫她的名字，梨香用发抖的手推开窗，陆伯南吃了一惊，“怎么这样瘦，你是不是病了？”

“我、我吃不下，又见不到你……”

“不要哭，哭还怎么说话。看，我不是就在这里，来看你了。”

窗上架着竹竿，刚洗的衣褂沉甸甸的，一滴滴水珠下落。梨香感觉在做梦。梦里她和陆少爷窗对窗悄声细语，语音在湿润的空气里跳跃，仿佛扔出去一粒粒小石子。伙房添了新人，糟老头子一个，看到好厌气。还去饭堂里吃饭吗，吃总要吃好，身子要紧。和你一样，我也睡不着，想你。我也是。是什么？想，想你，管不住。微斜的日影落在梨香脸上，由于消瘦脸变得很尖，小小的，散发着淡淡的白光，镶在发黑的窗框里，如一幅画定格在陆伯南心中，直至老年，且随着年龄的增长愈发清晰，栩栩如生。

“听我说，我想让你跟我走，其实我就是来接你的，你愿不愿意走，告诉我。”陆伯南的话让梨香吓得呆住，天，从家里逃走，可能吗？但是又为什么不可能！

火苗“噗”地蹿升而起，霎那间燃成火焰，火势隆隆，似要燃毁一切。但是陆先生的爸爸说了，如果他娶个乡下女人立刻送他到英国去。英国？英国？那是什么地方梨香想象不出，该是在天外吧。那么剩她一个人可怎么活呢。

“我会给你钱，你可以开个小店，等我回来，我一定会回来，很快回来。”陆伯南忍不住催促，“听我的，不要犹豫了，你家这边我想办法，我会找你娘，和她好好谈，她会答应的。”

“不，她不会。她死也要我嫁给谭家。”

“你肯吗，除非你自己也肯。那为什么不跑？为什么?!”陆伯南年轻的心感到愤怒。

为什么？梨香问自己，不停地问。身边的一切都退得很远，什么都触碰不到她，连娘都触碰不到她。提问渐渐变成了祈求：让我跟他走吧，让我不要害怕，让我跟他走，不要怕吧……

可是她怕，怕陆少爷真的去了那个叫英国的地方，她怕英国，感觉英国像一个怪物，把人吞进去就会不见踪影。裁缝告诉梨香，陆先生住到镇上去了，在那里等着，让她去找他。一天过去，两天过去，陆少爷无时无刻不在殷殷召唤。夜漫长而危险，娘在床上打着均匀的呼噜，窗外的天光再次发亮时梨香蹑手蹑脚起床，穿好衣服，走到娘的床前盯着看了一会儿，扭过身走出门去。

旅程竟然这样短！在曹丝娘还没有醒来之前梨香就返回家中，她的勇气只支持她走到离镇子不远的地方。那时黎明的雾气在田野上飘移，雾里显出雨丝的划痕，下雨了，不久身上的衣服完全湿透，头发黏在脸上。走到岔路口的大树下，忽然一只硕大的鸟沉重地飞起来，吓得她一哆嗦，心止不住地越抖越厉害。她要见陆老爷吗？她怎么敢。如果躲着不见，那她算是什么？那位死在异乡的唐家姑娘闯进脑海，孤单一人，有家而不能回。要是娘也不要她了，再不让她进家门呢？娘这个人可是做得出的。伯南啊伯南，我多想和你在一起，多想啊！可他们不答应，他们不让，他们太凶，太吓人，我实在怕。

陆伯南走了，难过而又失望。之后他曾托人和曹丝娘说谭家要多少钱都可以，他给。可曹丝娘没有二话，不行的，想都不要想。

“娘替你都想好了，谭家有钱，我再多陪给你一些，你一辈子不做也够用了，不会让你吃苦。城里人能信吗？再有钱有什么用，谭家是明媒正娶，他能吗！有你哭的时候，后悔来不及！你这昏人。”

大约一个月的时间梨香不说话，只是做活。切菜时切到手指，血像蠕虫冒出头来，她用力吸吮，嘴里有股咸滋滋的味道，但没有疼的感觉。疼的是心。完了，一切都完了。

四

陆先生准备告辞，“该走了，谢谢你的溏心蛋，好久没吃过，都忘了这么好吃。”

梨香听了这话好高兴，“你喜欢呀，要不我再去做一碗，你吃了再走。”

陆伯南当然不能再吃，忽然想起什么，“对了，有样东西，”掏出一叠信封，每个信封上都写好他的地址，“这是我的地址，你有什么事给我写信，地址我已经写好了，你寄来我就会收到。我也会给你写信。好不好？”不知为什么，陆伯南像在和一个小孩子说话。梨香接过信封，看着信封上的字，喃喃念：“上海市徐汇区……”抬眼望望陆先生，“好的，好的。你放心。”

那天陆先生走后梨香闯了祸，下午正在洗衣服主人叫她出去买东西，她穿上衣服就走，完全忘了水龙头还开着。回来时家门大敞，地上水光一片，厕所完全被淹，主人跑到楼下向住户道歉。梨香一句话也说不出，埋头扫啊擦啊。更要命的是晚上又把饭煮煳，结果只能跑到粮店买了四个馒头。

“你怎么了，是不是家里来信了，出了什么事?”主人问，压抑着责备。梨香涨红脸，用力摇头，“没有，没有事。都怪我，怪我不小心，我一定小心了，再不会这样。”她为自己的错误难过得要命，倒是冲淡了另一种难过。那种感觉也许并不是难过，比难过更大，复杂得多，心里一时发空一时又觉得涨得很。棉背心上掉了一个扣子，临睡前她穿针引线钉扣子，钉了一半停住手，呆呆坐着，想啊想，思绪怎么也断不了，却又说不清到底想了些什么，想到最后脸颊热烘烘的。

那年六月半，曹丝娘中午吃了一碗糯米饭和一碗猪大肠，晚上梨香做了肉饼炖蛋，娘说吃不下了，没有吃饭就躺到床上。晚饭后范炳三点起一盏煤油灯想去把牛草切完，听到妻子在屋里哼哼，说心里不好过，让女儿去小叔家要点十滴水来给娘喝，梨香就去了，拿着药回来，倒了一碗水端进屋，却发现娘不在床上。“娘，娘……”她叫了两声，走出屋门再叫，“娘，娘!”心里已经有些害怕，声音不由发颤。最后是在屋后的茅厕里找到了曹丝娘，身子浸在泥里，裤子脱下大半，露出一截白生生的屁股，人已经没气了。

曹丝娘走得突然，带走了肥硕身躯占据的空间，带走了吵吵嚷嚷，饭桌上的咀嚼有声，夜夜起伏的呼噜，留下巨大的空洞。梨香哭一阵呆一阵，以为时间会就此停顿下来，然而事情却急转直下。

谭家听闻曹丝娘的死讯，想到梨香戴孝三年间不能嫁人，提出立即成亲，之后再戴孝。

夜里陆少爷出现在梦境中，孤零零站立田埂上，黑色身影映入水田，望得人心都碎了。你在做什么呀，你倒是动一动呀，梨香想喊，想叫他，但是她是不存在的，无法现身。一条土路上，一个女人手提篮子，篮子里传出小孩的哇哇啼哭，女人边走边抹眼泪，梨香知道躺在篮子里又蹬又踹的正是自己，不知道娘要把她带到什么地方去。一下子被自己的哭闹弄醒，心在胸腔里咚咚乱撞。娘，娘，你要怎样，难道真要把女儿卖了吗？

听说谭家要人，梨香的嘴“哇”地咧开大哭起来，哭泣很快升级为号啕，声嘶力竭的号啕，每一声哭喊都带着血。范炳三胸口发凉，妻子的尸首还停在屋里，用白布盖着，他也想哭，可又哭不出，跺脚道：“哭，哭，哭死个人！不要哭了，我想办法。”他的办法是：要人可以，条件是晚饭之前谭家要拿来一千块钱。心想他们怎能拿得出。

云层不厚也不薄，天光乳白。梨香在心里祷念：天快黑吧，快些黑吧，快些快些快些……就这样，知觉悄悄越过了极限，麻木了，人倒在床上，脸埋进枕头，一口口嗅着头油的气味，沉睡过去。暮色渐渐四合，天就要黑了，就要完全黑了，这时梨香被一个声音惊醒。

唢呐声像针尖那么细小，顷刻间刺透几十里乡野。是花轿！花轿来了，钱有了，说什么都没有用了，必须采取行动。没有人想到梨香要做什么，更没人想到她动作会那么快，因为是本能的反应，当大伙缓过神她人已蹿出门去。屋内爆出惊慌的喊叫，而梨香什么也听不见，黑色闪电在内心划过，奔跑的速度也可与闪电媲美。人们追赶着往河边跑，越来越多的人你推我搡，被踩掉鞋的落在后面，摔倒的孩子尖声哭叫，然而没人能追上她，她跳进河里。

河水像棉被盖上身，蒙住头，一排排银色气泡向上蹿升，手脚开始乱划想抓住什么，水柔滑无骨，什么也抓不住。但在下一刻梨香被一只手抓住，接着又一只手，大伙七手八脚把她拖上岸，拖回家，留下一路湿淋淋的水迹。

亲戚们密匝匝挤在屋里，有人拿来新衣要给梨香穿上，梨香满地打滚躲避，结果只好一身湿透被塞进花轿。花轿颠簸得超乎寻常，因为花轿里的人连哭带蹦，轿夫们肩上难受心里欢喜，夸张地扭着步子，笑着大喊："新娘子心急啦，不要跳不要跳，我们膀子受不住！"

乐声大作，鞭炮炸响，谭家在仓促中已做好准备。花轿一到，四个女人上前挽紧新娘，簇拥着走向堂屋，四下游动的灯笼映出人影憧憧，场面热闹而慌乱。在闹哄哄的人群里，有一个人，日后将会出现在梨香的生活中，担当重要角色，此刻梨香当然不会知道。

她被带到堂前，准备和新郎拜天地，此时的梨香已精疲力竭，感觉如入梦魇，脑子里却依然有一根弦被轻轻拨动，她要看看那男人到底是什么样子。堂屋旁的门打开，有人从门里走出来，应该是他。前面有人提着盏灯笼照路，难道他看得见？梨香死命盯着。灯笼的黄色光晕照见随后的三人，新郎走在中间，由两个人左右搀扶移动脚步，他的眼睛……天哪！白色眼珠向上翻起！

世界瞬间塌陷，一团漆黑，新娘子昏了过去，堂没有拜成，直接被抬到楼上的新房。醒过来时梨香发觉自己躺在床上，屋内暗红，大红的绸缎帐子，红纸灯罩，泪水化作红色多棱镜破碎迸射。门外偷听洞房夜的人除了女人的嘤嘤哭声再什么也没有听到。哭声且终夜未曾止歇。之间梨香透过蒙眬泪眼搜寻，看到男人的身影坐在床边的凳子上，木头一截，无声无息，继续哭泣，到后来她已没了眼泪，以喘息呻吟代哭。

天色开始发灰，变淡，清冷的月牙在西天消失不见。男人在凳子上度过一夜，这个瞎子。天亮后有人把新房的门锁打开，放出梨香。她随即回娘家去戴孝，曹丝娘的尸首还停在屋里，以白布覆盖。

戴孝的梨香一次也没有回婆家，在家里照顾父亲和弟弟，给长工做饭，心里不断地想着陆少爷怎么样了，毫无头绪。夏天已经过去，天渐渐冷了，夜晚蜷缩在被子里，两只脚怎么也暖不过来，整个人都是冰的。一颗小火星在头脑里炸开，接着又一颗，随即火苗呼啦啦燃烧，她想见陆少爷，想得要命，哪怕就见一面，不然到死都闭不上眼。现在她已经结婚了，是谭家的人了，他们还怕什么、担心什么呢，她跑不掉的。几天的思前想后，梨香下决心回谭家去。

西厢房，瘦小的婆婆坐在高背藤椅里，几乎像个孩子，粽子般的小脚微悬，只脚尖能挨到地。梨香把灌好的汤婆子放进绒布套，送到婆婆手上，“娘，我有话和你讲。”目光低垂，声音很轻。

男人斜依在红木榻上，身上盖着棉袍，像是睡着了，听到女人的声音身子动了动。几句话梨香憋了几天，内容很简单，她要去城里，城里有所产科学校，她要去学接生。想想又补了一句，这里的接生婆阿桂也去学过的。

婆婆端坐不动，双手搂住汤婆子，不管她对流言蜚语知道多少，绝没有露出半点，“你说你要去城里学接生?”她反问。

“是。”

“你问你男人了吗?”

梨香没有回答，甚至没有朝男人看一眼。男人一声不吭，好像眼睛看不见，耳朵也什么都听不到。柜子上的座钟嘀嗒，告知时间一分一秒过去。寂静，只有寂静，寂静从白天持续到夜晚，如钝刀子割肉，几天下来，梨香觉得自己就要被闷死了。

“管他怎么说我总是要去的。”话冲口而出。

婆婆吃了一惊，转过脸，嘴巴微张，“你、你去了回不回来?”虽然只是一句问话，却露了底，表示她知道自己和儿子都拦不住媳妇。

“回来。”梨香答。

“你说话可算数?”

“算数。”梨香的语气确凿，因为说的是真心话。同时因为感觉到婆婆准备答应她眼里浮起激动的泪光。

“我要你写下纸笔，说你一定回来。话写下来就是字据。要是你不回来，谭家就找你爸爸要人。”婆婆声音细小，字字如针，刺进肉里。所幸梨香识字，也会写，于是写下字据，再按下手印。

那是梨香一生中最幸福的时光。那样的幸福和快乐几乎难以想象，但确曾有过。艰难时世，偶尔回想起和陆先生度过的日子，梨香嘴角不觉弯起，漾起笑纹，引得丈夫问她：看你，在笑什么呀？

惊醒过来她摇摇头，一句话也没有。

这回梨香熟门熟路来到缫丝厂大门，但没有进去，而是躲在不远的巷子口，她不知道要等多久，相信一定能等到陆少爷出现。而陆伯南并没有让梨香等太久。午后日光在街面投下鲜明阴影，他骑着自行车从厂门口出来，因迎光而微微眯起眼睛，忽然听到有声音在叫：伯南，伯南……捏住车闸，两条长腿支地，只见日光下一黑黢黢的小巧身影向他靠近，脑袋毛茸茸发光。谁？是谁，难道会是她?!

有那么一会儿，陆伯南僵立不动，让目光适应环境，随后他看清了面前的人，接着大吃一惊，因为看到了梨香胳膊上的黑箍。开口第一句话就问：“谁，谁死了？”

听到死的是曹丝娘，陆伯南的嘴不由自主咧开，笑了，丝毫不觉得自己的笑很残忍，“哦，竟死了！好，那么好，那么你可以跟我了，是这样吧？是不是？”

陆少爷的白牙在阳光里闪闪发亮，令人心悸，梨香的心沉呀沉呀，怎么也沉不到底，只有一咬牙：“跟你说，我成亲了。”说完这句话人像是被抽空，虚弱得站不住脚，身子晃了晃，抬起两只手紧紧捂在脸上。

她别无他求，只想看到他，现在她看到他了，然后呢？

然后，当然，事情又重新开始了。无常的生活如万花筒旋转，霎时变幻出美妙图案。

产科学校要求的学生年龄是30岁以上60岁以下，以梨香的年龄是进不了学校的，但她从乡下来，是结了婚的，又识字，尤其是最后一个条件帮了她。产科学、解剖学实在让她苦恼，这些知识对她来说过于艰深，很难记清，好在一切都可以说丢就丢下，只要下学的时刻到了。每天下学都是陆少爷骑着自行车来接她，接她到他的表姐家。梨香一颠脚，坐上自行车的后座，动作轻盈，速度带来的微风吹到脸上，不知前方有什么障碍物，铃声总是响得那么突然，梨香总是吓一跳，然后偷笑。到最后她总是把面颊轻轻贴住骑车人的后背。

在那段日子里梨香终于懂得了男女之事。看到床单上的血迹陆伯南才彻底相信了梨香的话，瞎子和她之间没有发生过那种事，不是瞎子不想，是梨香不肯，当然瞎子也没有强迫她。对这方面的事梨香不愿意多说，陆伯南想知道得多一点，追问，梨香会翻过身去，用脊背回答。有两天表姐回娘家去了，陆伯南和梨香同床相拥，梨香彻夜不眠，舍不得睡，只想看着身边熟睡的人，轻轻、轻轻地伸出手，以手指触摸他的衣衫、头发，以确定一切是真的。她只想就这样看着他，一直看着。

日子似乎会这样没头没尾地过下去，消毒产钳，胎方位，骨盆情况，自行车清脆的铃声，黑暗中那张亲切的脸，梦一般的快活感觉。梨香在伯南的褂子下方绣了一朵梨花，白白的，小小的，她想那就是自己，时刻跟他在一起。这样的日子过了三个月，梨香怀孕了。

应该是意料之中的事，真发生时却没人有准备，该怎么办？这时候竟然轮到梨香拿主意了，她只有一个办法，回乡下去。这份勇敢让陆伯南无话可说，又似乎是顺理成章。只在多年后，经历了其他女性，他才更加认识到梨香品格的可贵，然而对梨香来说这几乎是一种本能，为保护所爱的人，一切皆可承担。

瞎子端坐在桌旁，翻眼对着屋顶，一声不吭，什么话也没有，这是他的本事。压上来的寂静简直把人闷死，梨香知道自己必须把要说的话说完。

“该说的我都告诉你了，你听好，你要是说出去我立刻就走，再不回来，媳妇你就白娶了。我还有一句话和你讲，孩子生下来是要叫你爸爸的，再有……”她咬了咬嘴唇，埋下头，“……那桩事，我答应你。”

婆婆发现儿子有所变化，说不清哪里变了，但当妈的感觉是不会错的。比如，她听到儿子嘴里竟哼出小调，惊得她瞪大眼睛。一天晚饭后瞎子在娘的屋里打瞌睡，娘把他推醒，“醒了醒了，回屋去睡，不要在我这里，弄到现在还没有孩子。”

儿子忽然开口：“谁说没有，我是想要告诉你，梨香肚子里有了，是我的孩子。”

瞎子感觉不到明暗，此时却正巧迎着灯，一对眼白映出两个亮亮的光斑，平滑的没有皱纹的面庞泛起红晕。这可怜人对自己说出的话信以为真，这是唯一的解释。

梨香的肚子大了，姑姑范宝珠提出让侄女来城里的医院生孩子，安全又卫生，一切由她照看。对范宝珠的要求谭家没有人反对。

日后梨香又生过三个孩子，但在她的记忆里只有这第一次的印象完好保存着。高高的房顶，白衣身影飘移，器械磕碰发出脆亮声响并引起回音，床铺散发清洁气息，衬托出自己身上的汗味，湿漉漉的挣扎，记忆里没有疼痛，反而有种安宁的感觉，因为知道伯南就在外面守着。

哇哇啼哭爆响，是个儿子。

出院了，一辆黄包车把梨香和儿子拉回家。家，是伯南租好的房子。窗子向西，午后有阳光照进来，窗棂疏朗，装着彩色的玻璃，块块阳光颜色不同。床对面的墙上挂了一幅画，一个女人怀抱婴儿，头顶被光环笼罩，伯南告诉梨香这是圣母玛丽亚。这屋子的主人信她是神。那个孩子叫耶稣，也是神。

刚出生的宝宝紧闭眼睛，眉头微蹙，梨香盯着儿子皱巴巴的小脸看哇看，心疼地说，“可怜，好可怜相，你这么个小人有什么烦心事呀。”陆伯南给孩子起了乳名：天目，因为他的老家是天目山的。

月子里除了范宝珠侍候，还请了个小姑娘帮忙。范宝珠做饭手艺出名，梨香吃得白白胖胖，奶水足得往外冒。陆伯南一生喝过两个女人的奶水，一是自己母亲，另一个就是梨香。

他们像一个家庭，围桌吃饭时谈论孩子的表现、新奇的事、饭菜味道如何或明天的食谱。夜晚妈妈起来喂奶，爸爸也欠身坐起，睡眼蒙眬观望。灯光里，精巧的小嘴紧贴圆滚滚的乳房，汩汩吸吮有声，这世间最美好的景象足以让人把一切不安丢到脑后。

但梨香却丢不掉，脑袋如有一锅稀饭在小火上煮，疑问如气泡接连冒出，能这样下去吗？可以吗？行吗？气泡一个个破了，不行，不行，尽管他们有一个儿子，也不行，他的父母不会答应，今生今世她不可能和伯南做夫妻。接着一转念，猛地想起自己是结了婚的，天哪，作孽呀！

日子一天天过去，到天目两个月大，梨香觉得不能再等，提出要回婆家。她已经想得很清楚，待在这里伯南就要陪着她，就不会结婚，那岂不是害他，她不能做害他的事。

“我可以养着你，就像这样……”眼泪从陆伯南的眼角溢出，滴落，扑簌簌一串，他知道分手的时候到了，没有办法阻止这一刻的到来，胸口间似有一硬块在翻腾，甚至引起生理上恶心的感觉。他吐了。

梨香侍候他躺下，端来热茶，他拉住梨香的手。

“那……天目呢，你怎么打算？”

“天目是谭家的孩子，我和你说过的。”

“瞎子不会说你吗？”

“他不会，他都知道。”

“我可以养着你，我愿意……”陆伯南忍不住再说。梨香在床边坐下，温软的语气像对一个孩子，“好了，不要再说了，没用的。跟你讲，你要听我的话，我走了你好好过，你要是过得不好就是对不起我。听到没有，一定要好好的。”说完陡然起身，走到窗前去，因为眼泪已如泉涌。天光透过彩色玻璃照着她，她已看清自己的一生，是的，人的命老天早已定下，不可更改。谭家有田，种田吃饭，把儿子养大就是依靠，就这样过吧。

婆婆抱着孙子，“天目，天目”地叫，枯干脸颊泛出兴奋的红润。梨香告诉家里天目的名字是在庙里求的。孩子的啼哭不时打破院中寂静，不苟言笑的公公迈出房门，站在门廊上喊：“怎么还没人喂天目，就听着他这样哭嘛？”声音蕴含火气，觉得委屈了他的孙子。

瞎子遵守诺言，不说也不问，晚上摸索着钻进梨香的被窝。梨香不情愿，推搡一阵，最终还是拗不过。她的身体可以习惯他，但没有办法从心里接受他。瞎子心里其实也有自己的算盘，说到底是一种期盼，盼望梨香再怀孕，那么他真的就有自己的孩子了。天目一岁，一岁半，快两岁了，却没有任何动静，他先是起了疑心，迟迟不肯相信自己不成，但老天对他竟然如此残酷，就是不让他有自己的孩子。当瞎子渐渐认清这点，本来就寡言的人几乎成了哑巴。

半夜梨香被什么动静弄醒，感觉床在动，惊诧地扭转身，只见身旁被子下的人形在起伏抽搐。

“做什么，你在做什么?”她问。

没有回答。被子下面发出呜呜的声响，她听出是哭声，瞎子蒙着头在哭。梨香的心一沉，鼻子发酸，默默背过身去，眼泪濡湿了枕头。这一回她的眼泪是为瞎子流的，想想他也可怜呀，但是她又能为他做什么呢。伯南一直以姑姑的名义给梨香寄钱来，钱她都存着。在集市上她看到有城里人冬天戴的围脖，古铜色毛线织的，很厚很暖和，她给瞎子买了一条。

五

买菜回来经过大门口的传达室，绿色木栏里插着几封信，范阿姨凑近细看，嘴唇蠕动，喃喃念出信封上的名字：王育民，江小玲，范……啊，果真有她的信。

女儿仙秀在信上说家里养的猪死了，丈夫怪她喂出毛病，她气得要死，两人大吵，还动了手。小儿子老喊肚子疼，去镇上医院检查，查不出什么，这两天好些。哥哥天顺帮她弄到盖房子的木料，等做完田里的活计想再去买砖。梨香想了想，下午去邮局给女儿汇去三百块钱。

几年里梨香的工资涨了多次，从 25 块涨到现在的 85 块，至今她已经存了两千一百块。儿子买肥料，盖房子，孙子上学，她都寄钱回去，如果都算上她应该赚了满七千块钱了。有一年瞎子生胃病她还寄过三百块钱回去。存下的钱她早已想好用途，到干不动的那天，回老家，老房子总要修修，她还想买一件东西，一台 14 寸电视机，她在主人的儿子家看到过，不大不小，什么都能看，真好。

一九三七年淞沪会战，十一月日本人占了上海。谭家的女儿和亲戚从城里逃到乡下，惶惶不安的气氛愈发升高，公公房里烟雾缭绕，嘀咕声终日不绝。天目的两周岁生日竟然也顾不得，没有酒席，端上桌的只有鸡汤面。

可恶的日本人来了，除此还有要命的强盗。十里八乡都知道上坞的谭家有钱，现在成了案板上的肉，缩头乌龟，伸头一刀缩头一刀。公公让家里人把金货聚拢一处，由他亲手放进一个红木小箱，然后在墙里挖个洞，把箱子放进去后把洞填好。

某日深夜，外面传来不祥的嘈杂之声，全家人刚刚躲上楼院门就被哗啦撞开。摇动的火把映出一张张蒙着白布的脸。强盗不想被人看到模样是担心哪天在乡间路上或集市彼此见到。翻动的响声夹杂喊叫：怎么不见人，死光了吗？走，上楼去找！

楼上人人瑟缩，脊背发凉，公公一咬牙迎下去。

强盗问："你是谭定桥？"

"是我。"

强盗要公公交出钱财，公公回答没有，被捆起来。棍子重重落下，招来"嗷嗷"惨叫，到后来叫声渐低，只剩残弱呻吟，但回答仍然是没钱。

家里有间房子做粮仓，梨香凑到瞎子耳畔说："你去，去让他们拿米吧。”

瞎子呆愣片刻，摸索着想要下楼，被婆婆拦住：“你和谁去讲，你又看不见，我去。”

公公死猪般瘫倒在地上，婆婆一张口就听牙齿咯咯打颤，费尽力气抬起手指向院内粮仓。可强盗们不要米。白天晒在院子里的绸缎衣服收进屋，准备第二天再晒，全被他们装进口袋，还有不甘心的冲上楼，梨香一把抓起床上的紫色丝绒袍子坐到屁股底下，这件袍子成了她唯一留存的上好嫁衣。

乱世中穷人家显出优势，绝无强盗登门，于是天一黑谭家人就躲到穷亲戚家去睡。屋子破败漏雨，连日的阴雨让人睡不好觉。又一个雨天，梨香和婆婆说：“今晚我不去了，你们去吧，我就睡在家里，不信强盗就会来。”

那夜梨香睡得很沉，听到咚咚的响动以为是在梦里，然而是强盗们上楼来了。眼看着蒙着白布的脸漂移进门，她魂吓飞了，拉起被子蒙住头，想让自己消失不见。怎么可能。强盗的要求倒也单纯，他们不贪恋女色，只要钱。而这一回得到钱财竟未费吹灰之力。第一个人掀开被子，揪起女人，钱在哪儿？你家的金货呢？妈的，敢不说！挥手扇了两个耳光，他又怎么知道梨香不说话只是因为吓傻了。后面一个人手拿刀子，比比画画逼近，梨香的喉咙被唾液泪水塞住，拼命吞咽，让自己能开口出声，赶紧说出藏着金货的箱子。

强盗们一拥而上去凿墙，梨香逃跑了。

谭定桥气得脸发白，额头青筋乱蹦，指着梨香的鼻子，“你个贱人，谁的命不值钱，就你值钱！我吃了那么大苦头都没说，倒叫你说出去，这下好了，完啦，全拿走啦！你、该死的蹙眉头，谭家就败在你手里。呸！”一口唾沫颤抖抖挂在梨香的鬓角上。

梨香想：我的嫁妆，全部的嫁妆不也一样，也没了。我爹因为给我定了个瞎子，连帐子的挂钩都是金的呀。想着金晃晃的挂钩，还有手镯、簪子，胸口一阵阵闷疼。随即又想：要是刀子捅到身上呢，人要是死了，那些首饰、挂钩还有什么用？没用的呀！道理明明摆着，但还是忍不住一次次懊悔，也许自己可以不说，咬紧牙关，也许他们只是吓吓她，不会动刀子，也许让刀子扎一下，疼是疼，可死不了。然而想什么都没用了。很长时间她躲着公公，不敢抬头，不敢和公公的目光相遇，因为她知道他有多难过，是金子呀，是装满了红木匣子的金货啊！

日本人倒不抢金货，他们要鸡蛋和花姑娘。一听到日本人来了，梨香就冲进灶间，抓起灶灰往脸上抹，那幅样子把天目吓哭过几次，渐渐习惯，知道那还是妈妈。梨香不再照镜子梳头，衣服也捡破旧的穿。和陆少爷完全断了联系，不知道他怎样了，是死是活。只有怀里的天目是实实在在的血肉，是她的定心丸，不由用双手紧紧搂住，仿佛身体的一部分。

傍晚时分，空中挂着一缕缕淡灰的炊烟，各户人家饭菜都端上了桌。谭家还有亲戚在，八仙桌围得严严的。梨香没有上桌吃饭，抱着天目坐在门口的竹凳上，旁边一张小板凳放着肉炖蛋、稀饭，她一手抱着天目一手拿着勺子，一口口喂天目吃。

忽然听到“吱呀”声响，抬眼看见虚掩的大门被推开，闪进一个人影，穿着长袍，头戴礼帽，回手把大门关上。来人梨香不认识，也容不得问，那人已快步穿过天井，从她身边经过，进了堂屋。一桌子人没有谁反应过来，那人已直奔楼梯，上楼去了。

没人说一句话，都呆愣着，看看四周似乎什么都没发生，一切只是幻影。接着只听从公公嘴里低低吐出两个字：“吃饭。”于是大家立刻埋头吃饭。

也就三两分钟，大门再次被猛力推开，咣当撞向墙壁，撞回时磕了闯入者的小腿，是两个端枪的日本兵。两个人，四只眼睛，危险地八方扫射，一步步穿过院子向堂屋走近。多年后，不管在什么时候，只要提到“日本人”三个字，梨香就会想到那个时刻，那双日本兵的眼睛。两个日本兵中的一个，盯住她，那对眼睛很小，什么都看不出，却锐利无比。她有一种感觉，觉得自己就要被野兽的爪子扑倒，撕开，被生吞。

在堂屋门口，日本兵站住了，用枪口无声地扫来扫去，最后对准饭桌上的人。没人敢动一动，只有空气在颤动。空气中有一股刺鼻的气味，是从站得很近的日本兵身上发出的狐臭，钻进梨香的鼻子，她下意识屏住一口气。这时不知谁手里的筷子掉到地上，把日本兵吓了一跳，气冲冲咒骂，同时抬手用枪托砸翻脚边的板凳，稀饭和肉炖蛋撒到地上。天目的嘴撇了撇，马上要哭出来，梨香用手死命捂住他的嘴。

门外传来喊叫，是日本话，一个日本兵高声回应，转身向大门走去，另一个日本兵，那个小眼睛的日本兵，最后瞥了一眼梨香，也跟着走了。梨香终于松开手，天目的脸憋得发紫，半天才吭吭叽叽哭出声来，梨香搂住儿子，再撩开衣襟，把奶头塞进儿子嘴里。

堂屋内没有丝毫动静，人人心惊胆战，屏息谛听。这时只听公公又说，依然是两个字："吃饭。"如惊醒一般，大家急忙伸筷子夹菜吃饭，缓慢而小心地咀嚼。这顿饭吃的时间很长，好像怎么也吃不完，直到外面的人声消失，隔壁传来赵家老太太的一阵咳嗽，鸟雀落到房檐上探头探脑地叫了几声，一串奔跑的脚步，伴随孩子短促的嬉笑。这时楼梯发出轻微响动，穿长袍的人走下楼梯，手里提着一只盒子枪，机警的目光从众人脸上扫过，难以觉察地点了点头，扭身走出堂屋，穿过天井，边走边把盒子枪揣进怀里，背影在门口驻留片刻，随后消失不见。

没过多久，同样的事发生在村上另一户谭姓人家，是个寡妇，家里同样来了不速之客，不同的是她对和平军说出那人藏匿的地点。和平军和日本人在她家牲口棚里抓到藏身的新四军，绑走了。几日之后寡妇死在家里，一枪毙命。

天边出现黑色的影子，像是会嗡嗡叫，叫声越来越大，震动乡野。梨香头一次看到了飞机，听说它们铁皮的肚子里装满了炸弹，飞到城里肚皮一打开，炸弹一颗颗落下，城里面房倒屋塌，血肉横飞。夜里梨香梦见女工们在黑黢黢的厂房里挤来挤去，找不到门，忽然一道亮光，门开了，可那不是门，是墙上的一个大洞，女人们一涌而出。只见地上躺着一个人，有人喊，看！陆少爷！于是伸出手要拉他起来，但拉不动，结果陆少爷的身体就像一个口袋，被人拖着在地上走……梨香哭醒了，醒了还是止不住地抽咽。瞎子翻过身来安慰她："不要哭了，没事的，没事的……"只会说这句话。梨香想过，也许瞎子的日子倒好过些，因为无论怎样，反正都是漆黑一团。

飞机不断飞过，西塘镇被炸了，突然间炸弹也落到上坞的屋顶上。那日梨香舀水洗头，天目在婆婆屋里和瞎子玩，在他身上爬来爬去，后来瞎子一动不动装死人，天目就用小手拍打他的脸，"爹，爹，醒醒，醒来呀!"瞎子还是不动，天目又去揪他的头发，死命地揪，瞎子疼不过，唉哟唉哟叫了，天目高兴地大笑："看，看他，活啦活啦!"天目清脆的笑声是儿子留在梨香记忆里最后的声音。

接着她就听到天上的嗡嗡声，头发湿淋淋的，眼睛里进了水睁不开，抓起手巾胡乱擦几下，赶紧往婆婆屋里跑。屋子里不见人影。街上，人们纷纷攘攘往河塘跑，梨香也跟着一起跑，并没有太害怕，因为她还不知道炸弹究竟是什么东西，但很快就知道了。

第一颗炸弹落下来，梨香正跑过娘娘庙，娘娘庙的一角被炸飞，砖瓦在空中迸裂，四散，坠落，砸中梨香。她摔倒了，紧趴在地上，两手捂住脑袋。

魂飞魄散的梨香在河塘没有找到家人，飞机飞过去立刻往家里跑。一路都听到哭喊声，跑得气都要喘不上来了。忽然间耳朵里钻进一个声音，熟悉而又陌生，很可怕，天！难道是瞎子？！

是瞎子，是瞎子在嘶叫：娘，娘！天目……

寻着声音梨香找到了人，看见瞎子坐在一个大坑旁，炸开的弹坑里有个浑身是血的人在用手疯狂扒土，一边叫着天目的名字，扒出的部分可以辨认是孩子的下半身。梨香扑进坑里，和婆婆一起扒出儿子，一个死孩子。

六

一九四五年日本人投降。一九四六年二月，公公得病死了。在出殡的乐声中，婆婆跌跌撞撞拽着瞎子，走到半路哭昏过去，从那以后再没有缓过来，一天天衰弱。也是在这时候她知道了家里的田产大半被丈夫抵掉，让女婿拿去在城里做生意，赔光。

这些发生的事并没有让梨香太在意，自从天目不在了她的精神很难集中，脑子里飘着灰蒙蒙的雾，或发呆或恍惚，甚至不再去想陆少爷。他们还有什么关系呢，没有了，关系彻底断了。她还活着，那么总要活下去吧。不过她还是给陆伯南写过一封信，是在儿子七七之后，很简单，只告诉他天目让日本人的飞机炸死了，再问他好不好。但是没有回音。梨香不知道自己的信陆先生是否收到，抑或陆先生也已经不在人世。还有一种可能，伯南也成家了，把她忘了。梨香想起当时自己和他说孩子不用他管，天目是谭家的后代，伯南的神情如在眼前，脑袋微微摇晃，张着嘴，想说话又说不出，很难过却没有办法。那样子真可怜，让人心痛，无论什么时候想起都会心痛。

后来梨香和长荣说起天目的死，那时候中国已经解放，是共产党的天下，长荣想让梨香嫁给他，两人正式做夫妻，梨香就把自己的一些事和长荣说了，说了天目的死，还说出陆先生。而赖长荣只问了一句："陆先生晓得孩子已经死了吗？"梨香摇头："不晓得，他是死是活我也不晓得。"说完眼圈红了，埋下头。

七

赖长荣在谭家当长工的时候就喜欢上了梨香，是一个青年人对漂亮女人的那种喜欢。花轿抬来新娘，他挤在看热闹的人群里，看见红光中梨香俊俏的脸，胸口一震，老天，他想，只要有钱连瞎子都能娶到这么好看的女人！可他呢，除了一身衣裤和一双干活的手，别的什么都没有，那颗年轻的心被一股混杂着痛楚和不平的感觉涨满。

几年过去，赖长荣依旧是个穷得娶不上媳妇的光棍。如果说穷人也有梦想，那赖长荣的梦想就是范梨香，那俊俏的女人站在灶前做饭，盛满一碗饭端给他，然后点上灯,走到他床前，因羞涩而眉眼低垂，想象进一步延伸，他拥有了这女人，事过之后剧烈的喘息渐渐平复，心里愈加空荡荡的。

日本人被赶走，国民党来了也走了，一个穷人翻身做主人的时代来临。一贫如洗的赖长荣当上了村干部。拥有上百亩田产的谭家虽在谭定桥死后只剩二十来亩田，村上还是要给他家评地主。

晚上瞎子坐在屋门口的板凳上，听着外面世界的声音，也许并不是声音，而是在黑暗中颤动的一种令人惶惶不安的能量。梨香在灯下缝衣服，病恹恹的婆婆躺在床上，她总是躺在床上。忽然瞎子微微挺直身子，因为听到了什么，有人来了？

门“吱呀”被推开，果然来人了，果然是他。只听赖长荣的声音招呼道：“二哥，没睡呢。”

瞎子简短回答：“来了。”

此后多年赖长荣一直称呼瞎子“二哥”，因为瞎子虽是独子，但有个姐姐。床上的婆婆欠起身，勉强挤出笑：“来啦，坐，坐吧。”

赖长荣说不坐了，他来是有几句要紧话和他们说，很要紧，眼睛瞟向梨香，梨香的心咚咚跳，加快针线。

“不要缝了，还不好好听着。”婆婆有些心急。

“跟你们讲，上边有政策的，三十亩田才是地主，他们是瞎评。不要认，万万不能认，认了地主就要专政，懂不懂？”

梨香不再紧张，看着长荣，本来她以为他要和婆婆说他俩的事，这时开口问：“专政是啥意思？”长荣说不大清，总归要倒霉，要做人下人。婆婆嘴角微微哆嗦，“那、那可怎么办？你得救救我们呀，长荣，谭家没有亏待过你……”

“娘！”梨香叫了一声，制止的语气，让婆婆不要再说了。长荣来干吗，不就是要帮他们才来。

长荣让梨香去和村里闹，只能由她出面，就说谭定桥一死，其实就是分了家，田产早都归了城里的姐姐，她和瞎子名下只有二十亩田，要是婆婆另算一份也就有十亩。她一个女人，丈夫是瞎子，婆婆病在床上，怎么种得过来。再说，死了儿子她丢了半条命，哪里有心思种田，她根本没有种二十亩田。她的话句句是实，要是有半句瞎话天打雷劈！她梨香是可怜人，当初怎么被娶到谭家，人人有眼，都是看到的，想死没死成呀。说到底瞎子也一样是可怜人，以后怎么活，有没有一口饭吃都不知道……

眼泪像断线的珠子，噼噼叭叭落个不停，没有一滴掺假，滴滴饱含悲伤，听梨香诉说的女人有的也随着哭了，其中也有村干部家的女人。最后村上给瞎子评了个小土地所有者，重新分了田。

苦日子就这么开始了，或者说苦中也有甜吧。

土地改革之后是镇压反革命运动，接着是合作化运动，但对梨香来说日子就是一天天打着赤脚在田里干活，对瞎子来说就是摸索着在家里做饭，而婆婆的大部分时间都无声无息地躺在床上，病日益沉重。只有长荣来了家里才有些生气，有时拎来半袋米，有时用一块布包来十几个鸡蛋，还提来一笼小鸡仔，后来活了五只。梅雨季节过去，长荣挑来新瓦，爬上屋顶修补，梨香站在屋檐下仰头观望，在阳光映衬下长荣的身影罩着一轮金环，光环随着他的动作不时炸开，令人目眩。现在梨香和长荣已经达成默契，不用再说什么，都明白彼此的心，甚至明白别人也明白他们的心。

实质的改变竟是由瞎子提出的。很久以来，自从天目走了，梨香就不愿再和瞎子同床，若干次要求遭到抵抗，瞎子放弃了。夜晚来临，梨香背对男人，用被子把自己裹紧，男人也不再动她。时常瞎子会在娘屋里就睡着了，一睡睡到天亮。他明白长荣为什么帮他们，娘也明白。母子二人都不提。

一天吃过晚饭，瞎子和长荣坐在屋里抽烟，梨香把洗干净的衣服叠好，对长荣说："你的衣服，别忘了拿去。"

长荣应了一声，站起身，"不早了，明天我牵牛来，快些把稻谷打完，谁晓得天要不要下雨……"

这时瞎子忽然开口："我说，"他说，停顿了一下，"就不要走了，住下吧。"脸微微侧向一边，似在等待回应，但是没有声音。其实就该是这样。瞎子也不再说什么，站起来走出屋子。以后的日子里瞎子和长荣一直很好，很像是兄弟。要说奇怪也不算奇怪，道理自古就有：人心换人心。

不久梨香怀孕了，长荣提出两人结婚，正式做夫妻。这时候婆婆说话已经很吃力，说："结婚可以，只有一件事你们要答应，"停住，虚弱地喘息，"你、你们两个，这辈子要、要养阿宝，要养他啊。"说完话嘴依然大张着，黑洞洞地等待。梨香和长荣互相看了看，这是当然，有什么可说的呢。长荣答应老太太这辈子养着瞎子，也要给她养老送终。梨香拿来纸笔，又是由她写下字据，说自己和瞎子不再是夫妻了。两人按下手印。

婆婆去世时梨香已怀孕十个月，马上要生了，挺着大肚子挪到床前，婆婆颤巍巍伸出鸡爪子一样的手，攥住她的衣襟不放，一双混浊的眼睛瞪着她。梨香明白她的意思，就说："你放心，只要我不死阿宝就有饭吃。”婆婆的手松开，闭上眼睛。

婆婆去世和儿子出生只相隔两天，正应了一句民间成语：红白喜事。

凡是见到梨香和长荣儿子的，没有一个不夸，“哎哟，看这小囡长的，多好，真是好看哟!”不是说好听话，而是直觉反应。梨香给儿子起名天顺，眉眼齐整白白胖胖的天顺确实像是从年画上下来的人。

儿子一天天长大，会走路了，但不再白白胖胖，肤色变黄，细小的胳膊腿瘦如竹竿，只剩一双黑黑的大眼睛依然发亮，像他的爹。梨香肚子又大起来，仍然睁眼就干活，怎么做也做不完。屋后开了块菜地，算上一头牛、两头猪和几只鸡，十几张嘴都等她来喂。生下玉莲后，牛被拉走了，初级社成立。村里为几十头牲口建了牲口棚，旁边有两间小屋，瞎子从家里搬出去，住到小屋负责饲养集体的牲口。过了一年，梨香再次怀孕，又生下一个女孩儿，起名仙秀。高级社成立，交出土地证，梨香又有了身孕，这回生的是男孩儿，长荣给二儿子起名兴国。

晚上躺在床上，梨香推开凑上来的长荣，低声劝阻，“不，不能了，我实在是怕，不能再生了。”长荣也同意不再生，深吸一口气，翻过身去。不一会儿梨香听到男人的鼾声,伴随着田里呱呱蛙叫，声声清亮。梨香想：做青蛙多自在，叫哇叫，什么也不用愁，人却愁得睡不着。天顺身上的衣服太小了，裤脚吊起来，手臂露出半截，棉衣轮到仙秀已烂得不能再穿，油要吃光了，盐也要买，长荣的手让镰刀割了，伤口总不好，药水不买不成。鸡蛋坐月子都舍不得吃几个，攒了半篮，该能卖几块钱，怎么用实在伤脑筋。

转折来得猝不及防，兴国在世上只过了四十三天。由于连日咳嗽，婴儿的小脸肿胀，眼白成了红色，张大小嘴拼命吸气，发出鸡鸣般的嘶叫，口中流出黏液。入夜时分，咳嗽一刻不停，突然停止，死寂之中梨香眼睁睁看着儿子的脸变得青紫，终于喘出一口气，不久又来一番。当屋外的天空渐露灰白，婴儿断气了。

就在几天之前梨香收到一封瞎子姐姐从上海的来信，并不知道兴国出世，只知道梨香又怀上孩子，快要生了，还知道乡下人手里没钱用，问梨香可愿意到城里做奶娘，月月有工钱，可解决家里的困难。站在小小的坟堆前，梨香心想：也许这就是天意吧，是老天爷让我去做奶娘，仰脸望去，乳白天空如平板一块，纹丝不动，太阳在云层之上照耀，温热透过薄云传导至梨香体内，眼眶中的泪水渐渐退缩，止住，她做出决定：顺从老天为自己做的决定。

八

很多年梨香在春节时都会收到一张贺年片，卡片上的字迹瘦瘦的，微微向一边倾斜，意思大致相同，祝梨香在新的一年身体健康，家人平安。署名梅西。而近几年梨香再没有收到贺年片了，她有些担心，心里有不祥的预感，但想想又觉得也没什么太可怕，蒋老太太如果活着应该快九十岁了，如果病或死了也是合情合理的。

那年她走进复兴西路那座七层的公寓楼，不知道电梯是何物，顺着楼梯爬到五层，给她开门的女人高高瘦瘦，穿着藕荷色旗袍，头发向后缩起，一身香气，就是蒋梅西。

蒋韵是蒋梅西的孙女，因为母亲没有奶水，只有找人喂养。在这套宽大的公寓里，父亲早出晚归，白天母亲会把书房的门关上，从里面传出好听的乐曲，梨香知道了那是小提琴，是母亲自己拉的。有时候母亲晚上出去，很晚才回来，原来是去剧院里演出。回到家时女儿早已睡了，她会轻轻推开门，不管动作多么轻梨香总会立刻醒来，欠身开灯。只见长发披肩的母亲把手指压在涂过的红唇上，示意梨香不要出声，不用动，站在床前对着熟睡的女儿看一会儿，摸摸柔软的头发、被子下面露出的小手，对梨香点头笑笑，转身走出去，轻轻关上房门。那一会儿，梨香睡眼惺忪看着身边躺着的宝宝，心中怀着和母亲一样的情感，母亲走了，她再轻轻关上灯，心安理得地接着睡去。

时光一天天过去，大部分时间梨香是和蒋韵、蒋梅西一同度过。蒋梅西教会她做土豆沙拉，还给她听唱片，告诉她唱的歌叫《摇篮曲》，让她学着唱，梨香嗤嗤直笑，说："你可会唱，你先唱，你唱我就唱。"蒋梅西真的唱了，从梨香手里抱过孙女边摇边唱，好像在做戏。梨香看着，用手捂住嘴笑哇笑。

梨香给家里写信，不会写的字去问蒋梅西，蒋梅西帮她把错别字改过来，后来干脆代她写信。梨香和她讲了自己的身世，讲了自己的两个丈夫，唯独没有提陆先生一句。她当然没有忘记他，相反，有时候陆先生的影子会从房间里飘过，因为她有一种感觉，感觉他是属于这样的地方的。

每天牵着蒋韵的小手出入电梯，从踉跄学步到蹦蹦跳跳背着书包去上学，七年的时间倏忽而过。梨香每年都会回家一两趟，长荣也来上海看过她。两人在厨房间里说话，然后上街吃了一顿生煎馒头。再次长荣带了天顺一同来，蒋梅西放梨香一天假，让她带父子二人逛逛上海。一家三口去了外滩，逛了南京路，什么东西也没有买，最后回到巷子里粮店，梨香从衣服口袋里摸出塑料钱包，里面有蒋梅西给的粮票，一共攒了三十四斤六两，全部买了苞谷粉。

时值二十世纪六十年代，饥荒如饿鹰在空中盘旋，城市、村庄、大地遍布那四处寻觅的阴影。蒋梅西买了一斤糖果一斤点心让天顺带回去给妹妹。天顺把牛皮纸包小心抱怀中，一刻不放手，长荣则扛着那袋苞谷粉，梨香送父子俩上火车。在车站小卖部前她停下脚步，给天顺买了一根奶油冰棍，长荣觉得是浪费，梨香没有听他的，说："这辈子你还没吃过吧，再买一根给你。"

"不吃，我不要。"长荣说得咬牙切齿。

梨香被他的样子逗笑，"美得你，哪个要给你买呀。"

长荣死后梨香后悔死了，想起那天的情形，问自己为什么没有给长荣买下那根冰棍，有什么舍不得的嘛！现在长荣没办法吃了，一辈子也没吃过冰棍。多年后陆先生曾问她，这一世有什么事让她感到后悔，她立刻想起的就是买冰棍的事。而陆伯南想到的是那次自己去乡下找梨香，让她跟他走，可她没走，陆伯南相信她应该感到后悔。可梨香真没有那样想过，后悔又有什么意思，没有用的。梨香从不是自我怜惜的人，当然也就不会自怨自艾。她对陆先生说：

"我不是没想过，想过的，那回你来我没有跟你走，不是别的，命，那就是我的命呀。"

陆先生思忖了一下，咧嘴苦笑，"对，命，都是命。"

长荣是在生产队开会的时候身子一歪，瘫倒到地上死的。蒋梅西建议把人拉到医院解剖，查原因，梨香坚决拒绝，想都不用想的事。一年前长荣的妹妹在饥荒中虚弱死去，长荣死后不久妹夫不见了踪影，不知逃到哪里去了，丢下三岁的女儿，梨香回去后把长荣妹妹的女儿接过来养，不然谁养她呢。

离开上海，离开了蒋家，现在梨香一个人要养瞎子、儿子和三个女孩儿。瞎子仍住在牲口棚小屋里，吃饭的时候回来，长荣在时一直是这样。有一天吃晚饭的时候瞎子没有回来，吃过了饭人还没出现，天黑后梨香有些担心，去牲口棚查看。小屋里没人，黑暗中却隐约能听到瞎子的声音，拖着哭腔，似在哭诉，会和谁呢？

没人能了解瞎子的感觉。他觉得同住一棚的牲口都是通人性的，每当他心里难受，它们是最好的倾诉对象。几年间瞎子和牛马骡子说的话比一辈子和人说的话都要多。

"呜……呜……"瞎子低低啜泣着，"跟你说，我没法活了，老天爷不想让我活，这些事你们不想，我可天天都在想呀，想来想去就是这样，老天爷把长荣带走就是不让我活，就是的呀……"牲口棚里仅存的一匹老马瘦得皮包骨，一动不动像雕像，这时竟然动了，探探头，用嘴拱了拱瞎子的一侧面颊，这下瞎子哭得更加伤心，

"你也一样，不要想活命，我要是死了哪里还有你好活呀……"抽噎几声，"长荣啊长荣，你怎么就这么走了，你走了谁养我，不如就让我跟上你，死了倒干净了事，呜……呜……"哭得再也说不下去。

有千万根小针在扎梨香的心，却没有尖锐的痛感，只是缓缓释放出一种顿疼。梨香慢慢走近，听到动静，瞎子瞬间止住哭泣，警惕地谛听。

"你哭个什么，谁说不养你了，谁说了这话？我答应了娘的，除非我也饿死，那没有办法，只要我有口吃的就有你的，我饿不死你就饿不死，要死也是我死在你前头。起来，起来吧，回家吃饭去，听到没有！"

瞎子缓缓起身，伸出一只手去摸那匹老马，"没事，没事了，我去一下，去去就来。"轻声嘱咐。

白天梨香下田干活，晚上织布，还要做鞋子拿到镇上去卖，还养了两口猪，猪粪卖给队里，养羊，纺毛线，染染，给孩子织毛衣穿了过冬。夜晚做鞋做得太困了，她就把头往墙上撞，咚、咚、咚，重重的，一定要撞疼才会不困。

过年了，舞狮子的人来到村上，锣鼓声由远而近再由近而远。上蹿下跳的"狮子"在每家门前都要一会儿，只经过梨香家门却停都不停，知道她没钱给他们。亲戚们也是一样，婚丧嫁娶各家都通知到，唯独不和她讲一声，谁让她出不起份子钱。起初梨香会为这些事感到难过，渐渐麻木，即便偶尔有心酸的泪水盈入眼眶，也咬牙忍下去，不然怎么看得清手上的针线。但另一方面她并没有麻木，蒋韵多次出现在梦里，伸着小手哭叫：“我要姆妈我要姆妈……”醒来还听到小姑娘细嫩的声音，泪水已濡湿枕头，这时候她会喃喃自语：“不能，再不能带孩子，想得太心痛了。”

早上四点钟梨香就起来了，天还没有亮，屋子里四个孩子正睡得香，呼出温暖的气息。快过年了，梨香要把做好的几双鞋拿到城里去卖，出门前她要熬好猪食，要舂些米，煮好饭自己也带上一顿。

近正午时，梨香卖出去三双小孩子的花布鞋，一双男人的黑布鞋，还剩下一双鞋摆在一块蓝布上。她坐在摊子前，眼皮渐渐沉重，头一点一点垂下，再也忍不住瞌睡。

睡梦中听到一个声音在叫她的名字：梨香，梨香……好熟悉的声音，那么好听的声音，怎么像是陆少爷的声音呀?！猛地惊醒，一抬头陆少爷果真就在眼前，蹲着身子，隔着地上的蓝布看着她。

“真是你呀，我差点儿认不出你。”陆少爷的声音说，嘴唇随着声音翕动。梨香只是怔怔地看着面前的人，怎么也不敢相信。最后才终于相信了。

陆伯南坚持带梨香去了一个小饭馆，要了两碗阳春面，一盘素什锦一盘炸花生米。陆伯南说自己现在是资本家，日子也过得紧，但比起梨香……他顿住，望着梨香，摇了摇头，“你啊，我真的是看了好一会儿才敢认。看你这样子我心里好难过，怎么摆摊子都睡着了，可见过得太辛苦了。”

梨香咧嘴笑了，“苦倒没什么，只是没觉睡，总想瞌睡。”

两人说话的时候梨香看着一身整洁的陆先生，想：他没有变样，还是原先那个人，只瘦了些，老却没有老。再看看自己呢，真不知道自己是什么样子，她已经很久没照过镜子了。

正是这一次见面陆伯南问梨香有没有什么后悔，他说如果当年她跟他离开乡下，别的且不说，现在她会是工人，有工资，总不至于这么吃苦。

工人！梨香的心“怦怦”跳了两下，这两下跳得比平常快了些，想到自己是一个工人，这念头让她激动，但激动只维持了半分钟，也许更短。是的，她不再是那个面庞清秀、怀着朦胧企望的姑娘，她是三个，不，四个孩子的母亲，看着孩子一天天一年年长大，衣服小了，鞋子破了，力气大了，能帮自己干许多的活；用自己的乳汁喂大的小姑娘已经上了中学，长成大姑娘，脸上泛出女性羞怯的红润；然后她看到女儿嫁人，看到儿子娶媳妇，在老房子旁边盖起新房子；看到孙子出世，张着小嘴哇哇啼哭，迈出一对小脚丫，摇摇晃晃向前走；瞎子还活着，腰已经弯了，但是每天还是回家里吃饭；这个家已经不是梨香原来的那个家，而是天顺的家，但不管哪个家，仍然多年如一日，瞎子总是回去吃饭，即便她远在千里之外的首都北京，因为儿子答应了母亲的，要给瞎子养老送终。

时间在飞翔，无始无终地飞翔，没人知道要飞到哪里去，但必定要一刻不停地飞，飞，把旧日子抛到后面，迅速缩小，变得模糊，变成小黑点，在地平线上消失。但不会一切都消失，不会的，总有什么保存下来，保存在人性的内核里。梨香并非意识到这点，恰恰相反，她什么也没有多想，思想不是她所擅长的。她活着，只是按自己的心做事，无论做对做错。她心里确实珍藏着一些东西，姑且称之为情感，她并不觉得有什么特别，一切对她来说都是自然的，是天意。于是在小饭馆里，面对着刚端上桌的两碗阳春面，她咽了咽口水，说：“那不是别的，命，那就是我的命。”

陆先生沉默片刻，咧嘴一笑，“对，命，都是命。”停顿一下，又说：“吃吧。”

两个人拿起筷子吃起来，那一会儿只听见窸窸窣窣吃面的声音。

九

自梨香和陆伯南在镇上相遇，又很多年过去，一切都在变化之中，且变化之迅速之巨大超乎人的想象。牲口棚不见了踪影，连同人民公社一起消失。天顺盖了新房，娶妻生子，瞎子搬进老屋居住。几年后天顺靠自己的力量又盖起二层新楼。梨香回老家一次，看到儿子的新楼房，随后又回老屋，走向老屋时不断用手背抹去泪水，眼泪不知是因快活而流还是为伤心，她并不想弄清楚。

主人姜同志从樟木箱子里翻出一件羊皮袍子，压在箱底多年，问梨香可需要，梨香想到瞎子就带回来。这时瞎子已不再回家吃饭，而是在老屋自己做饭。梨香询问后得知：新楼和老屋之间隔着一段路，天顺媳妇提出何苦让他每天跑路，又看不见，不如送饭给瞎子。

说法圆滑，合情合理，然而枕边的唠叨才是真心，“做给他吃还不够吗，要顿顿饭对着那双瞎眼，厌气死了。”

于是瞎子每天在老屋静静等待，肚子咕咕叫时会微感心焦，没办法，年纪虽然老了，胃口还很好。不久送饭改为送粮送菜，是瞎子自己提出来，没有问题的，他可以自己做，没有问题，早年间他做过的。

冬天到了，瞎子穿上羊皮袍子觉得很暖和，睡觉时就把它盖到被子上面，重重的，很有分量。夜里他梦见自己躺在母亲的烟榻上，听到母亲的声音：阿宝，蛮好，蛮好的……

他从未给梨香写过信，想来想去托人写了一封，告诉她家里一切都好，羊皮袍子很管用。收到瞎子的信，梨香笑了，看完后整整齐齐叠好压到褥子底下。褥子底下保留着所有她收到的信，大多是女儿和儿子的信，再有就是陆先生的四封信，每封信都问候梨香的身体，让她多保重，不要太辛苦自己。她给陆先生回信，告诉他自己还在北京做，身体还好，儿子天顺开了工厂，能挣钱了，说过让她回家，不要在外面做了，她的想法是主人家对自己很好，那么趁现在还做得动就多做两年，攒些钱总归有用。问陆先生的身体可好，问候他全家人。

十月间梨香收到儿子一封信，信里告诉她老屋破旧不堪，怕要塌，不能再住人，准备让瞎子搬到他原来盖的房子里住，问梨香愿不愿意。那房子是梨香寄钱回去盖的，所以征求她的意见。梨香一夜没睡好，想着自己倾尽一生力量盖起一座房子，有了它每天能过得安心，因为知道总有归宿，可以遮风避雨，可以安安稳稳躺在床上睡觉，坐在桌旁吃饭，还可以在箱子上摆放14寸电视。但是瞎子怎么办，让他到哪儿去？他们早已不是夫妻，却有割不断的关系，从未想过到底是什么关系，只知道是割不断的。写信回去对儿子说：我没有意见，你只要管瞎子吃饭就好了。

姜同志的儿子过30岁生日，准备了两天，梨香做了一桌菜，有狮子头，有淡菜烧肉、八宝鸭，还做了春节时大受欢迎的炒素。油面筋用热水泡软，香菇黑木耳洗干净发好，冬笋用开水灼一下，胡萝卜要的是颜色好看，还放了黄花菜和黄豆芽。炒素做出来一大盆，饭后拿饭盒装满让主人儿子带走，剩下放进冰箱。不觉过了两天，又过了两天，炒素顿顿饭端上桌，总没有吃完。姜同志说味道不对了，坏了，倒掉吧。梨香却舍不得，当晚自己就着炒素吃下一大碗米饭，味道似有点发馊，没什么要紧。主人知道了，急煎煎责怪她："怎么搞的嘛，让你倒掉是倒进垃圾箱，不是让你倒进肚子里。要是中了毒怎么办，怎么得了！我问你，一点剩菜要紧还是命要紧？你呀，就是这样糊涂的一个人！"梨香心里不认为自己做了什么错事，她想告诉姜同志不会出毛病，人的命贱得很，哪里那么容易就死了，可觉得如果这样说主人会更生气，就认错似的一个劲点头，说："晓得了晓得了……"临睡前主人来看她，问感觉怎么样，她说蛮好，半夜姜微起来上厕所，轻轻推开梨香房间的门，听到鼾声均匀，于是转回去睡觉。

曾经学过医，姜微相信科学，知道腐败东西对人的肠胃会产生什么影响，然而科学标准竟然不灵。之后类似情况又多次出现过。姜微依旧相信科学标准，但在科学标准之外又加上一条“梨香标准”。有时她和丈夫会用“梨香标准”开玩笑，“吃吧，按照梨香标准不会有问题的。”

梨香吃下熟得过火的西瓜，吃过微微发臭的鱼，切下面包上的霉点，把面包吃下去，她不懂得什么标准，但一直身体力行着自己的标准，也许“标准”一词对梨香并不适用，对她来说她活着就是一切。

三月二十七日是梨香六十五岁生日，她没有和别人说，自己也忘了，直到晚上躺到床上才忽然想起来。过了两天和姜同志提起，姜同志立刻在记事本上写下：三月二十七日范阿姨生日。只为了明年一定不要忘记。梨香当时没有说，但心里已多次想过，是时候，该回老家了。到年底她告别了姜同志一家，带着两个大旅行包登上火车。火车开动的时候，作为回应，她抬起手朝姜同志的儿子和儿媳挥动，视线被泪水蒙住。很快朦胧的人影远去，消失不见，车窗外，建筑物迅速移动着，玻璃反射的夕阳红光照得梨香眯起眼睛。街道，汽车，行人，只几分钟工夫已变成了另一个世界。

不久暮色降临，紫色的田野越来越暗，变灰，隐没在黑暗中。梨香拿出面包和煮鸡蛋，没有动香肠，打算留给孙子。吃过晚饭感到瞌睡，眼皮渐渐合拢，本次列车将在第二天中午到达终点站上海，梨香会在终点站之前两站下车。此刻家乡还在远方，正一点点靠近。

十

雨虽然停了，空气依旧湿漉漉的，腰总感觉酸疼，膝盖也是，在北方待了多年后，梨香已不大习惯南方的潮湿，但她并不在意，相信会习惯的。

今天是赖长荣的忌日，她要去上坟，准备好了纸钱、香、一捧长生果、几块点心。前两次回家是天顺和她一同去坟上，还要放长长一挂鞭炮，引来不少乡亲。今天天顺外出去谈生意，瞎子说了和她一起去。

走在路上才发现雨并没有停，也算不上雨，细密的水珠没有分量，几乎落不到地上，只飘浮在空气中，黏在发丝上，像一层白霜，不一会儿脚上的鞋就全湿了。

拔除了坟上的草，满手泥巴，点燃香和纸钱，湿度太大了，固化的烟雾在空中缓缓蠕动。梨香站在小土包前，瞎子垂手立在一旁，两个人都不作声，本来就不是能说会道的人，面对死者更是沉默。

就上个月，瞎子在屋里瞌睡，窗外有人叫："二哥，二哥……"，是长荣的声音。他猛地醒来，一阵兴奋，甚至起身下床想迎出去，随即止住，意识到不过是个梦。晚上做饭时他把白天的梦和梨香说了，"长荣死得太早，和他比自己怎样都算好了，还活着，能活动，吃喝不愁，蛮好了……"边说边把米饭盛进碗里，满满一大碗。梨香看着他，看着那双早已看惯的只有眼白的眼睛，看他端起碗大口扒饭，吃得很香，也许该说点什么，却又想不出要说什么，结果什么也没有说。

长荣也在梨香的梦里出现过，不止一次。梦中，男人鼾声粗重，梨香叫他：“长荣，长荣……”一边用手推搡，身子很沉，推啊摇啊，怎么也不醒转来。还有一次梨香做好饭等他回家，等啊等，等得心焦，后来不知怎么回事长荣已经坐到桌上吃起饭来，梨香生气地问，“你上哪儿去了？怎么一走就不见人影？”长荣只顾吃，嘴里塞得满满的，梨香气得上前要拿他的饭碗，长荣不给，两个人你抢我夺，结果笑起来……

“雨大了，回去吧。”梨香说。“好，走。”瞎子立即回应。在回去的路上，瞎子跟在梨香身后半步，轻轻搭住她一侧的手臂，步调和她保持着一致，虽然打了伞到家时身上还是淋湿了。

肚子在咕咕叫，瞎子连衣服都没换先就要淘米煮饭，这时听到梨香开口说：“不用你，换衣服去吧，我来做。”在此之前两个人一直是各做各的饭，各吃各的，从这天起他们俩合在一起吃，不再单独做饭。

天顺曾提出让梨香搬到自己的楼房去住，梨香思前想后没有同意。几年来她都在脑海中想象着住在自己的房子里，那份踏实安稳的感觉是她向往了多少年的啊！儿子家再好总不是自己的。梨香的坚持让儿媳大大松了口气，丈夫是一家之主，是说了算的人，如果婆婆愿意来住，她是不能反对的。

一天梨香收到北京的来信，是姜同志寄来的。牛皮纸的信封很大，里面还夹着一封信，信封上的邮票是一个女人的头，小小的，侧着脸，原来是陆先生从香港寄来的。在信里陆伯南告诉梨香，自己去年搬到了香港，和女儿一家住，每天去海边散散步。最近他的孙女常听一首歌，歌手唱：如果我需要你，你会来看我吗？抚平我的伤痛？接着一个女声唱：如果你需要我，我可以看你，游过大海，抚平你的伤痛。不知为什么听到这首歌他会想起梨香，想起年轻时的往事，自己这辈子像梦一样过去了，有好梦有噩梦，梨香是他的一场好梦。

我们都老了，他说，他只有一个希望，希望梨香对自己好一点，不要太辛苦。尽管他不大相信，但也怀着希望，希望还有来世，那样的话或许他们俩会有另一番生活。如今就让两个隔海相望的老人在心里互相祝福吧。

晚上睡觉前梨香再次拿出陆伯南的信，凑在灯下细看，因为认真，甚至喃喃读出声来。以后几天都是这样。一字字读完信后躺下，关灯盖好被子，静静地躺在黑暗里。不知谁家的狗惊叫了两声，四下还传来一些细微的动静，梨香想起了那年春天，她坐在自行车后座上，桂花开了，风吹到脸上都是香的；想到多年前的一天，推开窗，陆少爷就在对面的窗前，对她说："跟我走吧，我是来接你的"，眼睛熠熠发光；还想到第一次生孩子，产后的住所，五彩的玻璃和墙上的圣母玛利亚，然而却怎么也想不起婴儿出生时的模样了，心里懊恼；忽然天空中有黑影移动，伴随隆隆巨响，看到婆婆在弹坑里爬，两手疯狂扒土，哦，停住，停住吧，她不愿再想下去。可思绪不由自己做主，不知怎么她又坐在花轿里，哭得满身是汗；蒙面强盗冒出来，自己抓起陪嫁的丝绒袍子坐到屁股底下，记得是件紫色袍子，没错，是紫色。人生是怎么回事梨香说不出，尽管她已经实实在在地一天天度过，有弹坑，有紫色袍子，有长荣没有吃到口的冰棍，还有……陆少爷那双熠熠发亮的眼睛，那么明亮，在望着她，望着她。

“伯南，伯南……”暗夜里，她忍不住轻声呼唤他的名字，心阵阵发热，涨痛，甚而她感觉有些害怕，不明白自己怎么了，会发生什么吗？当然什么都不会发生。最终是瞌睡来临，梨香沉沉睡去。

清早，她听到瞎子开门的声响，听到他拖拽着步子走过院子，听到鸡叫，猪崽吱吱吱拱向母猪的奶头，有孩子奔跑而过，尖声嬉笑，公路上的汽车声，广播喇叭里的新闻，所有的声音形成一种熟悉的共振，融进风吹稻田的万叶千声里。一天开始了，可梨香还不想起，觉得困倦，想再睡一会儿，而且她知道自己可以再睡一会儿，于是翻了个身，又睡着了。

女人黑宝

一

这家杂货店开在一条小街上，与肉铺为邻，对面是铁匠铺、点心店。几年前老板薛三桂被路边窜出的毒蛇咬伤，浑身黑紫，不等家人赶到就断了气。不久妻子染病，卧床数月后离世。杂货店现在的店主是他们的女儿黑宝。

当年，黑宝作为第三胎出世。生产时母亲咬破嘴唇，掐住接生婆不放手，指甲缝里嵌进血肉。黎明前胎儿终于落地，浑身包裹粉色黏液，蹬着小腿哇哇啼哭。父亲薛三桂高举油灯，在乱踢的小腿间疯狂搜寻，却没看到那渴望看到的小小凸起物件。霎时胸中怒火蹿升，决定遵从内心意志。床边，硕大的铜盆满盛着猩红血水，拎起女婴小脚塞入盆中。正如有文所言："初生一女，尤可存留，连产二胎，不可容其长大，甫离母腹，即坐怨盆，未试啼声，已登鬼箓。"

铜盆里一阵喧腾，血水剧烈荡漾，泼洒而出，小小身体的挣扎居然弄翻了铜盆，被产婆从地上救起。老天有眼。之后发生的事情更加显现天意，黑宝出生一年内两个姐姐相继染病死去，三年后母亲生下一个弟弟，七年后再生一个。如今，身为老板娘的黑宝光滑的大脸发出熠熠白光，丰腴又灵活，浑身散发熟透的气息。

一九一九年她22岁，仍未成亲。在镇上人看来不为别的，只为了她的两个弟弟，金栋和荣才。镇上人曾大肆议论这对弟兄是否一父所生，因为两人身上从里到外找不出一丝一毫的相像。此怀疑毕竟是空穴来风，毫无根据，只当天下怪事多多。

金栋，三岁因玩水掉到河里差点儿淹死，六岁因玩火把自家的仓房烧着，之后摔断过胳膊，打破过头，再之后轮到别人的头数次被他打破。长大后的他五短身材，两条刷子般的眉毛压住眼睛，没人摸得透那阴沉的神色表示什么。站在床前，看着他摊手摊脚睡成“大”字，鼾声粗重，黑宝不由想：这孩子要能不长大该多好。

弟弟荣才面颊上散落几颗黑痣，粉嫩的嘴唇说笑间显露妩媚。时常金栋瞄着弟弟心里会生出惹他哭的冲动，或上前推搡，或扭住手臂，或推倒在地踏上一只脚，甚至骑上身狠掐脖子。弟弟见哥哥就像耗子见了猫，黑宝在一旁看着心疼，但也无可奈何。

还有更加无可奈何的。金栋迷上赌钱，牌九、麻将、骰子、押宝样样精通，店里的收入大都被他拿去还赌债。为免去啰唆，金栋总是趁黑宝不在时来要钱，伙计白龙生只得悉数交出。黑宝于是尽量把钱揣走。金栋再来，白龙生步步后退，嗓音发颤：“没有，真是没有呀，老板娘……”话音未落被拳头击中，一颗门牙活动，几天后掉了。

夜晚黑宝躺在床上嘤嘤抽泣，荣才惊醒，掀开帐子躺到姐姐身边。“姐姐，不要哭了，没用的，难过是没有用的……”透过蒙眬的泪眼，黑宝看见荣才脸上点点晶莹，反过来安慰弟弟，“会好的，等他再大些就好了。”谁又相信这样的话呢，连她自己也不信。接下来的话却铁板钉钉，“不要怕，不用担心，你好好读书，荣才，姐姐会一辈子守着你。”荣才止住抽噎，黑宝也不再流泪，搂着弟弟沉入梦乡。德国美最时煤油灯把家具的黑影投到墙上，这时美孚洋油行已在中国设立，由于煤油灯比菜油灯更亮堂，少烟熏，黑宝的杂货店也开始卖起煤油。

朱芝花，两年前疯癫的丈夫出走不知去向，镇上有关她的流言四起。这女人的肉多么软，奶子多么鼓，睡起来怎样地惬意，说者摇头晃脑叹，听者垂涎。不久，手攥粉红绣花手帕，扭动腰肢，朱芝花把眼风投向了蛮牛般的金栋。

在床上金栋死过一回又一回，朱芝花也是同样，娇喘吁吁：“弄死我吧，不如你弄死我吧。”半月不见金栋，再见时黑宝吓了一跳，以为兄弟得了病，只剩下一副恍惚瘦削的人形。梨花落杏花开，出人意料，朱芝花的肚子渐渐鼓起，到秋天螃蟹渐肥时生下一男婴。此时金栋对女人的软肉已不再痴迷，儿子的出世让他感觉诧异陌生。朱芝花哭过闹过，最终清醒，这男人难以留在身边，唯一可做的事就是伸手要钱。

那年黄梅天比往年拖得长，雨丝终日在空中若有若无地飘飞，小镇被滑腻的青苔覆盖，所有东西摸上去都是黏的。店内霉气刺鼻，黑宝和龙生每天擦拭货架，拭去暗绿斑点。

雨一阵很大，哗哗作响，遮蔽了对面铁匠铺锤砧的叮叮当当。没有顾客上门，两人呆呆看雨水顺屋檐溅落，一种与世隔绝之感让他们内心熨帖。如此感觉从来没人说破，没说破就等于没有，黑宝这样告诉自己。但心里还有一个声音：有这男人在身边是多么好啊。

雨声变为淅淅沥沥，单调如催眠曲。黑宝眼中起雾，雾中浮动一番景象：红油伞下，两个人影身贴身依偎，慢慢移动，走向远方，那会是谁呢？黑宝猜到了自己的心思，一股热流窜至全身。

身后，龙生斜倚着柜台站立，两人之间的距离不超过六尺。热气持续发散，致使小店内空气膨胀，飘飘忽忽。耳畔忽然传来话音："你打算怎么办？"

黑宝惊得呆住，"你、你说。"声音低得只有她自己能听到。

"那个孩子……"

"孩子？"

"是呀，金栋的儿子，你怎么打算？"

龙生说起朱芝花几次找上门来，口里说是找金栋，其实只为找黑宝要钱。钱自然要给，因为是薛家的骨血，可真的是薛家的骨血吗？谁不知道那女人是个半开门的，数数镇上的男人，有几个没睡过她。

黑宝扭头瞥一眼白龙生，迅速转回："你呢？"

"什么，我哪样？"

"你睡没睡过？"

白龙生只觉得嘴唇发干，心跳如擂鼓。难道黑宝终于要把事情捅破，要接纳他了？勇气从天而降，把他推到女人面前，“你、你还不知道我吗?”说着竟拉起她的手。

小店内，轰轰热浪欲吞噬黑宝。也许可以有另外的选择，但黑宝下意识选择了逃跑，猛力甩开白龙生，冲出店门。

她并不知道自己要干什么，要到哪里去，人已走出镇外。母亲死时她不过十四岁，临死前母亲的手如鸡爪子掐进她的肉里，“娘要走了，你就是他们的娘了，可怜，可怜的人哪……”娘说的可怜是说谁呢？是她还是弟弟？此刻黑宝想再听母亲说话，给她回答，但只有连接天地的烟雨沙沙。脚下的泥泞让她最终停下脚步，透湿的衣服紧裹身子，内心隐约有一个疑惑的声音：黑宝，这辈子你真不要男人了吗？你怎么这样傻，不能这样傻啊黑宝！

一道闪电映出层层叠叠的黑云，雷声隆隆，似回应她的疑惑，脚下大地震颤。黑宝吓哭了，大哭出声：“天爷，老天爷，救我，救救我……”回家的路上她摇摇晃晃，像个瞎子对脚下的路分辨不清。

晚饭时黑宝一句话没说，让荣才感觉怪怪的，叫她两声。黑宝脸上浮现恍惚的笑容，“我问你，荣才……”

“什么?”

“你说，姐姐要是嫁人好不好?”

“嫁人？你要嫁给谁？谁?!”荣才语音升高，等不及黑宝回答，“你骗人，你说一辈子守着我，你骗人!”气急地扔掉筷子。

“哎哟，我是在和你说笑的，哪里会有的事。”黑宝弯身捡起筷子，荣才藏起手不接。

“不要闹，好好吃饭。”

荣才不动。

“听话，姐姐心里有谁你还不知道吗?”

“不知道。”荣才气哄哄回应。

“没良心，真是个没良心的孩子。姐姐生你气了。你听不听话，吃不吃饭?”

“你嫁人不嫁人?”荣才反问，“你说，要我，还是要嫁人?!”眼睛因一阵汹涌却难以言说的感情而充满泪水。黑宝赶紧抻出手帕为他擦泪，“我是答应娘的，要把你们养大。”

荣才扭来扭去躲避，“那、那是到什么时候?”

“等你有了老婆的时候。”

“不！我有姐姐，不要老婆。”

黑宝想说不要说傻话，可喉咙里有什么东西在哆嗦，她深深吸气，把筷子塞到弟弟手里。

“乖，吃饭。”她说。

随着天光渐亮，金栋脑袋里有支小锤在当当当敲打，越敲越快，疼得想喊。钱早已输尽，又借的钱眼看也要光了。

朱芝花大如梅子的奶头被孩子的小嘴吐出，小脑袋扭来扭去，吭吭叽叽。心烦到极点的朱芝花恨不得把小东西摔出门外，却又不能。只听门咣当被推开，金栋大喊：“他娘的，头疼死人啦。”

“你来干什么，你还认得这个门哪！”朱芝花手抱孩子翻身下床，嗓音尖利，“不晓得我上辈子作了什么孽，鬼迷了心窍，”两步上前把孩子往金栋手里一塞，“你的儿子你抱走！我不要！就当我白白为你受了一场罪……”

有活生生的东西在怀里扭动，金栋傻了，“做什么？你要怎样！”

“我要你八抬大轿抬我去你家，跟你拜天地！”

“梦话，发痴。”金栋冲口而出。

“那给我钱！拿钱来！”

“钱钱，就知道钱。没钱。”

“我看你才发痴，薛家的钱财落不到薛姓人手里，给个白相人你倒心甘。”

“屁话，你说谁，给了哪个？”金栋明知故问，心里很清楚朱芝花在说谁。

朱芝花变幻脸色，眼神一瞟一瞟，声音软软的，“金栋啊金栋，人家当你是傻子你就真成了傻子吗？回家去问你姐姐，她心里顶有数。”

脑袋里的小锤子力量加剧，痛感流窜，发狠搂住孩子，似乎这样能减轻疼痛。孩子爆发出哇哇大哭。朱芝花再次变脸，声音带着哭腔：“天底下哪里有你这样的爹呀！别以为我不晓得，我看透她的心思，恨不得你的儿子死了才好。说到底这孩子姓薛！你姐就算能生，生下来也不姓薛，鬼知道姓白还是姓什么，野种一个。到时候连你的份儿也没有，我看你……”

“咚”的一声孩子被摔到床上，金栋一脚踢翻床前的马桶，返身冲出门。

石板路坑洼不平。难以名状的怒火在胸口如热锅煮沸，金栋奋力前冲，不久听到锤砧的叮当声，看见铁匠铺炉火的红光和飞溅的金星，自觉身体就是呼呼作响的火炉。

店里，白龙生准备卸下门板，一个人影突然撞进来，吓他一跳。

“你来做什么，这么早……”

“老子想来就来，要你管。”

“我是说这辰光还没做生意，柜上拿不出钱的。”

“啪”的一声脆响，紧接着又一声，金栋左右开弓，“好你个柜上！我要你知道谁是柜上，你个狗奴才，狗娘养的，要你告诉我有钱没钱，贱人，你算个什么东西……”

门板关着，店内昏暗无光，二人一步步退向更深的暗影。金栋从牙缝里嘶吼：“跪下，给老子跪下！听见没有?”

“做什么?”白龙生腮帮子微微抽搐。

“我叫你跪，你敢不跪!”

“不，我不。”

脑袋里轰然闪过白炽光焰，瞬间的死寂，没有一丝声音，像是在等待什么，等待什么呢？铁砧再次响起来，叮叮当当格外响亮、急促。金栋感觉白龙生在自己手上挣扎，两条腿胡蹬乱踹，身子在死命地往上蹿，一蹦一蹦，而他力大无比，双手像铁钳，以势不可当的力量把一切反抗压下去压下去压下去，发泄和毁灭的快感使他兴致高昂，面带笑意。最终一切平息了，铁砧还在敲着，节奏未变。

白龙生躺在柜台前，脖子难看地扭曲着，柜台被顶得移了位。摔碎一只煤油瓶，黑色的煤油缓缓漫开，气味浓烈。金栋喘息着，煤油味让他难以忍受，下意识拉开店门。雨滴飘飞打湿面颊。对面点心店里有人在说话、吃东西。猛然间他清醒过来，知道自己该做什么。

黑宝从城里的钱庄回来，发现店门仍然关着十分诧异。店里不见龙生，有煤油味，地上有碎玻璃闪亮。她想不出发生了什么，匆匆收拾，开门做生意要紧。

一整天龙生没有出现，问到的人都模棱两可，好像见到了，不，好像没见到。晚饭只有黑宝和荣才在家，吃到一半黑宝忽然放下碗："这个鬼人，跑到什么地方去了，要我去哪里找你呀！"

荣才闷头扒饭，内心泛起笑意。

几天下来黑宝的脸黄了，眼圈发青，失神地坐在店里，念叨出声："怎么会，怎么会……"身后似有动静，猛回头，一只花猫从房梁窜下，拱背龇牙，用无色眼珠瞪视。泪水涌出，"龙生，龙生，你在哪里哟，快回来吧……"

坛里的黄酒已下去一半，金栋摇头晃脑，舌头发黏："喝酒呀，做什么不喝？"

坐在桌旁的荣才眼皮几乎合上，但不敢说想去睡觉的话，只是在心里期盼着姐姐快回来。

“嘿，呆子，愣什么，我要你陪我喝酒。”

荣才小心地端起面前的杯子抿了抿，金栋顺手托住弟弟的肘腕一抬，杯里的酒泼洒到荣才脸上。金栋纵声大笑，胸中涌动着浑浑噩噩的激情。

“兄弟，我要教你怎样做男人，晓得吗，你哪里像个男人。”说着伸出手去端酒杯，却端空了，干脆去端酒坛。

荣才被迫将满杯的黄酒灌进口中，不久发觉墙壁和屋顶在波动起伏。

“看，看哪！房子怎么动了?!”声音混合着惶恐和惊喜。

“傻瓜，把这杯喝下去，保你变神仙。”

荣才的脸很快变成猪肝，再次变色，发出熠熠青光，“哇”的吐了。金栋满意之极，搂住弟弟的脖子不放手，“听着，听仔细，有件事世上没有一个人晓得，只告诉你。想不想知道?”

“我、我难受，想去睡。”

“那个混账不会回来了。”

“谁?”

“还有谁，姓白的。”

荣才心中一颤，“白龙生，怎么，他去了哪里?”

“你不是要去睡嘛，去睡，怎么不去。”金栋嗤嗤笑。几天来秘密像一只黄鼠狼蹑着脚在心上徘徊，此刻酒精发挥作用，促使他怀着恶作剧的心情讲出杀人灭迹的故事。荣才听着，心里没有一丝害怕，甚至都不感到吃惊，一切都顺理成章。原来如此，原来他是死了，在河塘的淤泥里正慢慢腐烂。他忘记了醉酒的难受，身子发热，面颊通红。

金栋醉得更加厉害，眯着眼睛竭力想看穿眼前的迷雾，“怎么样，你哥哥厉害不厉害，为薛家除害，你欢喜不欢喜?”荣才轻轻点头。“哈，我就知道你……万万不要说出去，不然我就完蛋了。”金栋不忘叮嘱。

那夜荣才睡得很沉，鼾声大作。黑宝凑近查看，闻到酒气，早上得知是金栋逼弟弟喝酒没有说什么。后悔折磨着她，为什么不让龙生知道自己的感情呢。龙生收拾货架、搬东西的情境不断出现，形象鲜明，她觉得他还会回来。除此之外的一切似乎离她很遥远。直到县警所的警察破门而入，从床上抓走金栋。

黑宝揪住兄弟的衣袖，随即扑倒抱住大腿，“做什么，他做了什么，干吗要抓他?!”

警察抬脚把她踹倒在地，拽着金栋出门。一路熙攘喧嚣，黑宝昏头昏脑追随到镇外的河塘。白龙生的尸体被打捞上来，嘴巴张开，牙齿向外突出，尖簇簇的鼻子缺了一半，黑宝晕了过去，被人抬回家。

醒来时只见荣才坐在床边，脸色像纸一样白，俯身凑近，“姐，姐……不要难过，还有我，我在呀。”

黑宝昏沉失神。

“……剩下我和你，这样子不好吗，你难道不愿意？我的话你听到没有，听见了吗？”

黑宝终于有了反应，缓缓咧开嘴，从无底黑洞中发出鬼魅般的呜咽。荣才吓得呆住，忽然大声哭喊：“不怪我，是他，都是他，我想他死，他死了才好！”

哭声停止，黑宝嘴唇翕动：“你？是你报的官？”

荣才点头。

“天，老天哪……”黑宝死命闭上眼睛，简直不敢再看这个世界。

二

每年三四月间，这县城似被黄沙吞没，狂风摇撼大树，摧折枝杈，滚动石块，夹带着粗大的沙砾直扑进人嘴里，扫净街市，再铺上一层新的黄土。学校的大柳树被刮得歪向一侧，柳条疯狂地互相鞭打，树上的铜钟在风中嗡嗡震响。

荣才收拾书本走出教室，他在这所学校教书已经四年。二十三岁成亲，短暂婚姻只维持了五十七天。新郎新娘在一场瘟疫中双双染病，荣才活了下来，妻子却走了。一阵风把沙子吹进眼里，荣才停住脚步。身后有人递上来一块白手帕，“先生，给你。”

荣才勉强睁开一只眼睛，看到赵冬秀扁平的脸庞，齐眉刘海下那双圆圆微鼓的眼睛让人联想巴儿狗的憨态。就在这时手帕腾空而起，在风中挣扎飞舞。赵小姐“哎呀”一声，冲出两步要追，却错了方向，迷糊又尴尬。

“糟糕，这样的大风。害你丢了手帕，真是对不起。”

“哪里怪你，先生，是风呀。”赵小姐脸如红布，为掩饰赶忙再说，“那我先走了，薛先生，再见。”

“再会。”荣才语气沉稳。

赵冬秀家有石头狮子把门，青砖高墙上茅草随风吟唱。她是大太太所生，下面有七弟八弟九妹。各房太太的院落都很热闹，只有她和母亲的屋里冷冷清清。胖胖的一身绸缎的母亲端坐在八仙桌前，莲花小脚轻轻交叠倒换，脑子里盘算着十七岁女儿的亲事，一来确是大事，二来也可打发空寂时间。

“小祖宗，我的大小姐，你个闷葫芦，娘一天天地操碎了心，你倒是说句话呀！”母亲拿足了腔调，女儿微微扭过头，朝这边露出半个眼白。“娘，你要我说什么，不要逼我了好不好。”一时间莫名的委屈的泪水涨满眼眶。她梦见自己的头被红布蒙住，一个声音凑近说：冬秀，是我，我来了。声音熟悉而亲切。

赵小姐第一次到店里是买绣花绷子，第二次来买粉色和绿色丝线，之后又为蚊香肥皂或花露水。黑宝看出她的心思，暗自庆幸他们搬了家，这地方没人知道那短命的新娘。对死去的人她并无愧疚，当年冒着自己染病的危险照护过她，人的命是天注定的。

回家路上荣才脚下滚过一顶帽子、一个篓筐、几团稻草，赵小姐的手帕竟然出现在视野里，高挂在树枝上，让荣才好笑。

黑宝为弟弟倒好洗脸水，问他：“新儿呢，怎么没有回来？”

“我怎么知道?!”

话音未落新儿双手捂着耳朵跑进门，“疼，好疼啊。”是大风钻进耳朵。黑宝拿来毛巾为他擦脸，毛巾立即染黄，“去干什么了，这么脏。”

“放风筝，和喜子一起！”声音亢奋高昂。

“这样的天，真胡闹。”又问，“喜子还没有走吗？”她知道自己是明知故问。

“娘，你怎么会不知道嘛，他们要明天才走。”

荣才不动声色，双手伸进铜盆掬起一捧清水，仔仔细细洗脸，心里暗暗计划自己当晚的行动。

十六年前的那个黄梅天，金栋从床上被抓走，漫天淫雨渐渐止歇。入夜月亮从游云中露脸，小镇忽明忽暗。梦魇中隐约听到婴儿的啼哭，黑宝惊醒。哭声似乎还在，黑宝倏地从床上坐起来，心跳如擂鼓，她意识到发生了什么。

果然，门前的石阶上有一团黑影蠕动，发出吭吭叽叽的奶声。月亮慢慢钻出，越来越亮，为婴孩儿的小脸镀银，身上包裹的被子蹬得散开，细小手脚如雪白花瓣绽放。此情此景如梦境的延续。不知不觉间黑宝双膝跪地，抱起哭泣的小肉团紧搂胸前，感觉到心脏的弱小跳动，全身如通电一般。命运在这瞬间决定。

朱芝花涂脂抹粉，名正言顺做起娼妓营生。杂货店关门，薛家搬离小镇，远走他乡。黑宝从此有了自己的儿子，起名新儿。十六年过去，荣才教书，新儿念书，黑宝在北方县城开店。

有人定期送货。远远听到噼啪鞭响夹杂粗声大气的吆喝，黑宝便知道宋大头来了。瓦盆数个、铁锅若干，水缸四个，大桶的煤油由宋大头搬至搁放地点。冬季里马车用芦席围牢，载来满车的煤，宋大头刷刷挥舞铁铲在墙角堆起黑色小山，过冬的保障。

宋大头，脑袋状若土豆，一条拐腿，钝疼的烂牙让嘴里气味难闻。对这个男人黑宝本应心怀感激，然而却百般戒备时时拉响警报。曾经，滴水成冰的天气，宋大头以手去拎水桶，手指被黏在提梁上，灌满水缸后黑宝留他喝酒。酒杯抿得嗞啦作响，讲述天南海北的奇遇，添枝加叶。黑宝起身给炉子里添煤，火钳斜插在炉口。

“不早了，回去歇着吧。”

宋大头喝得冒汗，再次斟满酒杯。黑宝上前默默拿走酒瓶，收进橱柜。

“下次来再喝，给你留着。”呜呜哭嚎的寒风如野兽围着屋子打转，“老宋，你听到没有，我说你该走了。”

煤油灯不安跳跃，把人和家具什物的影子投向四壁。下一瞬间，宋大头出其不意离座，膝盖“扑通”砸向地面，学京戏中的跪步，上身直立，迅速移动双膝到黑宝跟前。

“我不，我哪都不去，我、你……你就跟了我吧！”酒气直冲。

“你个疯人，放手！”

双手死死搂住女人大腿，血脉贲张的脸庞肿胀狰狞，“你可把我想死啦，要了我的活命啦……”

凳子翻倒，酒杯骨碌碌乱滚，烧红的火钳刺中宋大头左肩，布帛和皮肉的焦煳味飞扬。“当啷”一声火钳落地，黑宝手掌心发白，火燎般的剧痛窜至全身。宋大头眼珠圆瞪，目光错愕，“你个娘们，你够狠，等着，早晚有一天的……”

早晚有一天怎样他没有说出口，但决心已定，要把这女人搞到手，非搞到手不可。然而搞到的含义却不似以往。对这个洁净柔韧的女人他向往的是温暖与恩爱，向往坐在桌前，由她的手端来饭菜，在暖烘烘的被窝里搂着那软乎乎的身子。正是这愿望使他放不开手脚。

关于宋大头有种种传言。他曾拐跑别人的老婆，被砍断脚筋，因此跛足。曾经从路边捡到呆傻女人，生下一个女孩儿，女人疯癫时跳下河，随汹涌水流消失不见。另有说法他的女儿喜子是窑子里的妓女所生，跟他偷跑却又抛下他，去土匪窝做了压寨夫人。黑宝留心观察喜子，提水饮马时嘴里念念叨叨，似全然懂得牲口语言，与树上的鸟雀对唱，跟墙角的蛐蛐斗嘴，脾气上来和猫狗打架，类似举动让黑宝认定她是疯女人所生。立即又怀疑自己的判断，喜子爱笑，所到之处随意播撒串串银铃，动辄拉拉扯扯，毫不在意身体接触。不久她另有发现，喜子常用盈盈眼波对男人进行探测，深深一瞥就令被试探者心跳加快。新儿十六，荣才二十七岁，两人不幸都在其列。看来还是妓女所生，黑宝惴惴不安地想。

多年来生活里只有两个男人，如今却插进这对父女。父亲权且可以用火钳对付，对一个十七岁俊俏又孟浪的大姑娘能拿她怎样？

赵小姐再来店里买东西，黑宝主动搭讪：“小姐在学堂念书？”

“是。”

“我有个兄弟是学校里的先生……”

“知道，薛先生，教我的。”声赛过蚊子。

乳白天光均匀地洒在泛红的扁脸上，黑宝偷眼打量，这位小姐确实和美人不沾边，不过呢……多肉的嫩手酒窝点点，绿莹莹的玉镯在手腕上发散幽光，挑了一把梳子，两双白线袜，发现有线头露出，黑宝不慌不忙找来针线盒做修补工作，伴着随意闲谈，醉翁之意不在酒。赵小姐走后黑宝感觉心里的把握更大了。

吃过晚饭她给弟弟倒了杯热茶，“跟你说，今天赵小姐来了。”

“谁？哪个赵小姐？”

“还能是哪个，当然是……你天天见面的那个。”

“怪，”荣才摆出大惑不解的表情，“我和谁天天见面，我怎么不知道。”

“何苦跟我装糊涂，我这都是为了你。”

“你越说我越糊涂，什么为我，为我什么？”语气微露不耐。

黑宝不再绕圈子，直接道出心愿，希望弟弟能结一门好亲事，而她已探明赵小姐的心意，一切都是可能的。“若成功，我心里的石头就落地了，再不必为你操心，多少年了啊！”一声长长叹息发自心底。

黑宝说话时荣才的眼睛始终盯住茶杯，两三片茶叶如飞蛾浮在水面，这时端起来轻吹两口气。

“小心烫。”黑宝提醒。

荣才慢悠悠喝茶。

“哎，我的话你听见没有？”没得到回答，追问，“你心里怎么想，能不能和我说说，只让我心里有个底，成是不成？”

所有话语如同落进黝黑深井，一无回应。黑宝的情绪不由激动起来。十几年，不，何止十几年，时间要从母亲离世算起，甚至更早，她活着不为别的，只为照护兄弟，遵从母亲托付。辛苦操劳不要去说它，祸事凶险，日子艰难，二人怎样度过难道忘了？

“荣才啊荣才，姐姐是怎样过的只有你看得见，你心里最清楚……”

“对！”荣才忽然开口，截断黑宝，“我知道你为的是新儿，全是为了他，你的儿子。”

黑宝愣住了，心上有沉重石头滚过，轰隆隆作响。果然如此，果然！

“我说得对不对，不是瞎说的吧。”荣才再补一句。

“你、你不会是恨新儿吧？”问出这句话把黑宝自己都吓了一跳。

一抹冷笑浮上嘴角，手掌轻拍桌面，“笑话，不要发神经了。”说着倏地起身。

“做什么，不要走嘛。”

“我要去看书，睡觉。”荣才回答。

娘娘庙背靠县城残破的城墙，是宋大头的下榻之处。晚风吹过，满庭荒草簌簌低语不停，说的什么喜子听得懂。

“来了，来了，来了……”大伙抢着说。

“谁？告诉我来的人是谁，大的还是小的？”喜子好玩地问。

“来了来了来了……”回答一片嘈杂。

“住嘴，就知道你们答不上来。”抬手折下一根枝叶，左一片右一片左一片右一片，大的小的大的小的……叶子散落脚下，心里说不清希望哪一个出现。

不久有黑影走进庙门，是荣才，微微提着心问，“你爹呢？”

“还能干吗，喝酒去了。”

荣才穿过夜色一步步走来，站定。二人四目相对。喜子“扑哧”笑了，以手掩嘴，“干吗这么看我，怪吓人的。”

“你要不看我怎么知道我看你。”荣才笑答。

“你是先生，我可说不过你。不让看了。”憋住笑背过身去。荣才伸手拉她回转，喜子突然跳开，动如脱兔，“来呀，有本事你捉住我。”

这样的把戏新儿一定玩得高兴，荣才想，他可不是新儿。然而下一个动作已经拔腿追过去。星光熹微，喜子的身影像水中的鱼灵活游动，忽东忽西。

“好了，不要闹了。”荣才喘息着站住。

喜子加劲嬉笑，“追呀，干吗不追！我要你追。”

“我要你过来。”

“不。”

“我要你自己走过来。”

“我才不。”

“你会的。来，过来。”

“过去干什么?”

欲念像毛毛虫蠕动。要不要现在就说，让她跟自己走，她说过想去学校里看看，然后……荣才感觉嗓子眼发紧，用力咳了一声，说：“过来我考考你，看我教你的你还记不记得。”

风住了，夜空深蓝，星星密密麻麻，又大又亮。新儿朝着娘娘庙走来，心像一只被敲响的铃铛，一声声响着：喜子喜子喜子……忽然他听到她好听的声音。

“床前明月光，疑是地上霜……”

“锄禾日当午，汗滴禾下土……”

他飞跑起来，兴冲冲跃过门槛，口里大声附和：“谁知盘中餐，粒粒皆……”声音戛然而止。

昏暗光线下两个人影一齐朝他扭过脸。舅舅荣才抢先开口，“新儿，你怎么来了？这么晚还跑出来，你娘知道吗，她要不见你该急死了!”

“怕什么的，没人吃了他。来，来和我一齐背书，过来呀。”喜子向他招手。

新儿却向后倒退。梦魇般的感觉像蜘蛛网糊在脸上，他不由抬手摸了摸自己的脸，脚后跟一下子绊到门槛上，身体失去重心，后脑勺“咚”的撞击地面，摔了个仰巴跤。喜子爆发出连珠炮般的大笑，新儿又羞又怒，猛力蹿起，大步狂奔而去。

第二天宋大头走了。生活如常，仿佛什么也没有发生。荣才俯身在桌前为店里记账，黑宝就着灯光缝褂子，新儿默默坐在一旁的椅子上。

屋内的寂静让黑宝感觉到异样，“新儿，新儿！”她连叫两声，“舅舅有什么好看，老盯着他看做什么。”

新儿垂下目光。荣才翻起眼珠几秒，继续记账。

新儿想做的事情很多，想质问舅舅，想动手打他，想大骂，想哭，甚至想到去死。问题是他死了喜子会难过吗？他要问她，他要得到答案才死。

半月后宋大头带来了蚊香、花露水、纸钱，放大镜一枚是黑宝为赵家大太太要的。喜子在街上追上新儿，从身后捂住他的眼睛，憋着笑，对着他的脖颈喷出热乎乎的气息，顷刻间新儿获得了新生。

喜子邀他上树，二人拉拽着爬上粗大枝丫，四只脚悬空摇荡。

“还生我的气吗，说，为什么生气？”

新儿说不出。

“不许再生气了，听见没有。”命令的语气。新儿顺从地点头，喜子像个大人伸出手摸摸他的头顶，“乖，乖孩子，以后要听话，我要你干什么你就干什么，答应不？”

“行。”新儿坚定地点头。喜子歪头笑，“真的么，我不信。”

“那你说，要我干什么。”

“让我想想……”眼珠转来转去，喉咙里憋着笑，忽然抬手向树下一指，“我要你跳下去，敢吗?”

眨眼间新儿已消失，喜子惊叫。树下传来痛苦呻吟，从十来尺高度跳下的结果是右脚踝子骨断裂。

新儿拄拐杖走路三个月，其间发生若干变化。宋大头在县城找了一处房子落脚。赵小姐带母亲来黑宝店里买东西，之后黑宝请赵小姐来家里吃饭。一桌菜肴精细可口，可惜客人饭量如猫食。饭桌上全靠黑宝东拉西扯，赵小姐眉眼低垂，荣才的目光飘忽不定。

喜子笑嘻嘻上门看望新儿的腿伤，听黑宝嗔怪新儿昏头昏脑，走路竟会摔断腿，两人偷乐，共同拥有秘密的感觉让新儿心满意足。晚上喜子再次上门找薛先生识字，灯下，两人的手同时伸向书本，火烫似的缩回。黑宝进进出出把一切尽收眼底。

睡觉前荣才坐在床边洗脚，黑宝提着水壶往盆里添热水，说：“你是没事情做了，要教她念书。”口气透出责备。

荣才用脚把水搅得哗哗响，好像孩子在玩耍，“姐姐，你忘了吗，我是教书先生呀。”

“我不跟你说着玩。我问你，你是不是喜欢上她了，想要娶她呀?那可不行。”

“怎么，想留给新儿做媳妇，太早了吧。”

“胡说！新儿才多大，我躲还躲不及……”顿住，深吸一口气，“我这个姐姐哪里对不起你，要你这样对我。”

姐弟二人四目相对，目光传达的内容难以言传。半晌，荣才意味深长地说：“你不用担心，不管怎样我都不会告诉新儿的。”

“你要告诉他什么？”

新儿只知道自己的爸爸得病去世，那时他刚刚出生。他是娘身上掉下的肉，娘的命根儿。

“我说我不会告诉他，你不要听错了。”荣才脸色发阴。

这次谈话以后黑宝有些害怕和荣才谈话，怕有些话说出来会应验。更怕要她在荣才和新儿之间取舍，那是她不愿也不敢想的。而每当喜子进门，家里的空气就变了，黑宝的心立即提起来。伶俐的身段，鲜活的面容，脆生生的笑，无一不让她吞咽苦涩。她甚至动心搬家，但迅速丢开这想法，怎么可能。

来人头顶黑色毡帽，叉开双脚走路，两肩随步履大幅摇晃，越来越近。黑宝目不转睛地望着，似遭雷击。人迈进店门，摘下帽子，两条刷子般的眉毛压住眼睛，嗓音如砂纸，“姐姐，还认得我吗？”

眼泪涌出，模糊了黑宝的视线。

傍晚荣才回家，那一刻黑宝全身的血停止流动，身体僵直。两兄弟面面相觑，坟墓般的死寂似乎没有尽头。想不到是金栋呵呵一笑，“老弟，好久不见，活得不错呀。”

荣才的脸由红变白再变红：“你、你怎么来了？”

“回家，人都有家嘛。”

几天来金栋吃了睡睡了吃，像是度过漫长而苦难的日子只图静养。黑宝几次蹑手蹑脚走到床前看他，不由回想那个摊手摊脚呼呼大睡的男孩儿，胸口酸胀。晚上金栋斜靠床头抽烟，她端来酒酿扑蛋，她尽力维持的南方饮食，看着金栋呼噜噜几口吃光，感到一丝心安。

白天学校里书声琅琅，荣才背着手在课堂上踱步，目光瞟向窗外，忽然看到一个陌生又熟悉的身影。此时金栋也看到他，窘迫而阴郁的盯视让荣才的心不由打了个寒战。

“他回来干什么，到底想怎么样，这个样子你受得了我可受不了！”回到家荣才对黑宝发急，“你去问他，为什么一直不问，你怕什么？”

“你心里明白。”黑宝咬牙回应。

荣才怔了一下，咧嘴苦笑，“明白了，这么说我的命就交给他了。”

“什么命不命，鬼话。”

“我说的是鬼话嘛？是嘛！”荣才向黑宝逼近，脸对着脸，“今天他去了学校，他恨我，他没安好心！”额上的青筋跳动。黑宝伸出手想安抚弟弟，“不会的，他不会……”手被荣才“啪”的打开。

“鬼话，你说的才是鬼话！”抽身离去。

金栋懒懒地斜靠在椅子里，望着门外发呆。

“今天做什么，不出去吗？”黑宝小心地问，金栋以饱嗝回答。“荣才说在学校里看到你，他没有看错人吧。”

金栋持续地盯住空中一点，忽然眯起眼睛似发现了什么，却什么也没有。也许他发现的东西在自己脑子里。

“你在看什么呀，金栋，”微微心焦，“我在跟你说话，你听见没有？”

“我不聋。”

黑宝只得硬着头皮发问：“你有没有什么打算，还要走吗？”这时金栋缓缓扭过脸，“往哪儿走？你告诉我上哪儿去我就走。”

“我没有要你走，我是怕……怕你还要走。”

金栋斜睨着黑宝，“放心，要走我会告诉你的。”

“看你这些天好累，一直想问，你现在在做些什么？”

“我嘛，开包子铺，卖人肉包子。”被自己的话逗乐，“噗”的一笑。

黑宝什么话也不说了，只默默看着他。金栋被盯得发毛，突然冒火：“那你想我干什么！告诉你，监狱的看守被我杀了三个，一路上又杀了五个人，听清楚啦！”

如同挨了一刀，黑宝脸色灰白，腿发软，以手扶住桌角以支撑身体，嘴唇哆嗦着再也说不出什么，缓缓转身欲走。

“等等，”金栋叫住她，“有件事我也一直想问，”喘了口气，“新儿是谁，是不是我儿子？”

要来的终究会来，绝躲不过。突然间黑宝有了勇气，挺直腰板，目光灼灼：“说什么疯话，你是发神经！朱芝花把孩子带走，天知道去了什么地方。干吗来问我，你该去找那个婊子，找她要人！”

金栋瞟着黑宝，眼神似笑非笑，“急什么嘛，跟你说，只要是我想做的事死也要做。”

“你要做什么？”得不到回答，黑宝心一横，“你听着，我告诉你新儿他爸是谁，就是被你害死的人。”

“白龙生?”一口唾沫啐到地上，“骗鬼。”

“我说得句句是实，若说谎不得好死，身子喂蛆，骨头让野狗叼去。”眼泪要命地涌上来，蒙住视线，喉咙被涕泪堵住，“金栋，金栋啊，你害了我一回还不够，还要怎么害我？我求你了……”

“谁要害你，你说出人来我立时三刻弄死他，你兄弟我绝不含糊。”碜碜捶胸。

“娘生了你，今生今世我是你的姐，你是我兄弟。新儿是我的儿子，我向天发誓！求求你饶了我、饶过我们，成不成，求你了……”

“求求求，求个屌!”金栋手上的骨节捏得嘎巴嘎巴响。黑宝的眼泪滴到地上。时间一分分流逝，金栋的心一点点软下来，感觉有些气短，倏地从椅子里站起身，说:“信不信由你，没有人要害你。”丢下这句话径自走出门去。

进入七月，白天烈日炎炎，太阳沉入地平线后气温下降，不时吹过小阵的清风，团团蚊虫在暮色中飘移。黑宝烧好一大锅开水让家人洗澡。水缸里泡着西瓜，新儿拿来切菜刀，刀尖刚一触碰瓜皮瓜就“咔嚓”裂开。好瓜。

白天店里家里的事永远做不完。临睡时黑宝坐在灯下，对着摇曳的光亮默默祷念：老天爷，求你保佑，让日子就这么过下去吧。一天天心中渐渐升起希望。然而她有所不知，人与人之间的巨大差异超出她所能想象。

发生事情的那日天空阴云密布，傍晚时分滚过隆隆雷声，随即黄豆大的雨点噼啪砸下。黑宝准备关店门，瓢泼大雨中一个人影飘摇移近。迈进门来的宋大头浑身湿透。

“你来干什么，这么大的雨。”黑宝惊诧地问。宋大头一反常态不吭声，抬手抹去脸上的雨水，脚下已汪起一摊。不祥预感油然而生，“怎么了，出了什么事？你倒是说话呀！”

宛如投掷匕首，宋大头口中吐出的话字字刺中黑宝。金栋对喜子下手，强暴了她。他要跟那兔崽子算账，那畜牲就要小命不保！说话时脸色铁青、双目喷火，是黑宝从未见过的样子，点点唾沫随着肮脏的咒骂溅到她眼里。

“跟你说，别怪我宋大头，我饶不了他！你那兄弟，他是狗娘养的，听见没有，狗娘养的！”一跺脚，丢下目瞪口呆的黑宝返身冲入雨中。

雨变得淅淅沥沥，逐渐停歇，偶有闪电刺破暗夜，霎那间映出水汪汪的泽国。道路化为泥潭，黑宝的脚踩在泥泞里，一步一滑，滑倒后手脚并用爬起来，心里只有一个念头：她要救人，她必须去，只有这样做，没有别的法子。

做出决定之前黑宝整晚在无以名状的惶恐中挣扎，几乎忘了身在何处。荣才感觉异常，问她怎么了，问了两声她才回过神，直勾勾望着弟弟，“我、我的命怎么这么苦哇……”在荣才的再三追问下她说出宋大头找她的事，但立即后悔，紧攥荣才的手，“这事你不要去管，万万不要……”

一声冷笑，荣才语出惊人，“这事我早知道。”

“谁？谁跟你说的？”黑宝目光错愕。

“你是真糊涂还是装糊涂，你还不明白吗？你以为他这么干是为了什么？是要报复我，要给我好看。他干完了就来找我了，说的话难听极了，不堪入耳，他哪里是人，就是个畜生……”

这下黑宝全明白了，只奇怪怎么没有觉察，恨死了自己。“荣才，那你想要怎样？”

“我？你问我吗？”冷笑出声，浑身发散出阴郁气息，“我看你是问错了人。你该去问宋大头，他想怎么办。问他才对。”

宋大头开门看到一个泥人，“扑通”一声，人已矮了半截，跪倒在脚下。

“老宋，宋大头，我黑宝从来没求过你，这回求你，金栋造的孽我来还，我还给你，行不行，行不行?!”仰起的脸上沾着泥浆，眼睛在黑暗中发光。

宋大头呆愣，不知所措。再一瞬间下身已鼓胀而起，血脉贲张，一弯身扛起女人撂到床上。黑宝架起双肘拼命抵抗，提出最终要求：宋大头必须离开此地，带走喜子，走得远远的，今生今世不让她家的人再见到，答应了才行。宋大头停顿两秒，心想：走？走哪儿去……随即抛开一切：“成，听你的，我走。”一股酸腐的汗味冲进鼻子，黑宝憋着气，一口口吞咽下恶心的感觉，后悔已晚。

事实证明了她的预感，宋大头果然没有走，不过也没有来找金栋算账。在街上遇到，他脸上泛着色迷迷的油光，朝黑宝凑近，“躲什么，别躲了，你再不理我我可要找上门了。”

黑宝则咬牙回敬，“你敢，不要脸的骗子。”

“你看我敢不敢，我今晚就去，你等着。”抛来的眼神令人作呕。

接下来要发生什么呢？黑宝直挺挺躺在床上，双手合胸，彻夜戒备着，到天光微明时眼球深陷眼眶，难以转动，嘴唇翕动吐出微弱气息：“听天由命，听天由命吧……”人一点点昏死过去，沉入睡眠。

几天内没有事情发生，夜间梦魇频频。而灾祸正在酝酿之中，成熟的速度难以捉摸。

那天新儿去找喜子，推门推不开，喊了几声没人答应，却听到屋里有窃窃低语，疑心驱使他偷偷躲到墙角守候。门终于开了，一个男人衣冠不整地从屋里走出来，新儿无法相信自己的眼睛，双手抱头坐到地上。世界脱光了衣服，那样丑陋，他恨不得眼瞎才好。

当晚月光极明亮，金栋站在院子里，从盆里掬起清水哗啦哗啦泼向赤裸的上身，如抛洒片片银辉，嘴里嘤嘤哼着小调；偶一扭头看到新儿站在身后，瞪视的眼睛反射出两个月亮。

“妈的，吓死个人。”说着扯开裤带，黑布裤滑落脚踝堆成一团，动手撩洗下身，一面笑道：“有什么好看的，这玩意儿你也有。要不咱爷俩比比，过来呀，它不咬人……”

隔墙，黑宝听到金栋爆出哏哏怪笑，似有恶作剧发生。不等她有所反应就听见新儿正在变声的公鸭嗓音，“我看见了，看见你了！”

语调激烈，“你在喜子屋里，你跟她干了什么?”

笑声戛然而止。黑宝的心一下提到嗓子眼儿。寂静如无底深渊，不知下一声霹雳会打到谁的头上。然而霹雳却没有打下来，打破寂静的是金栋粗砺的声音：“给我听着，小子，不该你管的事少管。”之后除了泼水声再没有其他声音。

那一夜在薛家有三次谈话，时间短暂。

“新儿，你睡了吗？娘想和你说两句话。”黑宝来到新儿床前，“刚才你在院子里说话我听见了。我的儿，娘不是要说你，娘是怕你犯糊涂。你才多大，还小呐，那样的事和你有什么相干。听我一句话，不要理他们，你有娘，什么事情娘都会替你想周全，只等你再长大些，好不好？你说好不好？你答应我一声，听到没有，不要去管你舅……”

新儿倏地扭过头，充血的眼睛通红发亮，“他就该死，他怎么不死。可恶！你为什么要留他，是你！都怪你！”

黑宝呆望新儿，那张脸因盛怒和怨恨而变形，令她惧怕，令她忽然开口：“新儿，有件事你不知道，你听我说……”

新儿直愣愣瞪着她，似乎在等待。然而黑宝张着嘴却发不出声音，被自己要说的话吓住了。谈话突兀地中断。

接着是黑宝和荣才的谈话。黑宝把声音压得低低的，用微颤的气声说：“他恨他，你不知道，他恨死他。他那样子真吓人。可他哪里知道金栋是什么人，那是他亲生的父亲呀。我想告诉他，可又……荣才，我要不要说，该不该说，只要你一句话，我听你的。”

荣才靠在椅子上，双臂交叉抱胸，脑袋微微摇晃，“有意思，真有意思，你说怪不怪，人怎么这样善变。是你说的死也不让他知道，盯着我这个恶人，生怕我说出去，这会儿说变就变了。”

“我没有法子，实在是没法子了……”

“没什么，都随你。新儿是你的心肝肉，心尖子，你想他认金栋这个父亲，我能说不行吗。”

“你不让我说?”

“我是这么说的吗，你耳朵是不是出了毛病。”

“你没有见新儿的样子，两只眼血红，像要吃人，我真怕他……”

“他能做什么，可笑。”

黑宝眼里涌出热辣辣的泪水，“要是我死了你们就都好了，我没什么舍不得的，我情愿把这条命拿出来……”

“谁要你的命，要它做什么。”

黑宝被噎住，竭力张大嘴喘息，五官因无法抑制的啜泣而扭歪。荣才看着她沉吟，最后清了清喉咙，“成了，你也不要哭了，让我想想，我去和新儿说，想法子劝劝他。”

最后一次的谈话是在夜深人静的黑暗中进行。

荣才推开新儿的屋门，进来后把门轻轻掩上。床上的人形难以觉察地动了动。

“新儿，是我。”没有回应，“我知道你没睡，你怎么会睡得着呢。我也睡不着，跟你一样。”依然没有动静，却不知从哪儿传来一种低沉而起伏的声响，“听，能听见吗，你听到没有，有人在呼呼大睡呢。只有他能睡得着，知道因为什么？因为他没长人心，他哪里是人，就像个畜生。”床上的人挪动身子坐起来，荣才辨认出一双眼睛在黑暗中隐隐发亮，“这些话你娘不会和你说，她什么都不想让你知道，你做傻子最好。依我看你不小了，想做傻子也难。你自己说想做傻子还是……”

“我不是傻子。”

“我也觉得你不是，你应该算是个男人了。男人才会为女人心痛。新儿，我不想瞒你，心痛的不是你一个人，还有我。谁受得了那样的事，金栋对喜子干的事……”

“他干了什么，你说，告诉我！”新儿觉得自己就要爆炸了。

县城匍匐在明亮的平原上，所有房屋和道路被月光分割成银白和黑漆漆两部分。一只野狗拖着黑色的影子在街市游荡。不久云上来了，慢慢压占天空，月亮被云层吞掉之后再也没有出现。灰色黎明悄悄降临。

黑宝起身，为消除昏沉的感觉舀冷水洗脸，准备淘米煮饭，一抬眼看到地上的斧头，斑斑点点黑色印记形成小径，通往金栋的房门。是什么？

房门大敞四开，晨风微微掀动门帘。金栋平展展躺在床上，双眼惊愕瞪视屋顶，嘴巴微张，似有话要说，而脑袋与身体几乎断开。床下大摊黏稠的黑血已凝固，却又在继续漫延，漫上脚面漫上墙壁漫至天地间。

三

时间无情，又十几年过去。某一灾年宋大头被洪水卷走，时年四十四岁。女儿喜子跟了个吞铁球吞宝剑的师傅，四方卖艺，成为师娘。近来第一次肌肤相亲的男人几次出现在梦境里，自己的身子几乎被他砸烂，醒来感觉怅惘不安，想想也许是一个徒弟和他长得有几分相像。省女子师范学校的校长姓薛，妻子姓赵，是当年怀揣着从母亲柜子里偷出的钱、跟随薛先生私奔的赵小姐。夫妻二人生有一儿一女，儿子已十岁多，女儿还在咿呀学语，由头发花白、后背微驼的姑姑整天抱在手上，只有喂饭时才放下。夜里把小小的身子揽在怀中，满是皱纹的嘴向里紧缩，亲一亲那花瓣般的脸蛋，黑宝可以安然入睡。至于那个用斧子砍下人头的逃犯，没人知道他在何处，成了何人，抑或已不在人世。

此时旧中国接近分崩瓦解，人人在为怎样活着忧虑。暴雨过后屋顶漏了，黑宝把脸盆放在漏雨的地方，雨滴噗嗒噗嗒作响。她抱起刚刚睡醒的孩子走到门口，抬眼望去，寂静无声的乌云散裂了，露出深渊般的蓝天。

玉蟾蜍

一九三九年，民国二十八年，洪水过后，老五被卖到天津窑子里。她今生忘不了的景象是手抱村口的大树，一只死猪从身边漂浮而去，白花花鼓胀的肚子朝天翻起，两只小眼射出诡异寒光。水面伸向天际，映着灰茫茫的天空，沉重如油。

记忆再现是自己小心地通过颤悠悠的木板，躲闪着扛大个儿的脚夫。火轮上走下一个洋人，蓝莹莹的猫一般的眼睛盯着她，吓得她灵魂出窍。如此这般的记忆让老五相信自己是坐船到的天津，由此可以推断家应该在沿海河往北的乡村，但谁又说得准，家在何方的问题又有什么意义。事实是 13 岁的老五开始作为女人在世上讨生活。

第一个男人的模样已经想不起来，好像很胖，大块头，因为老五记得被压得喘不上气，恨不得一死，结束生命，结束一切。然而不久死的念头就被抛到九霄云外。吃喝不愁的日子让少女的身体如发酵面团，肉乎乎，粉嫩粉嫩，花名“水蜜桃”，招引得客人忍不住想咬两口。被咬的时候老五捏着嗓子叫唤，一声声高低起伏，自创小调。沿街唱数来宝的宋瘸子专门为她编了一段：

天下嫩不过水蜜桃，
招人疼来招人咬，
咬上一口蜜汁溅，
叫哇叫得人心难熬。

客人里有一位，马占奎，英文名字马约翰，爱煞水蜜桃这一口。马约翰的名字是主人起的，主人鲁宾逊先生在海关税务司工作，而他的工作是为鲁宾逊老爷开车。经常也开着黑色吉姆车送艾格尼丝太太去教堂做礼拜，送小少爷们去维多利亚花园游玩，星期天载着一家人去利顺德饭店吃饭，穿过法租界、澳国拱桥，去火车站接送客人。

父亲马贵祥是乡下收猪的，挣了钱让儿子上学念书。打钟的校工边师傅自称白莲教信徒，日日习武不辍，晨曦中的操场上腾挪跃动如电光石火，搅起滚滚金色烟尘。少年马占奎看得神往，拜边大爷为师学习武功，更爱听师傅讲津门故事。三不管有人在你眼前一寸寸吞下三尺宝剑，敛钱之后吐出，剑上血渍斑斑；那吞铁球的铁球入肚，摇晃肚皮能听到碰撞叮当；把持街头的脚行为争地盘群殴，商铺招牌林立，教堂尖顶闪闪发光，火车轰隆隆开过脚下，地皮震颤，大轮船拖长的汽笛声响彻百里大平原。

可怜马贵祥满心期盼儿子多识字接下账簿，当个好帮手，日后接下家传生意，没想到一天儿子却不辞而别。

经师傅介绍，少年马占奎找到英租界巡捕房的白大爷，又被白大爷介绍到民园体育场打杂，在管理员尼古拉手下度过难熬的日子。俄国人尼古拉淡蓝色的眼睛通常血丝密布，草一样的头发连着浓密胡须，随时从怀里掏出酒瓶，猛灌两口，脾气随即从阴郁迅速转为狂暴。小厮马占奎受尽欺凌，最严重的一次被打掉两颗牙。那次他动心杀人，梦中数次看尼古拉在血泊中挣扎或鲜血四射，殊自仰天大笑；后来也动过心思回老家去，最终两件事都化为泡影。不久艾格尼丝太太遇到他，把他带回家中，因为识字送他去学开车，再送他新名字：马约翰。

夜晚来临，马约翰换下短衫，套上整洁的大褂，奔南市而去，把圆滚滚的桃子紧搂怀中的渴望让心“怦怦”乱跳。胡同里，叫卖、喧嚣、女人的诟骂、打情骂俏的声浪沸油似的煮成一锅。

“哎哟我的小马爷，您火急火燎地奔哪儿呀？没良心的，还不快给我站住，跟你说，昨儿夜里我梦见你啦！过来呀，谁还吃了你不成。”

马占奎迟疑地停下脚步，有两次被拦下，拉走。水蜜桃知道了连讥带讽，在大腿内侧又拧又掐，青紫印记多日不消。她心里分得很清，谁真的贪恋自己，谁又只是拿她们随意取笑。

世上还有一个男人也迷恋水蜜桃的鲜嫩，潘六指，因耍老千被人剁去四指而得名。马占奎再次动念杀人想杀的就是他。潘六指来钱快，花得也痛快，逢和马占奎碰上，老鸨子自然厚此薄彼，吩咐水蜜桃陪潘二爷。

再见面老五对马占奎说：妈妈吩咐的，我能怎么办。马占奎却不信。

“信不信由你。你这人，偏爱给自己找不痛快，要这样我只能……”故意顿住，不往下说。

“只能什么？”

嫣然一笑，“送你两字：活该。”

马占奎攥住老五的手，脱口吐出埋藏心底的愿望：“我要你只归我一个人。”

“嘁，美得你好上天！”手指戳到他脑门儿上，指甲尖尖。

马占奎不再吭声，人家吃的就是这碗饭，又有什么可说的。老五由着他折腾，莺声浪语哄他高兴，皮肉不时碰上什么东西，一下一下的冰凉。马占奎停住动作，搜寻，在女人裤腰上找到一根黑丝绳拴着的玉蟾蜍，青幽幽，似透不透，发散温润神秘的宝光。

“什么玩意儿？”

“甭问，拿来。”

“说，谁给你的？”

“你说呢。”老五用反问回答。还用说，自然是潘六指。没想到多年后老五却否定了马占奎的认定，什么潘六指，谁告诉你的，不，才不是他。

入夜马占奎难以入睡，想象着水蜜桃和潘六指在一处的情形，邪火阵阵蹿升，翻身下床溜进厨房。菜刀笨重不便，倒是洋人切肉的窄刀轻巧合手。再去南市怀里揣了把刀，打算碰上就捅了姓潘的狗杂种。老天有眼，潘六指不是不来，两人却再也没有碰上。不久后听说潘六指被人追杀，逃得不见踪影。

客人如走马灯，水蜜桃很吃香，身价见涨。一个念头在马占奎心中生根，他要把老五赎出来。

“你说什么，赎我?!”老五先是有些发怔，随后伸手摸了摸男人的脑门，好像他烧糊涂了，接着扑哧笑出来，“我的傻爷，你不想过啦，我妈不得把骨髓给你吸溜干，剩点儿骨头渣子算好的。”

“吓唬没用，我主意已定。”

“你这人……”嗓子眼忽然堵住，眼睛却越来越亮，泛起一层泪光，“别死心眼儿了，跟你说，不值当的。”

“值不值当你说了不算，我心甘情愿。”声音沙哑哀戚，眼圈也微微发红。这一刻，马占奎忘掉了自己，忘掉了现实的生活，就像一个人要从高处跳下，正望着落地的地方。那么高，确实很高，但不管怎样他都要跳。然而到了马占奎真把老五接走的时候，竟未花一文，只用了一口袋白面。

“二战”爆发，英国的肯多世军团和东萨里军团撤离，列队走向火车站，没有乐队，没有鞭炮，什么都没有。接下来的一个夜晚英国兵舰“蜀葵号”驶离天津，一去不返。一九四一年十二月日本人炸了珍珠港，太阳旗插上天津的戈登堂，所有英国人被送往山东的集中营，鲁宾逊夫妇也在其中。马约翰的名字随主人的离去永远从世上消失。失了业，又不愿为日本人开车，马占奎卖掉银餐具一套，再卖掉小放映机、画着洋人的镏金花瓶，凑上积攒的钱，摇身变成小杂货铺老板。再拿钱赎人是没有力量了。

姐妹们逗趣，把老五唤作老板娘，叫得她心烦意乱，一口口啐她们，闹急了就翻脸。马占奎再来，她忍不住说出难听话，“呸，少跟我起腻，看见你我心里堵得慌，还不如不见。实话告诉你，我有的是生意，不缺你一个，趁早别再来。你当你的老板，我卖我的，咱俩谁也不欠谁。”说完背过身去不看身边男人。

无情话语刺痛人心。“成，既然你说得出这话，我又有什么舍不得的，我走。”马占奎猛地站起身，却被一把拽住袖子。

“哪儿去你！黑了心的，你敢。”嗓子眼里有股热乎乎的东西往上拱，眼睛什么也看不清了。十七八岁的年龄，心田还未干涸，还有不少泪水可流。水蜜桃揪着男人的衣袖无言垂泪，片刻又猛力推开，“走，你走吧！我就知道你是跟我打哈哈，不是真心的……”

马占奎的胸口翻腾不止，心脏像要爆裂，他，马占奎，如今已27岁，要娶媳妇早娶了，何苦等到现在，不就是舍不下面前的人儿。此刻只有狠命跺脚：“你、你、你！你是真糊涂还是装傻?!”

没有回音，扑嗒嗒沉重泪珠落下，砸在他的手上。

“别，别哭了，我马占奎说话算话，你放心。”

天大的委屈化作泪水哪儿止得住呢。那天老五趴在马占奎怀里哭了又哭，恨不得把一辈子的眼泪都流尽。马占奎品尝着咸咸的滋味，又心酸又幸福。他发誓非老五不娶，老五也答应等他一辈子，还答应给他生个大胖小子。这些话老五是当真话说的，虽然她知道自己不大可能生育。

春日里，团团柳絮翻卷，和飞扬的尘土一起从街头滚过，气温升高。老五感觉烦躁不安，口渴得厉害，老想喝水，牙龈肿起来，舌头溃烂，拉不出屎。开始以为是上火，但情况有变，身上长出绿豆大的水疱，痒极，抓破流出清澈小泪滴，照镜子发现眼睛红彤彤，像兔子的眼睛，是出水痘了。原以为三五天会过去，可接下来的情形吓人，疹子片片糜烂，渗出晦浊脓水，浑身如烫手的火团。现实世界退后，已触摸不到，人躺在生死两界之间悠悠荡荡，竟没有一点害怕的感觉。偶尔睁开眼，墙上烟卷公司的美人似淹没在水波中，坐在莲花上的胖娃娃忽远忽近吓唬人，门上的幔帐掀开一角，一个黑影闪进来，来到床前站立不动，是阎王派人来接她了，那就去吧，老五呻吟着应了一声，合上眼睛。

她看到一片白花花的连天的水面，水天之间有个小黑点在移动，越来越近，白花花鼓胀的肚子朝天翻起，两只小眼射出诡异寒光，啊，竟然是那只死猪。

向晚时分，一道金属色泽的光线从半掩的门口照进，射向烂糟糟的床铺。马占奎呆立床前，手脚冰凉。被子下露出的面庞灰黄肿胀，红斑点点，嘴唇干裂流血，汗湿的头发如油浸。他既不想看这张吓人的脸又无法移开目光，一股难闻的腐臭气味冲进鼻子。

“吱呀”推开老鸨金桂的屋门，马占奎并不知道自己想要怎样。八仙桌旁的娘们儿脑门上掐出两排红印，嘴边的烟卷青烟缭绕，熏得她眯起一只眼睛。让座，倒茶，递烟，伴随满口的奉承话：“我就说嘛，比仁义，谁也比不了你马老板。要说我也活了半辈子了，又有什么没见过的，平日里心急火燎、心肝宝贝的，那都是色催的，没什么好玩意儿。只有你马爷重的是情意，我倒想不信，可不信不成呀。”

太阳落到地平线以下，最后的天光迅速消失。街上热闹起来，宋瘸子提提哒提提哒的竹板由远而近：

毛竹打，更不离儿，
老板本是个大美人儿，
曲青头发大辫子儿
尖尖下颏红嘴唇儿，
未曾说话爱死人儿……

老鸨金桂起身走到门口，“咣当”关上屋门，顺手拽下门边的灯绳，灯亮了。

返身坐下，长吁短叹，“人呐，谁也挣不过命去！说可怜谁又不可怜，都是人，都是打那儿过来的。我这是老了，没辙，只能吃这口饭。不是我在这儿告艰难，我的好爷，老五刚来的时候你是没见着，乡下毛丫头，蔫巴巴没人惜得多看一眼，夹都不夹她。好吃好穿地养，搭着费心费力，好不容易熬出头了，天可怜见！这一场病算是把我给……”半截话卡在嗓子里，抽出手帕擤了擤鼻涕，“如今这孩子病成这样，只要能治好我当妈的没什么舍不得。我说句实话您别介意，我这地方多少人都是冲着水蜜桃来的，这孩子她一人顶仨!”

真够狠，马占奎想，人的一只脚都迈进鬼门关了，还来这套。烟抽了半截扔到地上，用脚碾灭，端起桌上的茶杯仰头灌下。

“凉了吧，等着，我沏点儿热的去。”

“不用，不喝了。事到如今咱也别再绕弯子，说别的都没用，要的就是你当妈的一句实话，这么个要死的人你要多少。”

金桂低头沉吟，吸了口气，“得，一袋白面。”

屋里静得很，把脉的老先生一付雪白胡子垂挂胸前，如京剧老生，床上的人气若游丝；半晌，放开了手。

“以我看，这情形……”一口痰涌上来，从衣襟内掏出绢帕，咳着吐出，抹了抹嘴，“是这样，别的话我不敢说，只能说试试。”伸手拿起笔，下笔流利：紫花地丁、紫草、山栀清热；花粉、麦冬、芦根养阴生津；加大黄、枳实泻火通腑；苦森、浮萍、芒硝水煎外洗。

马占奎照方抓药，干脆在铺子里生起炉子，咕嘟嘟煎药不断，一连半月街面上弥漫着奇异药香。半个月过去，老五斜靠床头，“饿了，有什么吃的吗?”她问。又过了半月，马占奎搀扶着老五下床，磨磨蹭蹭走到门口。初夏的晴空里阳光刺目，老五眯起眼睛，伸手去扶门框，“不行，拿凳子来，我要坐。”

靠着墙坐下来，嘴唇冲男人轻轻蠕动：没事儿，去吧。马占奎心里有底，径自去照看铺子。老五一个人坐在那儿，低头看到裤脚下露出两条枯细的小腿，内心空茫。太阳慢慢把她晒透，怀里什么东西温乎乎发热，啊！对啦，她的保命符。手伸进衣襟摸出玉蟾蜍来，细细地看了又看，慢慢攥拳，小心握住。

那夜老五莫名醒来，看见自己的一只手伸在被子外面，手掌摊开，在毫无遮挡的月光里，那只玉蟾蜍正从自己的手边移开，一点点移动，浑身通透，越来越亮，仿佛就要顺着白晃晃的月光通道飞上天去。老五眼睁睁看着它，“不，别走，亏了有你，没有你我命就没了。不能丢下我，你不能走啊!”雪亮的蟾蜍不动了，似乎听到老五内心的呼喊，似乎有些犹豫。老五再不敢迟疑，一把将它抓了回来，身上吓出一层冷汗。

身边男人鼾声粗重，这些日子真把他累惨了，亏了他。“求你也一样儿地保佑他，求你了。”老五对玉蟾蜍说。

太阳向西方落下，片片瑰色晚霞为万物镀金，天地逐渐变为鸽灰色，老五斜倚在被垛上，猛然醒来，妈呀，该做饭了。

每天她打扫屋子，做饭，洗衣服，干不完的活儿。然而家务并非她擅长，饭菜只是做熟而已，味道谈不上。男人的一件白色纺绸褂子洗过后染上了几块青，马占奎的语气露出不满：深的浅的分着洗嘛，连这都不懂。

七月下了几场大雨，屋顶漏了，雨滴在绿色瓷盆里噼啪作响，天晴后她爬上屋顶修房。夜晚二人浑身黏汗，交欢，男人上下起伏，冲撞，似要凿穿床板，女人配合着动作，却嘴唇紧闭悄无声息。事后马占奎不知为什么感觉不爽。做梦梦到女人淫荡地笑，杏眼迷离，这样的梦是否说明他心中的渴望？

天冷了，落下入冬的头一场雪，雪片打在窗玻璃上发出细碎的沙沙声。晚饭马占奎就着炸花生米和猪耳朵一口口喝下热辣辣的高粱酒，老五陪着他一起喝，不知不觉竟喝光了一瓶。那夜女人张开嘴，拖着迷醉的颤音喊叫，事毕枕着他的胳膊熟睡。马占奎却睡不着，感觉不对头，似乎刚才做事的人不是自己，另有他人，是潘六指。他小心地抽出胳膊，摸到床头的烟盒火柴，点上烟抽起来，抽到第四根时对自己说，没什么，别瞎想，都是过去的事，水蜜桃如今只属于他，美味由他一人独享，再没有别人可能染指，甚而再发挥想象，潘六指尸首分离，埋在荒郊野地已化作烂泥，心情渐渐平复，钻进被窝睡了。

可惜人当不成自己头脑的主宰，一旦老五情不自禁发出淫声，马占奎脑子里就会产生万人骑的联想，然而又说不出口，这才要命。终于有一天他做出了心底里并不想做的事，去找了曾经找过的宝兰姑娘。

不知道老五究竟发觉了什么，也许只是女人的直觉。男女间的多数事都是如此，来龙去脉很难说清。老五腮上有一丝肉在哆嗦："马占奎我告诉你，你找人可以，我一百个赞成。可有一条，去找个能给你生儿子的，那些烂逼成吗？哪个能成！"

马占奎盯住地面，不否认也不辩解。老五瞪着他恨得牙根痒，男人没一个好东西，天杀的……霎时间一道霹雳闪电：老天爷，这男人可是自己的救命恩人哪！事实如重锤砸中脑袋，先把人打蒙，继而逼得她跳脚："这是何苦！何苦来！你何苦把我弄到这儿，你说！说话呀!!"痛彻心扉的喊叫惊飞了窗台上的麻雀。

空气嗡嗡颤动，马占奎死不开口。一气之下老五扯出包袱皮，收拾衣物似要离家出走，想起藏在箱底的玉蟾蜍，嘁里哐啷，嗖嗖嗖，连翻带扔，摸到揣进怀里。

"你拿的是什么?"马占奎紧盯着女人的一举一动，这时开口。

"你管不着。"

"拿来我看看。"

"不，就不。"

马占奎一眼就认出这鬼玩意儿，索性动手去抢，抢到手想也不想就狠命摔出去。一道白光从幽暗中划过，砸中水缸发出脆响，坠入阴暗墙角。完了，老五想，这下完了，这不是要她的命嘛！眼前腾起黑云，身子发软，瘫倒。

门"吱呀"响过，紧接着"咣当"一声，老五睁开眼，屋内已不见人影。冲过去推门却推不开。马占奎走了，一把铁将军牢牢锁住家门。其实窗户纸一捅就破，又能拦得住谁。

天黑不久，门上响起开锁声，马占奎迈步进屋，卷成一团的棉袄抱在胸前，里面裹着狗不理包子。只见女人脸朝墙躺在那儿，上前轻轻推搡："起来，包子还热着哪。"

肉馅新鲜，肉香和葱香混合，香味扑鼻，面发得恰到好处，暄软而有弹性。不管白天发生了什么，多说无益，大口咀嚼，痛快吞咽，吃饭才是正事。

有一件事马占奎不知道，老五也不准备告诉他。刚才她感觉得口渴，拿起水瓢伸进缸里舀水，惊见玉蟾蜍静静地躺在缸底，完好如初。

就你，算老几呀，老五窃笑：这是宝物，岂是你能砸得坏的。她决定不说出实情，日后要是日子过得不顺就可以跟他说：叫你敢砸玉蟾蜍，活该你倒霉。

日本人被打败，滚出了中国。一九四六年春节，木器店的伙计送来一个红木梳妆台，镜子把人照得纤毫毕现，清晰程度令人惊叹。老五每天把镜子擦得锃亮，时而照着镜子出神，稀里糊涂被吸进时光隧道，想看清自己在什么地方出现或消失不见，又怎么可能。

墙上挂着一张照相馆拍的双人照。照片上的姑娘穿了件蓝布旗袍，未施脂粉，尖尖下颏，好清秀，永远告别了少女的痴肥。丈夫不自觉地板着脸，表情锁得严严的，中分的头发两道油光闪射。不久后照片就在火焰中化为灰烬。

时间进入一九四八年冬季，风雨飘摇之中响起了隆隆炮火，天津城被围。为守城，要建立碉堡群扫清射界，军队疯狂拆房，马占奎的杂货铺在拆除范围，眼看化为废墟。战壕急需木材，未入土的棺材被征用，死尸扔在路边。而拆房子挖掘战壕更需要劳力，几千民工服苦役二十多天，马占奎也在其列。

新年刚过，拂晓前响起可怕的枪声，当枪炮声沉寂已是正月十五日。战败的国民党军队在驻区挂起白旗。就在这半月时间内老五有了一个儿子。那时一枚炮弹落下炸塌了她家的山墙，烟尘翻腾而起，街道豁然敞露，燃烧的火焰片片坠落。老五跌坐在瓦砾中，头上、身上白蒙蒙，以为置身地狱。阎王爷口哨吹得嗖嗖响，是划过头顶的炮弹，瞬间的寂静后大地轰隆隆震动，各种物体横飞，哗啦啦砸下，在所有可怖的声响里夹杂着一个细小尖脆的声音，持续不断，老五终于确定那是婴儿在啼哭。

母亲扑倒在地，张开嘴啃噬着街边的泥土，露出一只左眼，眼白翻向一旁。婴儿被压在母亲身下，已哭得声嘶力竭。老五蹲下身，掀开沉甸甸的死人，抱出孩子，搂在怀里。环顾四周，废墟间冒出缕缕黑烟，房倒屋坍哭喊号叫一片，而在这一切之上，天空晴朗，晶莹如薄冰，布满了纵横的万道宝光，太阳出来了。

他们给儿子起名马大福，小名大福子，夫妻俩相信这孩子大难不死必有后福。儿子的出生日定在一九四八年八月八日，一是图吉利，更为了日后万一有人猜疑，离真相越远越好。谁又能料想到 60 年后，奥运会竟和马大福的生日同日开幕，盛大焰火在北京城上空飞腾，璀璨开放，举国在为他庆贺。这是马大福的感觉。

因为马占奎会开车，远房的一位亲戚介绍他到北京的工厂里当司机。那年马占奎35岁，老五25岁，儿子马大福3岁。马占奎从旧货市场买回一架英国缝纫机，老五很快迷上了这机器，手摇不止，从早到晚嗒嗒嗒演奏欢快乐章。先用几块布拼成褥单、棉袄衬里，等不及地去商店挑选布料，给儿子做了第一件衣裳。蓝色中式罩衣如同口袋，又肥又大，没关系，过两年穿正合适。胡同口的新光布店老五天天光顾，不买也要看看，要是有一天没来几位售货员就会议论：哟，怎么没见老马媳妇，是不是病了？

第二天老五穿一件藕荷色带白花的簇新外衣，笑盈盈迈进店门，众人眼前一亮。

“哟，这不是前天你买的那块布吗！”身躯肥胖的侯大姐嗓音中气十足。

“是呀，熬了大半夜总算做得了。”

侯大姐一掀隔板从柜台里走出来，其他人跟随其后，围着老五左转右转，“这手艺没得说呀！得，一样的布我也扯几尺，帮我做一件，成吗大妹子？”

老五怎能说不成。成，不急着穿就成。今天她要再选两块布，眼看要过节了，丈夫和儿子都得有一套新的。

春节到了，马占奎一家三口一身簇新去厂甸赶庙会。冬日晴空湛蓝，冷风把脸蛋吹得红彤彤，儿子坐在爸爸肩膀上，右手攥着一串亮晶晶的糖葫芦，左手抓着大风车摇来晃去，一排排小彩轮飞转，嘎嘎作响。吃了炸灌肠，卤煮火烧，喝了羊头汤，看了木偶戏唐僧骑白马，再看猴子表演。

一处摊子前，老五被红绒花、五彩十二生肖吸引，为自己挑了一只红绒凤凰戴到头上，凤冠上颗颗小亮片霓虹闪烁。再要给她的玉蟾蜍挑一只荷包。

经历战火，家变为废墟，颠沛流离的日子里玉蟾蜍始终揣在身上。不光他们夫妻大难不死，一颗炮弹还炸出个儿子来。跟随丈夫来到北京，户口本上给自己起名伍玉芬，老五的五加上立人旁。工厂分得平房两间，有了一架缝纫机，让她能帮人做衣服，收取手工费添补家用。儿子白白胖胖人见人夸。如果生活可以用吃东西作比，如今伍玉芬觉得像吃糖三角抑或豆沙包，外表看着都是白面，一口咬下去里边是甜的。

荷包上绣的有鸳鸯戏水，雄鸡打鸣，牡丹荷花加梅花，四季混搭。老五买下金线镶边、绣着四季花朵的荷包，把玉蟾蜍放进去正合适。

那天中午饭大福子只吃了两口，就扔下碗自己爬上床，小手攥拳一个劲揉眼睛，哭哭唧唧喊疼，问他哪疼他说不出，摸摸脑门儿，发烫。跑去街上的药店买来阿司匹林，给他退烧，又熬了姜汤，哄着喝了几口。天黑以后孩子安静下来，昏昏入睡，老五不睡，守在床边。午夜时分儿子忽然睁开眼，叫喊，“耗子，耗子死了，它吃人……”说的竟是胡话，嘴里喷出黏糊糊液体沾满老五的衣襟，再叫他已不答应，头向后仰，身体弯曲似“弓”形。深更半夜没有任何交通工具，抱着孩子狂奔，等到了医院马占奎的腿抖得站不住，靠着墙才没有倒下。医生诊断为急性脑膜炎。

病房里十几个孩子躺在漆成白色的木床上，打针、喝药水、吃药片。第二天一个孩子走了，床空了，午后的日光在空空的病床上画出淡黄方格，走廊上回荡着母亲的哭声。老五把玉蟾蜍放到儿子胸口，闭着眼喃喃祈求不止。这情形马占奎看在眼里，无话可说。情况如此危急，他耗尽心力几近绝望，在潜意识里也想有个可抓挠的东西。

儿子病愈后马占奎却有另外的说法，车队队长找他谈过话，让他争取入党，玉蟾蜍这套封建迷信的玩意儿谁信，趁早靠边站。

“不信拉倒，用不着这么大声。”老五坐在床边钉扣子。

“你是工人阶级的老婆，也不能信。”

“嘁……”老五鼻孔里冒凉气，冷笑。

“我看你是欠改造。你知道不知道现在是共产党领导，信的是共产主义。”

“听着，你走你的阳关道，我走我的独木桥，咱俩井水不犯河水。”她说。

“除四害”，马大福用棕色玻璃药瓶装满苍蝇的尸体，拿到学校交给老师，得到一溜小红旗贴在床头。“大跃进”，老五进入麻纺厂也成了工人阶级，每天生产百条麻袋，伍玉芬的名字上了光荣榜。玉蟾蜍悄悄放入荷包中，收进箱底。缝纫机也用花布罩住。

电影制片厂要拍《祖国花朵》，到学校里挑选小演员，挑上了马大福。老师叫来家长，当面告诉好消息。伍玉芬面露难色：“李老师，我们能不能不去呀？”

“为什么？演电影多好，多光荣！”女老师嗓音发尖，半带质问。

“当工人、掏大粪也一样光荣，像您当老师更光荣。”老师哑口无言，自觉头脑中有旧思想作祟，言语小心，让马大福的妈妈回家再商量商量，尤其要征求孩子的意见。

“我才不去，演电影，怎么演？这样儿。”马大福挤眉弄眼，做出怪相。一家三口正围坐桌边吃饭，伍玉芬被儿子逗笑，“人家是看你长得好，才挑上你的。”

“我长得哪儿好，才不好。”马大福对相貌有他自己的看法。讨厌白面小生，而自己恰恰皮肤白皙，嘴唇红红，班上有同学给他偷起外号“丫头”，被他追打，从高高的煤堆上踢下去。他爱用拳头解决问题，最恨别人误会他柔弱可欺，或颠倒过来，受不了被别人看作软弱可欺，所以常用拳头解决问题。多次挨揍，被高年级男生打掉门牙，只说是自己掉的。心中酝酿着复仇计划，早晚有一天要让揍他的人好看。

马占奎开口说话，语气不屑：“少跟孩子说这种话，什么长得好不好，谁还能拿它当饭吃。好好学习，走正道。”说完“刺啦”喝一口酒。

老五盯着丈夫，目光如锥。

“怎么，我哪句话说得不对。”吃一口菜，又端起酒杯；老五忽然伸手抢过杯子，“马占奎，我可什么都听你的，不让去就不去，什么正道邪道你什么意思?!”

马占奎清清嗓子想开口，看一眼儿子，把话咽了回去。疑心病，他想，疑心生暗鬼。

“拿来!”吐出两个字。

“什么?”

“我的酒。”

伍玉芬继续盯住丈夫，似在犹豫，忽然把酒杯凑到嘴边“咕咚”一口喝干，“咣”地把杯子蹾到马占奎面前。

“干吗你?!”

“许你喝不许我喝。”抹了抹嘴。

一时马占奎被妻子的反应逗笑，拿起酒瓶把酒杯倒满，放到妻子面前，“喝，谁敢不让你喝，多喝点儿。”

那晚夫妻二人在黑暗中行房事，酒气熏天，粗声粗气，事毕呼呼大睡。

伍玉芬再次被李老师招到学校是因为儿子打架。马大福的鼻梁被打歪，对方更惨，被半块砖头拍成脑震荡，送进医院。

伍玉芬态度强硬，儿子破了相，好端端的鼻子成了歪的，这么大的损失谁来赔，还想让她赔偿，做梦。出了校门她一把拉住儿子：“站住，让我看看，别动。”轻轻捏住鼻梁的软骨，左捏右捏，捏正了，顺势再给儿子一嘴巴。

“让你再打架！不学好！这是鼻子，要是把你眼珠子打瘪了哪?!”

内心的捣蛋鬼作怪，马大福闭上一只眼做独眼状，“妈，你看，是不是这样。”伍玉芬气得抬手再打，儿子“嗖”地跳开，猴子一样灵活，手抡下去扇动了空气。

四月的一天，空中布满乌云，春雷从天边滚过。老五心中似有不祥预感，隐隐担心着儿子。午后3点钟左右预感应验，不是儿子却是丈夫马占奎。城外一架拉砖的马车马儿突然受惊，斜刺里闯到路中央，迎面开来的卡车猛打方向盘，撞歪路边一棵小柳树，继续怒吼前冲，撞上坚实的城墙停住。车头瘪得像巴狗鼻子，司机头上血流如注，卡在驾驶舱里像是死了。

马占奎虽然没死，但人断成几截，肩膀、骨盆、大腿多处骨折，在医院躺了两个来月，出院后继续躺在家中，吃喝拉撒由妻子照料。纺织工人三班倒，时间表严苛，伍玉芬需要更多时间照护家中的大人孩子。她联系到街道工厂上班，挣钱少了，却离家很近。一九六〇年中苏关系破裂，苏联专家撤离，马占奎所在工厂被迫停工，后决定转产，搬迁至外地。此时的马占奎拄着双拐能行走近百米，面色如蜡，浑身发颤，必须坐下休息，不能跟随工厂迁移，于是丢掉工作，成了无业人员。男人接二连三倒霉，伍玉芬想起玉蟾蜍，没错儿，一定是这个原因，就因为他不信；几次想提起又怕触到丈夫痛处，忍住。不久各地灾害连连，春旱、霜冻、雹灾、台风袭击、山洪暴发轮番上演，想吃饱肚子成了生活中的头等大事。

伍玉芬脸庞浮肿，体重掉到七十多斤，窝头蒸出来给丈夫儿子，自己喝棒子面粥加菜叶。本来已经戒烟，却又抽起来，不抽不行。大福子拿出打苍蝇的干劲四处捡烟头，装满小铁罐。因为饿，脑子反而清醒，透过袅袅烟雾把人生本质看清，自己这辈子欠丈夫的情，若不还老天爷都不答应，但愿竭尽心力能换得苦尽甘来。夜深人静，烟头的红光照亮女人脸上两行泪水。日子确实难熬，然而伍玉芬有所不知，真正可怕的日子还在后头。

九条副食店有一位售货员名声在外，虽然缺少四根手指，手头准确却赛过常人。不时有顾客带着好奇心上门：“师傅，来二两瓜子，二两水果糖。”只见他二话不说端起秤盘，随手一抓两抓，上秤一约正是两个二两。解放前潘师傅在资本家开的厂子里干活被机器斩断手指，他的手正是对旧社会无言的控诉。

七月天，骄阳如下火一般，正午时分的街道空寂无人，知了在树上高歌，用持续不断的单音催眠城市直至远方村镇。马占奎躺在床上午睡，突然醒来，浑身黏汗似抹了一层胶水，想到大门洞里的穿堂风，不由爬起身来。

院子里静悄悄，幽暗的门洞大门虚掩。马占奎拖拽着双腿，一手拎着小板凳走来，听见门外似有人在交谈，女人的声音很耳熟。

“要是有黄豆，给弄点儿黄豆，你不用送来，我去你那儿拿。这是什么?”

“白糖。”一个男人声音回答，“下回吧，下回我想法给你拿块大油。”

脊背一阵发凉，心跳骤停，再跳时如重锤砸下，让人难以承受。透过虚掩的门缝，马占奎看到说话的男人的脸，不是别人，正是潘六指，正把一包东西交到老婆手里。

院门“哗啦”拉开，外面的两个人吓得魂飞魄散。妻子的脸像纸一样白，潘六指下意识往后倒退，脚绊上石头差点儿摔个仰巴跤，总算站住。知了狂叫，欲刺穿太阳穴，马占奎大吼一声，没命地把手上的小板凳朝他们砸了过去。

那时候潘六指正在街上溜达，只见一个女人迎面走来，他心生疑惑，怪呀，像是在哪儿见过。女人越走越近，越看越眼熟，天爷，难道是她?！旧时相好的模样一直在脑子里留存，却怎么也对不上眼前的人。这时伍玉芬也看到了他，双方一齐站住。相隔几米距离，倒流的时光形成可怕空洞把人猛吸进去，两人无声挣扎，不知身在何处。当然也存在另外一种可能，索性低头走开，谁也不认识谁。伍玉芬说自己正是这么想的。

“我没想理你，要不是你冲我笑。你干吗要笑?”

这个问题潘六指不知怎么回答，顺嘴逗了一句：“让你吓得呗。”

“呸，缺德吧你。”伍玉芬笑骂。震惊，难堪，往事不堪回头，世事难料，瞬间化作如常的生活，顺流而下。

从那天起九条副食店成了伍玉芬心中的圣地。蜜枣、糖、花生源源不断，还有烟，还有粮票！她大大方方收下，连谢谢也不说一声。

她知道早晚要回报，也知道怎样回报。

女人的回报方式简单现成，亘古不变。更何况如今的潘六指是一人吃饱了全家不饿，单身汉的好处。潘六指的家在大杂院里的一间南房，床是几块砖头垫起的木板，久未拆洗的被褥散发出刺鼻的哈喇味。伍玉芬一阵心酸，忍不住倒出自己肚子里的苦水，马占奎如何出了车祸，丢了半条命也丢了工作，全靠自己服侍照料，还要挣钱养家。最可怜的是儿子，正长身体却吃不饱饭，瘦得像根麻秆。潘六指当然不会知道马大福的来历。

一次二人事毕，老五穿好衣服，点起一棵烟，“给你看样儿东西，你看看值不值钱。”烟叼到嘴上，腾出手从口袋里摸出荷包，再摸出玉蟾蜍，递过去。

玉蟾蜍发散温润幽光，照亮阴暗发霉的小屋。潘六指目光锁定，“哟，好玩意儿啊。哪来的？”

微微迟疑，还是说了真话，“当年也不知道谁丢下的，让我捡着了。能值多少？”

潘六指细细把玩，似乎被迷住。一旁的伍玉芬有所警觉。片刻，他摇头叹息，“可惜啊，再好的东西这年头也不值钱了。你要真想出手，我能帮你找买主。”

“得，不值钱那我就自己留着了。”玉蟾蜍回到老五手里，小心揣好，心里已经知道这玩意儿的珍贵，更知道人心难测。是的，世上有些事情是不会变的。

屋外蝉声依旧。方桌上黄褐色纸包摊开，绵软的白糖不再能保持方形，微微散开。马占奎坐在椅子上，后脑勺紧紧抵墙，身体僵直不动。

“该说的都说了，我确实拿了人家东西，你也都吃到肚里了……”

“咚”的一声响，马占奎以后脑勺用力撞墙。

老五嘴角发颤，“拿回来的东西我没吃一口，全是为了你和儿子……”

“咚、咚、咚”，力度加剧，令人担心脑壳的脆弱。

“干吗？你用不着这样，我老五对得起你，不亏心!”

马占奎撞墙不止。伍玉芬再也坐不住了，上前拉扯着阻止。丈夫却改变方向，低头撞向桌子，白糖被震得完全散开，晶莹颗粒上下跳跃，几粒黏到男人的头发上。女人突然松手，撤后两步：“撞，撞去！撞死了算。我还省心呢。”

忽然间马占奎抡起胳膊贴着桌面一抹，白糖飞向半空，如雪花飘洒，散落地下。

老五一声惊呼：妈呀！蹲下身试图收复来之不易的糖，小心地一点点聚拢，捧起来，可惜它们已和尘土混在一起。看着手掌上灰乎乎的一撮，伍玉芬绝望透顶。

“老天!”她低低吼叫，“这还有什么活头!”说完一撒手，一脚踩在白糖上，径自走出门去。

“滚，贱货，你给我滚!”马占奎对着老五的背影大喊，拳头当鼓槌，桌面作鼓：报应，报应啊！他是活该，谁让他鬼迷心窍要了个娼妇！想到肚子里吃下潘六指的东西，他恨不得学日本兵切腹。家中没有多少东西可砸，暖壶一个，几只碗碟，外加一面镜子，很快砸光。午后烈日在地上划出刺目的方块，延伸至阴暗墙角。这一刻，马占奎死的心都有。

寻妻之路是一条漫长而艰难的心路历程，轨迹难辨，终点遥远。而实际情况倒并不复杂。半个小时以后儿子放学回家了，家中的一片狼藉让他微感吃惊，却也不是不能接受，自从拄着拐杖走路，爸爸找碴发火是寻常事。

“我妈呢？”马大福问，得到的回答是两个字：“死了。”自然是气话。拿起扫帚收拾残局，竟发现地上的灰白粉末印着清晰脚印。

“爸，这一地是什么呀，怎么像白糖？”没有回答。马大福用手拈起一小撮，伸出舌头舔了舔，甜的！

“干吗！毒死你！”爸爸闷吼一声，吓得儿子一激灵。

夏日的天气变化多端，傍晚时分积雨云发展成强对流天气，大风席卷，雷声隆隆。

“我妈哪去了，怎么还不回来？”儿子有些担心，问了几遍没人理。大滴雨点落下，砸地有声，响动如冰雹。不，原来就是冰雹！亿万粒小玻璃珠从天而降，噼啪飞溅。儿子趴在窗上看，忽然回身走到父亲面前，“你和我妈怎么了，她上哪儿去啦！”

“你知道个屁，她不是你妈！”一道蓝绿色闪电划过窗子，屋内一片惨白，儿子的脸融化在雪亮的白光里。马占奎被吓醒了，一把揪住儿子的袖口，“走，大福子，咱找她去……”

事情过去后，马占奎的心依旧被恶毒的小虫噬咬，但有一点他看得很清楚，他不能没有这个家，不能没有儿子，更不能没有伍玉芬，除非他真的不想活。闪电霹雳把胡同里的大槐树一劈两半，焦煳冒烟，却没有打到他头上，这是老天爷的旨意，让他活着。

最后父子二人在永定门火车站找到伍玉芬。时间已近午夜，女人蜷缩着身子躺在候车室的椅子上，披散的头发遮住半张脸。儿子走上前摇晃妈妈，伍玉芬以为仍在梦中，“大福子，你从哪儿来?”

“走，起来，回家。”正值变声期，直通通的哑嗓子带着一股怒气。伍玉芬看看儿子，什么话都没有说，默默服从。

“她不是你妈!”那句令马大福心生疑窦的话他没有提起，也许他实在不知道自己的想法，只有任尘埃无声落下，掩埋可疑痕迹。抬起头来，天边乱云耸动，预示即将发生的灾难。

一九六六年整座城市被涂成红色，层层大字报糊满墙壁，校园、街道、居民区、四合院，各种批斗会上愤怒的口号声如海浪翻卷，高音喇叭彻夜狂吼：打倒、火烧、油煎！再踏上一万只脚。少男少女臂戴红箍，脸孔疯狂扭曲，嗖嗖挥舞手中皮带，金属扣在脑袋上砸出窟窿，血流如注。

九条副食店门口夜间贴出一张大字报：潘六指，你的手指头到底哪去了?！白纸黑字揭出这个赌徒恶棍的真实身份。潘六指倒在血泊中，死相难看，没人看到尸体是如何消失的。

妓女伍玉芬被人揪住头发拖到院子里，头皮被剪刀戳破，头发散落一地。丈夫马占奎试图反抗，被一脚踹到墙角，两个男孩儿随即上前踩住胸口，看他敢动一动。一个扎着短辫的女孩儿浑身野蛮活力四射，揪起地上的贱女人抽嘴巴，抽得手掌发麻。自始至终老五没有开口，如同哑巴一般。原来她的嘴里含着玉蟾蜍。

马大福从学校回家时红卫兵已经撤离，面对家中惨状他咬牙沉默，深陷内心的阴暗旋涡中。可怕的是他不知道自己恨谁爱谁，要干什么，攥紧的手指骨节发白。

当晚是最难熬的一夜，黑暗中伍玉芬双膝下跪，跪在丈夫面前，“是我不好！我害了你……”

“别说了，你听不听我的？”马占奎喑哑的声音如风吹过荒草。

“什么？”

“咱们一块走。”

“上哪儿？”

马占奎已想好死法，靠妻子搀扶他能爬上附近的六层小楼，楼下的水泥地足够坚硬，只需迈出一步就一了百了。伍玉芬却有不同意见，人生真谛对她来说就是能受多少苦。死又有何难，但她坚信能度过这一劫，坚信冥冥之中有超然于现实的力量，不可摧毁，拿出玉蟾蜍，“你看，它还在，咱们有它。”

玉蟾蜍在暗夜里发出一团洁白的光，那么洁白，那么美。战栗感窜至全身，毛孔缩紧，激起一层鸡皮疙瘩，冷酷而诡异的现实把马占奎压垮，他喉头哽咽，双肩剧烈耸动，似被电击。伍玉芬不再说话，只是张开手臂紧紧抱住他，夫妻俩脖颈相交，闷声啜泣。

马占奎决定不死，尤其在听说了潘六指已死后。难道他要追在姓潘的屁股后面去阴曹地府，一起去受阎王爷审判？那岂不太可笑。他想到另一条路，逃跑，逃回老家去。

走之前伍玉芬和儿子谈话，用听天由命的平板语调说出孩子的真实身世，何去何从由他。这一阵马大福早已听够种种传闻，妓女根本不能生育，联想到那句“她不是你妈”，他相信自己不是伍玉芬亲生。但他没有问过，什么都不想问，十七年的生命怎能一笔抹杀抑或随意更改。他宁愿找人狠狠打上一架。剧烈的动作、血脉贲张、内心隐约的恐惧感、皮肉的疼痛及嘴里的血腥味道让他抛开心中烦恼，体味释放后轻松感觉。打架敢玩儿命让他渐渐有了些名声，提起大福子知道的人越来越多，而他感觉心里有一只野兽在笼中窜来窜去。只有一个人能让他感受截然不同的心情，曾经的同桌，李梅。无论在哪里遇到两个人并不说话，但目光交流的片刻心忽然化作一团棉花，软得让人难受。只有一次他和李梅在胡同里相遇，四下没有人，李梅从衣兜里摸出一只纸折成的小鹤，“给，一直想给你……”眼睛因激动而盈满泪光，匆匆离去时丢下一句话：“打开看看。”

皱巴巴的纸条上写着两行字：你是好人，我相信你。热流在体内上下冲刷，马大福发现了身体里原来蕴藏着一种极其简单明确但又难以形容的感情，那就是爱情。

房顶上，十五瓦的灯泡光线昏昏。一通费力的咳嗽后伍玉芬吐出黏痰，只怪她抽烟过多。“大福子，不管你认不认我这个妈，妈心里丢不下你。老天有眼，要是没有你我真不如死了算了。”

“什么老天，谁信。我不走，你们走吧。”马大福冲口而出，语气蛮横。伍玉芬脸上的皮肉忽然萎缩，五官骨骼似在向外突出，傻子似的张着嘴，牙齿露了出来：

“你、你、你真不要妈了……”

马大福被这副样子吓坏，一把拉住她的手，“妈，我说的是我不走，没说你不是我妈！”不走的原因难以出口，当然是因为李梅。

马占奎带着老婆伍玉芬离开北京，回河北老家去了。一九七二年儿子马大福和李梅结婚，这时他已经工作，在房管所烧锅炉，李梅是 13 路公共汽车的售票员。家从东城区搬到朝阳区，楼房一间，与人合住。马大福有好勇斗狠的一面，另一面是重情、重哥们儿义气，朋友多多。婚礼上收到暖壶九个，脸盆十三个，床单八条枕套八对，锅碗瓢盆样样齐全，毛主席半身塑像最多，拿到单位分送同事。

婚后父母从农村回来住了几天。伍玉芬和儿媳说话时总会注意她眼角下的痦子，琢磨那颗滴泪痣预示什么。有些事情有目共睹，每晚李梅给丈夫端来洗脚水，吃饭时把饭碗端到公婆面前，结婚当月领了工资去商店买回毛线，给丈夫织了件新毛衣，给公公织了件毛背心。

一九七六年毛主席去世，“四人帮”被抓。马大福已经远离锅炉房，进入办公室。几经倒腾又弄到一间平房，把同住一个单元的人请出去，独占宽大两居室单元。不久父母从老家搬回城里同住。

几年农村生活如混沌梦境，泥土，摸黑上床，雨水淋湿柴火，浓烟呛人，半夜鸡叫，猪儿紧随身后把屙出的粪便立刻舔净。伍玉芬下地挣工分，一天四毛五分钱，马占奎在家编筐，拐着腿去井台挑水。如今睁眼醒来，苦难日子似乎熬到了头。能熬下来有一点最重要，大福子始终未变，还是他们原来的儿子。

除夕夜包饺子时，伍玉芬悄悄包了一粒水果糖，满心期盼被儿媳吃到，那就预示今年她会怀上孩子。盘里的饺子吃得所剩不多，马占奎打了个饱嗝，伸出筷子，“再吃最后一个。”说着一口咬下去，“哎哟，怎么是甜的？”期望落空。

13路公共汽车的车门打开，一位乡姑怀抱孩子上车，婴儿哇哇的啼哭声在车厢里横冲直撞，引来不少人注目。哭声不止，分贝升高，女人抬手解开胸襟上的纽扣，鼓胀乳房跳跃而出，奶头及时堵住了孩子的小嘴。李梅看得目瞪口呆，继而出神，汽车到站售票员竟忘记开门，招来乘客责怪。又有谁知道女售票员的心结！结婚四年而没有孩子，生活裸露着触目的伤口，疼痛自知。

休息日，李梅在厨房一边择菜一边听苍蝇在玻璃窗上嗡嗡歌唱，扭身去拿菜刀，惊见婆婆站在身后默默注视。

“有事儿吗，您？……”

还用问。伍玉芬憋了满肚子的话想说、想问个究竟。如能按照她的意愿必得掌握全部情况，包括儿媳月经的时间表，冲口而出的话却是，“和你说了多少回你不听，去医院把那颗痣去了，好不好？”

儿媳没有说好，也没说不好。意思就是不好。伍玉芬脸一沉，扭身走出厨房。

之后李梅时不时有芒刺在背的感觉，以致产生心理障碍，觉得这个家太小，容不下她们婆媳二人。伍玉芬当然察觉到儿媳对她不满，躲着她。这可真邪性，凭什么哪！

“听我说，我能不能说话？”李梅细细的嗓音因激动而变得飘忽尖利，如同用硬物摩擦玻璃，“你妈着急，我就不急吗！这种事谁说得清。又不是没去医院看过，医生都没办法……干吗这么逼我，这样儿我可受不了。”

逼？天地良心，谁逼她了！墙壁很薄，隔音效果甚微，小两口的争吵几乎一句不落地钻进伍玉芬的耳朵，想不听都难。她的耐心已经熬尽，还要受儿媳指责，受不了的人应该是她。

“那你要怎么样？”儿子的语气既烦且无奈。

“你问我，你还不知道我想要什么吗？”

“废话，我又不是你肚子里的蛔虫。”马大福压制着火气低声回敬。

一段长时间的寂静，伍玉芬的心“怦怦”跳，听觉捕捉到微弱的抽泣声。妻子流下示弱的眼泪，然而问题并没有解决。

如今婆媳之间的对话一天大约不超过五句，李梅把缄默作为护身符，伍玉芬却想给她另外的东西。吃过晚饭，用抹布把桌子擦得干干净净，坐下来。头顶的灯光在伍玉芬脸上投下浓重阴影，让人看不清她脸上的表情。

“占奎，大福子，小梅，来，你们都坐下。”

三人默默坐下，气氛不安。伍玉芬从衣兜里摸出荷包，“我这儿有样东西。”

灯下，玉蟾蜍摆到桌面上，白晃晃，似从内部发出光来，吸引得马大福伸手去拿。伍玉芬“叭”地打开儿子的手，“去，急什么，听我说。”

她开始讲故事，语调慢悠悠，若无其事，讲述一对夫妻历经劫难，生死关头如何一次次凭仗玉蟾蜍保佑，说着几次伸出手轻轻抚摸它，最后说：“我讲了这么多，这些事是真是假，问你爸。”

马占奎沉吟，移开目光。伍玉芬不再等待，继续，“你们俩结婚四年多，到现在没孩子，多余的话我不想说，说了招人恨。今天我把这宝贝拿出来，就一句话，小梅，你把它戴上。不许摘！什么时候怀上孩子了，不，什么时候孩子生下来了，再给我拿回来。”

屁，谁要戴，我才不信。李梅内心想，却没有出声。她看看丈夫，看不出他脑袋瓜里想什么。

“怎么，没听见？”伍玉芬感觉火气上升。

马占奎忽然开口：“得了，我看你还是自己收着，别闹个人财两空。”

“你说什么？”妻子不解。

“这么宝贝的玩意儿，万一丢了呢？你怎么舍得，那不要了你的命。”边说边冷笑。

丈夫始终耿耿于怀，逮着机会就刺儿话不断，实在忍无可忍。

“马占奎，你想说什么就直说，用不着绕八道弯儿。”

“我说错了吗？这玩意儿不是你的宝贝？”

“我的？”

“难道还是我的不成！？”

伍玉芬被噎住，狠啐一口：“你……呸呀！”就在这时儿子一把抓起桌上的玉蟾蜍，命令道：“磨蹭什么，还不听妈的，快戴上。”举手把线绳从妻子头上粗鲁地套下去，弄乱了头发。

那晚躺在床上，马大福把玩着玉蟾蜍，爱不释手。妻子凑近耳畔，“嗨，她说的那些话你信吗？”

没有回答。

“你是怕她吗？”再问。

“谁？怕谁？”

“你妈呀。”

“嘁，我怕什么。”

“就是，又不是你亲妈……”

“闭嘴。别找抽啊。”语气半真半假。

像所有生育后的女人一样，李梅以前的裤子都系不上扣子，腹部露出楔形肚皮。女儿起名马灵，神灵的灵。百日筵席的热闹已成过去，一周岁生日也定格成照片。“全家福”上奶奶和爷爷端坐前排，儿子媳妇站立身后，孙女小灵子坐在奶奶膝上笑得开心，露出两颗白生生的门牙。全家福年年一张，共十三张，截止于马灵十三岁。

九十年代后不再去照相馆，理光相机换成奥林巴斯，又换成尼康，再换佳能。

马占奎开始对收藏产生兴趣，收藏酒。他和妻子都算得上能喝的人，艰难岁月中戒掉，从此不再嗜酒。家中壁橱渐渐被酒瓶塞满，没地方放东西。腾东西时不小心摔了一瓶泸州老窖，满屋酒香。

“你又不喝，收藏什么。”伍玉芬抱怨。

“就因为不喝才收藏，不然不就全收藏到肚子里了。”

八十年代大江南北开遍金钱之花，人心一朵。马大福从房管所辞职，下海做服装生意，月月跑广州进货，之后又开饭馆，也修理过汽车，搬家公司从地下室搬到地面，转型做代理商，公司搬进大楼里。其间多有受骗上当，大小挫折，然而钱毕竟挣到不少，身边有女人围上来。一次酒席间，年轻女演员牛小草坐在马总身旁，一牛一马交谈甚欢。马大福告诉牛小草当年若不是父母阻拦自己早就是童星了。牛小草的笑声如风中铃铛，脸庞闪动瑰色光芒，令人心荡神迷。

和妻子之外的另一个女人睡觉，马大福感觉身心振奋，似重新活过。回家的路上抬头仰望，夜空如洗，银盆般的明月映照着美妙新世界，伫立，挺胸做深呼吸，活着是多么好啊！接下来发生的事情就不那么美妙了，千篇一律的情况几乎乏善可陈。世上没有不透风的墙，事情败露，妻子哭闹，不等闹出结果那边又换了新人。李梅曾一心期盼能有自己的家，不和婆婆住在一起，虽然搬家两次，房子面积扩大到一百四十六平方米，也未能如愿。现在她却深感庆幸，如果真和公婆分开，家的意义将大打折扣，婚姻难免不保。

多年以来婆媳二人处于一种微妙的敌对关系，有天敌的因素，也有性格使然。一个是曾经的风尘女子，又历经苦难，不惯于畏惧退缩；一个是软性子，却内心较劲，凑在同一屋檐下生活只能藏起部分的自己。大多时候人既不是善良天使，也不是恶魔，你是谁只有自己知道。

入夜，万籁静寂，伍玉芬能听见儿媳和儿子在房里争吵。儿子的声音低低的，时断时续，儿媳带着哭腔，偶尔一声怒吼。第二天眼泡红肿，面容因失眠而憔悴不堪。她早就想好只要你们不跟我开口，我就装傻下去。在这个问题上丈夫和她态度一致。

黎明前伍玉芬被尿憋醒，懵懂起身摸到厕所，按下开关。灯光照出马桶上坐着一个人，吓得她魂飞魄散。

“天呐，是你?!”

儿媳猛抬头，脸上泪光斑斑，乱发如草堆，睡衣如口袋罩在身上，黄脸婆的模样实在不堪入目。伍玉芬不由一声叹息：“你呀，大半夜的一个人儿哭，管个屁用。”话并不好听却带着倾向性。

堤坝被瞬间冲垮。李梅的嘴咧成瓢，扑向婆婆，把伍玉芬的肩上濡湿一片。投入敌人怀抱，化敌为友，其实比想象的容易得多。

马大福提出离婚。李梅向婆婆汇报情况，是为了一个美容店的老板娘。伍玉芬答应找儿子谈话。她对男人要求不高，更不愿对儿子苛求，只求保住家庭安稳。

"你是我的儿，在我心里你最重。你在外面干什么我不管，离婚不行。别的都不说，灵子不能有后妈。你非要离也可以，等我死了。"不等马大福张嘴，又说："还有一句话，是你爸让我告诉你，毁东西容易，家不能毁。你听见没有！"

"成，那我搬走。"马大福一咬牙。

"也成，你走我也走。"

"您上哪儿去？"

"你搬到哪儿我跟你去哪儿，没有你还叫家吗！"

知觉在缓缓下坠，却始终挨不到地面，马大福意识到事情绝没有想像的那么简单，久久沉吟不语。

出现状况是在一九九七年，那年香港回归。一家人看电视里的实况转播，看五星红旗和紫荆花旗吹动着冉冉上升，听国歌高奏，直至旗帜升到旗杆顶端。伍玉芬发出微带惊讶的感叹，"咦，咱中国不是解放了吗，怎么又解放一回？"

孙女马灵哏哏笑出声，"叭"地打了个清脆响指，这动作她近来常做，是从学院的外籍老师身上学来的，自觉很帅。"奶奶，你太有幽默感啦！"说着伸出一只手摸了摸奶奶的面颊。

然而事情却和幽默感无关。随着千禧年的临近，老年痴呆的种种症状在伍玉芬身上日益明显。每天都为找不着东西而发火，怀疑钱包在家中被偷，但不便明说。买菜总觉得少找了钱，和小贩大吵，再不去菜市场，转而热衷于捡破烂。捡回可乐瓶、罐头瓶、各式空瓶，花盆两个，拖鞋一双，毛线帽一顶，大摞的报刊杂志，统统收藏于床下。早晨起来洗漱时发觉镜子里的人好面熟，惊诧地喊道：占奎，占奎，你来看，这是谁呀?!

事情急转直下的速度像汽车的制动失灵，沿 45 度下坡路飞驰。进入二十一世纪，伍玉芬失去了生命中三个最重要的身份：妻子、母亲、奶奶，认识的人只剩下儿媳李梅，在她的侍奉下洗漱、进食、排泄、睡眠，定时清理个人卫生。有时会朝着儿媳挥动枯瘦的手臂拍打，发泄莫名怒气。马灵在电脑上查阅大量资料，此类病症医学上称阿尔茨海默症，因病人本能活动亢进，有时会出现攻击行为，抑或当众裸体。她安慰妈妈说奶奶没有后一种不雅举动该感到庆幸才是。医学论述还说：当人被诊断出患有该病通常能活五至十年，然而新的研究显示这种病的存活率正在不断下降，目前患上该病之后大约能存活 3.3 年。这数字触目惊心，让家人个个感觉气短。

眼看着妻子如何照护着母亲，马大福心存感激，离婚的想法从脑子里排除出去。生命呈现出如此难以捉摸、不可解释的怪现象，不觉削弱人的斗志。

饭桌上，女儿一时童心发作，颤巍巍举起勺子却怎么也送不到嘴里，模仿痴呆状，饭粒洒了满桌。

“闹什么，别闹。”妈妈看着好笑。

“真的，等我老了说不定和奶奶一样，遗传。”

“胡说八道。”

马灵说这可不是胡说，是她查到的，早老性痴呆多有同病家族史，“爸，你也小心着点儿。”语气竟得意扬扬。

李梅和丈夫不由深深对视。李梅开口：“告诉你，一万个不可能。绝对不可能！你放心。”

“你这是不相信科学。”

一时间李梅几乎想说出你爸不是奶奶亲生的，他们之间没有血缘关系。习惯使然，她再次看看丈夫的脸色，不，不能说，什么都不能说。秘密一旦泄露将覆水难收，这是她竭尽全力保卫的生活，让秘密消失在家庭深处吧。

伍玉芬于二〇〇四年十二月十七日去世。几年间，白天她枯坐在扶手椅上，眼望虚空；夜晚睡着了嘴巴略微张开着，酸腐气息无声进出。偶尔她开口说话，声音很大，说儿子被洪水冲走，又说玉蟾蜍是玉皇大帝所赠，说她见过世上最灵巧的手，只有六根手指头，边说边比画，极力想让人明白她的意思。孙女正喂奶奶吃饭，一面想着心事，“行了行了，你到底吃不吃呀！”

只见伍玉芬乖乖张大嘴，像孩子一样等待勺子里的食物。

天气预报夜间有雪，空气潮湿阴冷。伍玉芬的尸体躺在医院太平间里，准备第二天火化。

临睡前马占奎从柜子里拿出一瓶茅台，拧开瓶盖，倒满小酒杯，手微微发颤，“得，咱俩最后再干一杯吧。”一饮而尽，然后用手巴掌捂在流满眼泪的脸上。

那夜他喝得醉意醺醺，回到往昔时光，伍玉芬还是他初见时的样子，胖乎乎、雪白粉嫩，在身下娇喘吁吁；突然间如川剧变脸，可怕病容覆盖一切，他惊出一身冷汗；慢慢缓过神，又看到在午后的日光下，病愈后的老五向他转过头，露出虚弱的笑意……死亡并不能夺走至亲的人，相反，使她们恢复了青春和美好容颜。所有回忆都令人心痛，只有一件除外。那夜天空晴朗，星星在头上眨眼，他悄悄走来，腋下夹着写好的大字报，手上提着装了糨糊的小铁桶，来到副食店门口。不，他不后悔，潘六指是个坏蛋，揭发他没有错，一点儿没错。他命该如此。马占奎深深吸气，再长长吐出，抬手抹了抹脸，笑了。

不久，马灵交了一个新男友，在拍卖公司工作。两人气味相投，喜欢在脑海中幻想美事儿，想换辆新车，别的不考虑，唯一钟情路虎；要遍游世界壮观美景，尼亚加拉、南极、肯尼亚野生动物保护区；结婚住独栋别墅，要有自家的小花园；婚礼要从天而降，打算先去学跳伞。晚上一家人正在客厅里看电视，家门被“咚”的推开，孙女从外面冲进来，眼里闪着狂喜的光，“嘿，听着，告诉你们一个消息，好消息！”猛然顿住，“你们猜是什么，猜呀！”

“你和李晓登记了。”李晓是她男友的名字。

“妈，你别胡说八道！”原来是她把玉蟾蜍交给男友，让他拿去请专家过目，结论是战国青玉，玉质精良，造型逼真，刀法精细，为古玉中精品，估价三十至五十万元。马灵从 LV 包里拿出一个红绒布包，打开，露出金线镶边、绣着四季花朵的荷包。荷包的边缘已经磨损，多处绽露线头，色泽发黄。

一时间客厅被难以置信的寂静笼罩。李梅伸手拿过荷包，声音低微、发颤，“妈呀，当年你奶奶说这是宝物我还不信，给我还不愿意要呢……”

马灵一把抢回荷包，仰望天花板，用了一种热切夸张的气声：“奶奶，谢谢你，太感谢你啦！”

一家人长吁短叹，感慨不已。马占奎默不作声，片刻，双脚移动，费力地从沙发里站起来，“我困了，要去睡觉。”离开客厅，走回自己的房间。

客厅里发生了争执，马灵说五十万可以买一辆 Freelander，路虎自由人。李梅坚决反对，她的意见是为女儿买房，五十万足够首付，可以先出租。马大福动手把玉蟾蜍放回荷包，再用红布包好，“卖什么卖，才不卖。”语气坚定，不容更改。

“为什么？”

“你们不懂，这东西现在值五十，再过几年值一百万也说不定。”

啊？一百万！李梅和马灵的眼睛瞪得大大的，比灯泡还要亮。

白天，受强冷空气影响内蒙古中西部出现沙尘天气，入夜黄风横扫京城，发出野兽般的呜咽与号叫。在喧嚣的黑暗中马占奎打开工具箱，把锤子握在手里，再从儿子的外衣兜里摸出钥匙，他知道要找的东西锁在哪个抽屉，很快拿到手。路灯从半掩的窗帘照进来，他从荷包里摸出玉蟾蜍凑到亮光里看了一眼，没错，就是它。不需要再看，更没必要再想什么，抬手举起锤子；突然有人用力摇撼窗子，吓得他浑身一颤，慢慢转过脸朝窗子望去，鬼都不见一个，是风连续猛击玻璃。镇定一下，再次举锤，房间忽然移动，墙壁倾斜着往上升，似要冲破天花板飞出去。马占奎懵住，糊涂了。一道光亮很快消失，屋子回复原状。原来是一辆深夜归家的汽车，车前灯照射的结果。

现在马占奎的视力重新适应了黑暗，盯住微微发白的那一小块，第三次举起手中的锤子，毅然决然，狠狠地砸下去。

没有人听见什么。

黎明时分风势减弱，西天的月牙在移动的云团间露脸，洒下淡黄的微光。东方渐渐发亮。马占奎看到有人从窗前经过，是老五，骑着玉蟾蜍笑着向他招手，他赶紧跑过去推开窗户。老五和玉蟾蜍在迅速缩小，在霞光里影子镶着金边，他扯开嗓子大声喊：拜拜！拜拜啦！

杀人

老鞠家的老太太服仙失踪的那天早上，太阳升起来的时候被一朵形状像大熊瞎子的黑云吞了下去，几分钟之后，又被“熊瞎子”从后屁股拉出来；又几分钟，“熊瞎子”变成了一只“金鸟儿”，羽翼透明耀眼，舒缓地展翅高飞，消失得无影无踪了。然后那一天都非常晴朗。

六团记得早上婆婆服仙说了句“粘豆包还有吗？”六团没理她。她正要去屋外抱些秫秸，秫秸上的露水把她的前襟弄湿了一片，凉森森的。她听见婆婆说“粘豆包还有吗？”的时候，正在抱秫秸。她一抬头正好看见灿烂的天空中“熊瞎子吃太阳”的景象。

她想这朵云真像头熊瞎子。她没见过熊瞎子，没见过活的，她心里忽然闪过一个念头，要是这天上的“熊瞎子”真活了就好了，窜到地上把鞠生吃了撕巴了就好了。那时，鞠生，六团的男人已经上路了，正朝着孤家子船站走。当太阳被黑云吞没时，他消瘦扁平的脸随之变得像死人一样阴暗。

他穿着一件蓝布上衣，一条黑布裤子，背有一点儿驼，两个肩膀从上衣里凸了出来。晨风中，他闻着田野的气息，心中意识到那个他出生并在那儿长大的大栗堡子已经在身后消失。也许将永远消失？

半个月前的一个晌午，当鞠生突然进了家门，六团一下子都没认出他是谁。鞠生冲坐在炕上阴影里的服仙叫了一声“娘”，鞠老太太半天没有说出话来，然后眼泪就流下来了。她抽搭着说：“你，你还认识回来的道儿哇？”鞠生把手上的一个黑包放在炕上，顺便看了六团一眼，鞠老太太用手抹了一把眼泪和鼻涕，冲六团说：“咋还立着，烧水去呀！”

六团怔了一下，咬咬牙扭身出门抱秫秸秆儿去了。六团没记错，鞠生有六年没回来过了，就是说他们六年没见过面。他来过信让服仙上他那儿去，鞠老太太不去。他是服仙唯一的儿子。而六团是服仙唯一的儿媳妇。鞠生总不能一辈子不见他妈，不见她俩吧。

鞠生给他妈带了两斤点心，两斤糖果；一块黑咔叽布，做裤子的，一块烟色平纹布，也是做裤子；还有一顶平绒帽子。鞠老太太让六团也吃块点心，六团没伸手。后来鞠生说了一句“吃吧”，六团就吃了。六团之所以不吃，是因为她不想动属于鞠生的东西，她没那么贱。她之所以又吃了，是因为她确实想吃。欲望在那一会儿把她控制住了；当欲望得到满足、平息之后，那种被侮辱的感觉又回到她的心口。这是一种十分熟稔的沉甸甸的感觉，熟悉得她已经不大感觉了。由于鞠生活生生地出现，而且进入到她的胃里，这感觉才又活了，刺着她。

六团做了贴饼子，煮了高粱米粥，还炒了鸡蛋。她摆好炕桌，转身要出屋，鞠生叫了她一声。六团猛地回过身，如同受了惊吓的动物迅速地对危险做好准备。鞠生从上衣口袋里掏出一个塑料夹子，从夹子里拿出一块钱递给六团。他说：“拿着。”六团问：“干啥？”原来鞠生让她买瓶肉罐头。

服仙忽然笑了，干枯的小眼睛湿润了一会儿。

供销社是一个落满灰尘的地方。六团在供销社买了一瓶猪肉罐头。瓶子上贴着纸，纸上面画了一头白猪，这头“白猪”在供销社的货架子上不知待了多少年了，她从来没注意过。她干吗要注意？柜台里站着马六指儿。几十年中他用他那多长了一个小肉球的手为六团一回回地称，称了多少斤灰乎乎的大粒儿盐呢。他的手还为她扯过两回布。那花布已经穿烂了，只剩下一块补丁，留在六团的被子上。马六指儿曾经想过，黑天白夜地寻思过，这个六团要不穿衣服是啥样儿？屁股不知有肉没有？那一头的头发油黑油黑的，缎子似的闪着光儿，不也像年画儿上的人儿。现在马六指儿再也不会想了，他看六团就像看麻袋里灰乎乎的大粒盐一样。

马六指儿多看了六团一眼，问：“来客啦？”六团“嗯哪”了一声。后来等交了钱，把“白猪”拿在手上了，她又说了一句“鞠生来家了”，说完扭身走出供销社。马六指儿愣在那儿：鞠生？她男人？接着他突然一阵生气，操！这鸡巴娘们儿，眼睛像两块黑石子，说话不瞅人，跟死人说话哪！

六团走出了供销社，她的眼睛这时黑而深邃，她也看到了一线异常的光亮：鞠生？鞠生是谁？但那光亮转瞬即逝，她什么也没看清，又陷入一片混沌。她大喘了一口气，加快脚步，手里紧攥着罐头瓶子。

那天后来刮了一阵风，窗纸被吹得哗哗直响，油灯也抖个不停，风在窗外打着旋儿，转着转着转出了院子，带走了几根茅草。风走了以后，屋子里更静了。只听见三个人嚼东西往下咽的声音。六团本来没想上炕吃饭，她觉得别扭。但是婆婆叫她一起吃。她站在那儿犹豫的当口，鞠生也说了句“坐吧”，她就坐下了。但是她吃得很别扭。“大白猪”真是很肥，白花花的油搁进嘴里就化了，留下一股浓浓的香味。但六团还是吃得很不得劲儿。她两回下炕为鞠生盛粥。鞠生低下头呼呼噜噜地喝粥。六团偶尔抬起眼，看见他脑瓜儿顶上有白发。昏暗中的白发像一层灰尘。六团的心一震，“天爷”，她想，“他也有这一天”。昏暗中，三个人的眼睛像六个黑窟窿，点点光斑转瞬即逝，难以捕捉。

从儿子进了家门服仙就在想，他这是回来啦，是不？他不能永辈子不认这个家，不能永辈子不认这个家里的两个大活人，他总得认她们！这不，他还是回来啦。这是他的家呀，他总得回来，他不能永辈子不回来。服仙一直这么想着。

鞠生和他妈时不时地说两句话，说城里的猪肉和鸡蛋多少钱一斤，说他工作的店里卖过一种果子，吃了辣嘴，叫菠萝。服仙一边听儿子说话，一个人影子忽地在她眼前一闪，她想起了鞠生的爹，他爹吃着吃着饭就倒在炕上了。那不是头一次，也不是最后一次，炕桌还没撤下去，他已经衰弱地面朝墙躺下。后来他就开始吐，把生命一点点地吐出来，吐到地上。服仙用灶灰把他吐的东西盖上，撮出去，倒进粪坑里。最后他吐光了，就完事了。鞠家老二死的时候，媳妇服仙二十一岁，儿子鞠生三岁。从那时候到鞠老爷子一九四七年过世，服仙母子俩一直和老爷子住。婆婆早不在了，服仙侍候公公侍候到他死那天。

鞠家三个兄弟加一个闺女，鞠生是头一个生下来的后代，又是个孙子，又从小没了爹，鞠老爷子因此更疼他一些。后来鞠生大了，书读得很好，只是不爱说话。

鞠生十来岁的时候，屯子里来了个唱二人转的戏班子，那些极其艳丽的衣服和脸蛋儿，粉和绿色的搭配，给鞠生留下了强烈的印象。

那两天空气从早到晚微微颤动着，女人们走路的样子都与往日不同，显得婀娜多姿，散发着一种猥亵的气味。当一声尖锐的唢呐刺进人的胸膛时，血液突突地奔涌起来；一道道眼风像鞭子抽在人身上，火辣辣地难耐。“姐儿呀花园中绣丝绒呀一个呀儿哟，一只蜜蜂它蜇我的嫩手心儿呀，甩手丢了金戒指儿呀，金戒指儿呀不哇是呀值呀钱的宝哇一个呀儿哟，那本是我的那情郎哥儿给我买的呀啊一钱零三分儿呀，要哇是啊老头儿捡了哇去呀，到我家炕上喝几盅儿呀，我认个干亲戚儿呀，要哇是呀小伙儿捡了去呀，要什么玩意儿我都乐意呀就是不能拜天地儿呀一个呀儿哟……”随着一阵阵的哄笑，欲望腾空而起，把鞠生白白的小脸儿辉映得直放红光。

瘦小枯干的服仙变得无比轻捷，在鞠老爷子眼前飘来飘去，忙着干活儿，一边哼着春季里呀桃花红又红哇孟姜女呀寻夫哭奔长城啊。

没有人注意鞠生放光的小脸儿，连服仙也不曾留意。老鞠家谁也没有想到后来发生的事。后来，以至数十年后的人命案都可以追溯到那两天。当时真正的事实是戏班子来了又走了，而老鞠家十九岁的闺女兰头跟着他们一块儿跑了。一九四七年鞠家老头子去世时，兰头回来奔丧，那时她已经在城里落了脚。那年鞠生十六岁，他看到从外面回来的姑姑的时候，心中生出一种奇妙的感觉。由于姑姑的离去和再次出现，他恍惚地看见一条路伸展开去，出了大栗堡子，伸向遥远的陌生的地界儿。那时候鞠生已经和六团订了婚了，本来他应该已经结了婚的，为了让爷爷在去世前能看见孙子媳妇。可是婚事没来得及操办，老头子就归西了。那么三年内鞠生是不能成亲的。

鞠生并不急着成亲，他没见过六团，对她没有任何渴望。他只知道六团是服仙娘家舅舅那面的亲戚。六团家里不富裕，孩子多，六团是老六，下面还有七团、八团，能嫁到大栗堡子老鞠家自然是门好亲事。

服仙说六团长得不丑，人性好，老老实实的一个闺女，而且能干活，鞠老爷子听着无力地点点头，混浊的眼睛望着窗外的泥地。服仙问，“爹，你要不要见见？”鞠老爷子仍然望着泥土地，无力地摇了摇头。那时天已渐渐凉了，老鞠头儿就愿意靠在窗根儿底下晒太阳。他闭着眼或蒙眬地睁着眼，随着身体一点点地晒透，暖和起来，灵魂也一点点地在深秋的阳光里消融。

那天鞠生走进院子，走过爷爷身边，他看见一只金黄色的小虫儿飞呀飞呀，落在爷爷的眉毛上，又飞起来，落到爷爷的嘴上，落定不动了。他瞅了一会儿，忽然叫了一声“爷!”而爷已经走了。

鞠家老爷子死后，老鞠家就分家了。服仙分的地很少，她和鞠生得着了老爷子住的三间房。

老鞠家的闺女兰头回来了又走了。一段时间鞠生常看见一簇簇不知在何时何地摇曳着的桃花。冬天，巨大的不断吼叫的北风刮起来了，人一出门就像撞在一堵墙上。一天中的大部分时间里，男女老少都待在火炕上。鞠生坐在服仙对面，看服仙搓麻绳，搓好了能卖钱。他打了个盹，后来突然惊醒，他发现外面的地上一片白，下雪了。他冲服仙说：我要找我姑去。服仙一愣，觉得耳朵不好使，没听清，鞠生又说了一遍“我想看我姑去”。

谁也没想到这就是永远的离别，鞠生从此脱离了大栗堡子的轨道。三年以后他被叫回来和六团成了亲，然后又回城里去了。

服仙看着儿子喝高粱米粥，也看见了鞠生头顶上的白头发。她想，他这是回来啦! 闹腾够了的时候就回来了。她其实已经不大习惯家里待着个男人，她也不知道怎么和儿子说话。可她心里还是高兴的。他们可以不说话。

吃过饭鞠生就出门了，六团刷锅刷碗收拾起炕桌，然后把脏水朝院儿里一泼，一片银光从她手中飞洒出去。她一抬头看见黑洞般的夜空中那一牙白晃晃的东西，不知为什么觉得不吉利，又想了想，想起她该给鞠生铺被。

六团把西屋的炕扫干净，从箱子里拿出那床被，它在箱子里放了二十几年，二十几年里只用过有数的几天。被面上有两只凤凰，六团到今天还记得她头一次看见那两只五彩的凤凰在硕大的牡丹花丛中飞舞的时候，她的心猛地涨大了，这被面实在太鲜艳太好看！她活过的十八年一下变成了灰秃秃的千疮百孔的烂棉絮，这被面照亮了六团的新婚之夜。

现在被子又凉又硬，六团用手摩挲着。今夜她会和鞠生躺在一处吗？也许不是今夜，或者是明天，或者后天。她胸口闷得喘不上气，她被巨大的困惑罩住了，仿佛被关在漆黑一团的屋子里，什么也看不见，什么也不知道，可又知道有一件异乎寻常的恐怖的事情正在寂静的黑暗之中潜藏着。

六团回到东屋，服仙还坐在炕上，叼着烟袋正抽烟呢。服仙对六团说："去你三叔那儿遛遛。"六团于是知道鞠生去三叔家了。六团说，不去。服仙问她为啥不去？六团说："去干啥？"服仙不说话了。

六团又说："你要去去呗！"服仙不吭声，紧吧嗒了几口烟，然后把烟袋锅子塞到六团手里，就下了炕，趿上鞋出屋，到屋后解手去了。

过了会儿，六团也跟到屋后，在暗影里蹲到服仙身边。这时，庄稼地里的虫子起劲地叫着，风一阵阵地卷过玉米地，卷起海浪般的声响。在一浪与一浪的间隙，虫子的吟唱听起来和谐而又欢快。有那么一会儿，墙根儿的阴影里蹲着的两个人沉浸在一无所思的状态之中，成了这月明之夜的一部分。后来她们一起站起来，把用过的苞米皮子扔在地上，系上裤子回屋了。白花花的苞米皮子在夜风中轻柔地翻滚。

那天晚上当服仙和六团躺在东屋炕上时，鞠生没有回来。六团该睡在哪儿的问题根本没有提起，她们和每天一样地躺下了。

这时服仙觉得需要说几句话，把心里想的告诉六团。但是她没直说，而是问六团："你说，他这回是干啥来的?"

六团答："谁道呢?"服仙不爱听，又说："我问你哪!"六团说："问我?他又没跟我说我上哪儿知道去?"服仙想了想也是，她就没生气。后来她还是把她想说的话跟六团说了。她的话都是嚼来嚼去已经如同渣子一般，只是因为鞠生回家来这个事实，这些话才又有了滋味。服仙说："你瞅见没瞅见，这个不是东西的，他回来了不是，他没招儿了，没咒儿念了就回来了不是。"六团说："回来干啥，他咋不死在外边。"服仙说："他能死在外边吗，又不是野狗。是个人就总得家来。"六团说："他能算人?狗都不如!"服仙叹了口气，"人都到家了，安生点儿吧。"

六团"哼"了一声，说："人是进了门儿，谁道他肚里揣着啥，是要放火呀还是要杀人哇!"

"胡嘎!你个缺心少肝的。"服仙骂道。

六团忽然鼻子一酸，她猛吸了口气，一笑说："弄死我，他好外边称心得意去啊!"

服仙停了半晌："你没瞅见他脑瓜顶子上都白了?"

六团说："没瞅见。"

服仙不理她，接着说：“谁都有收心的时候，人一到岁数就全明白啦。”

六团问：“明白啥？”

服仙说：“明白你是他媳妇，我是他娘。”

那天夜里，六团突然醒了，一睁眼就见那个雪白的半拉月亮正照着她，把她吓了一跳。接着，死一般的寂静也让她觉着心慌。她扭头看看服仙，服仙还在她身边，只是听不见喘气的声音。她忽然想服仙是不是死了？这突如其来的念头使她心跳得山响，她拼命憋住气，才透过自己的心跳声听见服仙的呼吸。这时六团想起来了，这屋里多了一个人。她翻了个身，然后又翻回来，她渐渐觉得渴，渴得难忍，她于是知道自己是渴醒了的。她立刻想到那个肉罐头，油太大了，不然不会渴醒了。

六团翻身下炕，悄悄提上鞋走到灶间。水缸就在门边，舀子在锅台上。她拿起水舀子伸进缸里舀水，水声在水缸里震响，使六团浑身一颤。她捧着一舀水等待响声平息。响声很快消失了，四周又归于死寂。六团咕咚咕咚大口地把水喝下去，她觉得这咕咚声也很大，可她管不了这些了。一舀子水喝下去，六团喘了口气，用手抹抹嘴，她觉得舒坦了许多。

鞠生一直没睡着。他怎么也睡不着。他一会儿闭上眼，过会儿又睁开，寂静始终像一只小虫在他耳边扇动羽翼。他听到了猪在拱圈，窗纸轻轻地鼓动了几下，似乎还听见哪家灯芯的爆裂声。回来看到的一切都让他胸口发堵，干吗非回来呢？就那么过下去不就得了。服仙是他苦命的娘，但看见了和没看见仿佛没什么两样儿，不，还不如不看。他咬了咬牙一动没动地继续谛听。

夜很凉，一朵浮云的阴影无声地掠过村中的小水泡子，掠过静静地坐落在大地上的村庄，向远方的田野移去。

在一片沉寂之中，冷不防传来一声狗叫，六团一惊，心里骂道：杂种操的死狗！她知道她这么偷偷摸摸作贼似的，是因为屋子里多了一个人。这么说，他真是回来了，她总算把这一天等来了，她算是熬到头了。以后呢？以后六团要和在西屋炕上睡着的那个男人过日子吗？她答不上来。二十几年了，他头发都白了，他在外面折腾得也够够儿的了，耍腻歪了，就回来了，回来好让六团伺候他。六团是扔在炕头上的破枕头，不想用就踹到脚下，要枕了就拎过来枕枕。过了二十多年，他想起还有这么个破枕头，还能用，可不就是这么回事儿嘛！二十多年了，六团不是一直给他伺候着他的老妈嘛！他一回来不是六团烧水做饭，还给他炒了鸡蛋嘛！想到这些，就像有人照准六团的头顶给了一棒子，一下把她打懵了，她的脑袋里嗡嗡直响，腿一软，就坐在了锅台上。

这一辈子哇，她缓了口气，想，这个不是人揍的，一肚子的狼心狗肺猪下水！他还有脸回来哇？他怎么不撒泡尿把自己浸死得了！他也算个人，他也配有家！杂种操的，他凭什么就进了这个门，端起碗就吃饭，他算个什么玩意儿！不是人揍的狗鸡巴操的！六团这样想下去，直到心又被怨恨填得满满的，才感觉有了力气。她站了起来，想回屋接着睡觉去。但忽然间有一种感觉支配了她，很难解释这感觉是如何来临的。也许她男人头上的白发，灰乎乎的脸，从衣服里凸起的消瘦的双肩都在她脑子里留下了印象。这时，六团忽然想看一眼睡在西屋的鞠生。她有些心酸，说到底那是她男人。

月亮这时又被游云遮住了，大地一片昏黑，天地间的一切仿佛混沌一体。过了一小会儿，样样东西慢慢分离出来，显现出树木、房子和道路，道路发出模糊的微光，向远方延伸，融入原野。

在这恍惚之间，六团推开西屋虚掩的门，门发出了吱嘎嘎的一声，与此同时，天上的月亮从云隙里脱颖而出，把大地照得一片通明。银辉之下，鞠生的脸是那样惨白，白得发亮。他的两眼一动不动地睁着，反射出两个月亮。六团吓得发呆，以为见了鬼。当她缓过劲儿来，她只想逃走。但是她听见鞠生的声音，他叫住她。

那天夜里，当六团被鞠生叫住，转回身时，她的心狠狠地撞击着她的胸膛，月亮那贼亮贼亮的光如同亿万个闪电同时在她眼前闪过。她觉得自己确实要晕倒了，连忙伸手扶住门框。

鞠生的声音说：别走，我有话和你说。

六团转回身后站着不动。

鞠生坐了起来，他冲六团看，可看不清她的脸，他就说；“你坐下，别站着。”鞠生的声音很轻，显得挺柔和。六团的心撞得轻了，慢下来，退回到胸部的深处一下一下有力地震动着。

除此之外，一片静寂。

六团想：怕啥，我啥也不怕。她坐在了炕沿上，鞠生朝后挪了挪身子。他要干什么？六团又想，他要和我干那个事儿吗？六团的身体止不住地有些颤抖，她不由的开口问；“你要干啥？”

鞠生说：我有话跟你说。

六团说：啥话，说呗。

鞠生说：我是得说。

可鞠生还是没开口。有一会儿，寂静像迷幻药一样，麻醉了他们，月光和黑暗的界线把他们分开，他们不出声地坐着，甚至忘了身在何处。这一刻的静谧蕴藏着深沉的疲惫和厌倦。然后，一只臭虫爬过来咬了鞠生的腿，把最后的梦境毁了。

鞠生伸手“啪”的一下子把臭虫拍死，嘴上还骂了两句。六团问：咋啦？鞠生终于说出了他要说的话。

鞠生对六团说他回家之前先去了大三洼子，找了他多年前找过的在县上法院工作的刘赤库。刘赤库说他以前递的离婚状子早不知哪儿去了，让他重新写一份。他想了想没写，只写了份材料，是关于他和六团以前的离婚官司的，交给刘赤库了。他之所以没写状子是因为他想他已经有这么些年没和六团一块儿过了，这是人人都知道的。所以他俩总该能离婚了。六团总该同意离婚了。事实上他们已不是夫妻，以后也做不了夫妻了。

六团听着鞠生的话，身上开始哆嗦，到后来牙齿磕碰的声音都被鞠生听见了，只是他没有弄清这是什么声音。于是他问六团：“你咋的啦？咋不吱声？”

六团咬紧牙关，她咬的是鞠生的肉！她狠狠地咬住，不松口。

鞠生又说：这些年了，你难道还想这么着下去，这不明摆着是条死路！鞠生还说了些什么，六团没听见，从她心的深处升起来一个节奏，那就是：你死去吧！死去吧！死去吧，死去吧，死去吧，死去吧，死去吧……与此同时，她又尝到了那种久违了的快感，那种隐秘的炽热激情，因为一个仇人被死死地攥在手心里了。

鞠生的嗓门儿升高了，急切而粗鲁：你到底儿想怎么着！总不能这么一辈子！你会说话不会！你哑巴了你！

六团极深极深地吸了口气，把就要喷发而出的悲愤压下去。她猛然站起身往外走，鞠生像动物一样迅猛地蹿起来，想抓住六团，但是没有抓住，摔下炕来。

六团被鞠生的身体掉在地上的沉重响声吓得一抖。她回过身，在淡淡的阴影中，看见鞠生头朝下撅着屁股趴在地上，衣服掀了起来，裤腰处露出一截白生生的肉。六团呆住了，但是当她明白出了什么事时，她浑身哆嗦着笑起来。她的笑是一种危险的濒临哭泣边缘的笑，她笑得差点儿也摔倒在地上。鞠生终于"哎哟"了一声，然后爬起来坐到炕沿上，这时六团转身冲出屋门。

六团扑倒在东屋的炕上，她依然浑身哆嗦。然后她开始哭了。起头她还是抑制的哭，但是当她感觉到炕头上的服仙毫无动静，甚至还发出鼾声，她就大声地随心所欲地哭起来。巨大的悲哀和成倍的屈辱都化成了眼泪和号啕。

服仙从沉睡中醒来，她听见一个女人在哭，她心头一惊，想：这是哪家死人了？她微微欠起头细听，她明白了是身边的六团在哭，她吓坏了。

服仙伸出手去摸六团，她摸到了六团抖动的身体，摸着了六团汗湿了的头发，又摸着了六团湿漉漉的脸。服仙不由得也哆嗦起来，她颤声问：“咋的啦？咋的啦？”

六团哭得不能说话，哭得喘不过气，哭得五脏六腑都要碎裂了。服仙的心沉了下去。那天夜里，大栗堡子的很多人被这号哭声惊醒，都想道：死人了！但是那会儿还没有死人。

在开阔的夜空中，月亮朗照。

服仙是在儿子走的那天失踪的。那天早上她问六团：“粘豆包还有吗？”这话问得奇怪。因为黄米这时在地里长着，去年磨的黄米面已经吃没了。再说她家除了过年就再没包过粘豆包。通常服仙犯糊涂的时候六团就不理她。她糊涂一会儿就又变明白了。她因为糊涂也误过事儿也闯过祸。有两回六团从地里割麦回来服仙忘了做饭。有一回她坐在炕上抽烟，把烟袋往炕席上磕，把炕席烧了一个大黑洞。服仙从来不认错儿，六团要是怨她几句，她就恶声骂几句，可听上去既不是骂六团也不是骂自己。后来她时不时抽不冷子地就咒骂三两句，没有任何原由。六团心想，她这是撒癔症。

在灰色的黎明时分，王队长像往日一样揉着他那双红眼睛走出家门。他咳几声，然后朝地上吐出两口痰，吸进几口冰凉如水的空气，之后扯开嗓门儿发出他那拖得长长的痛快淋漓的怪叫。他一面朝村头走，一面一声接一声地叫下去，仿佛他在忍受着某种难以名状的剧痛，又仿佛他为战胜这剧痛而发出欢呼。这是大栗堡子一天的开始。人们在梦中听见王队长的叫声，就从炕上爬起来。出工的人向村头走去。

六团那天也出工了。她知道鞠生一早要走，她不愿意看着。果然她干完头气儿活回来，鞠生已经离开家了。服仙问她“粘豆包还有吗”也就是那个时候。六团抱了几根秫秸烧了把火，把锅里的小米儿稀饭热了热，她问服仙吃没吃？没人答应。她进屋里看看，服仙不在，院子里也没有人影子。

据后来在村南头地里干活的人说远远地看见服仙往下洼那边去了。再后来又有一种传言说有人在孤家子船站见着过服仙，还有的说见她和一个男人在一块儿。那男人自然就是鞠生。又有一种完全不可思议的说法，说是看见服仙在烧锅的集上转悠过，而烧锅的方向与孤家子完全是两个方向，一南一北。

六团晌午从地里回来，锅里还是早上剩下的小米稀饭。屋里还是没人。她觉出有点儿不对劲儿，就到她大爷鞠启家去问，得到的回答是没人见着服仙。到六团后半晌收工回来，家里仍然没有服仙，六团真正觉得不对劲儿了。她家家去问，这才问出来有人一大早看见服仙往下洼去了这么个信儿。其他的信儿都是接下来的两三天里传来的。

太阳落了之后，四野立刻就暗下来。然而空气却更加明亮了。这一刻连远在天边的景物都清晰可见。六团走到村边，向那条往下洼去的路上望着。几十里地以外，在最后的黑暗来临之前，拉连河反射着铅灰色的天光，沉静而又舒缓地向天地的尽头移动。

那是一条宽阔而又荒凉的大河。十几天有一班船在孤家子船站停一夜然后开走。鞠生就是坐这班船走的。

六团想，服仙去下洼干啥？追她儿子去了？干吗要追他？她想不出结果，只觉得心里边很慌乱。很远的路上出现了一个人影儿，六团不由地迎上去。天色太暗了，她走了一段还是看不清，就喊："娘！娘啊！"那人走近了，原来是马六指儿的女儿连芬，她是到下洼她三舅家串门儿回来。六团问她看见过服仙没有，连芬说没看着。那会儿天已经黑下来，六团就和连芬一块儿回村了。

六团忘了吃饭，等躺到炕上才渐渐觉得肚子里空得难受，她想起还有剩的贴饼子，就去拿了一个，又上炕躺下。她嚼着凉贴饼子，眼泪流了下来，她哭了。六团就这么抽抽搭搭地哭着，把一个凉贴饼子一口一口吃下去。后来她就睡着了。

六团又等了两天，服仙仍然无踪无影。屯子里议论纷纷，人们大多认为服仙是跟了儿子走了，上城里去了，把六团撇下了。不然这么一个老太太能说不见就不见了，能插上翅膀飞了吗？这种议论一开始是背着六团的，但是六团还是听说了。她不信，她心里明白，这不可能。

那夜服仙听到六团揪心扒肝地号哭，她不由得哆嗦起来，她的心沉下去了。她知道完了，这下子完了。可是她哆嗦着，哆嗦了一会儿，然后就又睡过去了。反正后来六团又怎么着了她一点儿也不知道。她做了个梦，梦见家里的猪圈塌了，把猪砸死了，死了的猪被扔在一块空地上，她走过去，看见成千上万只苍蝇在嗡嗡地飞，像一团黑云；接下来不知咋回事儿她也倒在地下，一只大公鸡踩在她的胸口上，爪子像铁钩子一样抓住她，她喘不上气，觉得自己要死了，这时候她看见那只死猪张开了它的小眼睛，吧嗒吧嗒眨巴着，盯着她看，服仙忽悠一下子堕入了地狱的深渊。那里一片灰白。

第二天起来，服仙一直不说话。她独自一人的时候就拼命回忆那个梦，想呵想呵，她终于想出了一个解释，鞠生是属鸡的，踩在她心窝上抓她的不是别的玩意儿就是她的亲儿子。而鞠老二是属猪的，那对忽然睁开的小眼睛是她男人从死界那边招呼她呢。服仙越想越怕，越伤心，就坐在炕上呜呜地哭起来，连哭带骂，骂鞠生这个狼崽子，一辈子不让她好活，又骂他那个死鬼爹，也一辈子没让她好活。哭着哭着停住了，她觉得忘了件什么事，就下了炕，走到屋门口又转回来，她想不出忘了什么事，看见炕头的烟笸箩，她想起来了，她想抽口烟。

六团在自留地里干活，当她直起腰时，她看见鞠生从地头走过去。鞠生没有看见她，鞠生根本不知道这块地是他家的自留地。他走得很快，匆匆地朝大三洼子的方向去了。看着他的身影一点点变小，有一会儿六团非常想能采取什么行动，她恨不能手里攥着的不是小耙子而是把刀！六团想看到鞠生死，多少年来这愿望像潮汐一样时涨时落。一直到鞠生走进小树林消失了，六团仍然站着。她面颊肿胀目光阴沉，每根神经都绷得微微颤抖。如果一只野兽想袭击什么猎物的时候，就会是这样。

六团无法再弯下腰耙草，她回家了。

六团回到家时服仙正盘腿坐在炕上抽烟袋。服仙问：“干完了？”六团没有理她。片刻的沉默之后，六团忽然恶毒地冷笑了几声。服仙问：“你笑啥？”六团说：“我笑他找死。”

服仙有点儿疑惑，也有点儿不安，“你要咋整治他？”

六团说：“我想怎么整治就怎么整治。”

六团说着上炕拉过一个枕头就躺下了。

服仙问她：“怎么大白天的躺下了？”

六团说：“想歇着。”

服仙又问：“哪儿不得劲儿了？”

六团说：“哪儿都不得劲儿。”

服仙再没说什么话，她出门了，也不知上哪儿去了。留下六团一个人在炕上躺着。六团后来迷迷糊糊地睡着了。她确实觉得人很难受，头疼，眼睛又酸又涩，脖子发硬，耳朵里嗡嗡直响。她于是就睡过去了。

太阳在天空中缓缓地运行，照耀着小树林、庄稼地、河流和村落。所有的生命由于附属于太阳，也在缓缓地转动着。六团睡得很深，也可以说很香，完全没有噩梦来打搅她。当她静悄悄地醒来，她觉得自己死过去了一段时间。因为这时她发现太阳已经转到西天了。她听见有人在说话，不，像是有人在西屋里哭。六团爬起来下了炕，从东屋出来，绕过灶台出了门，到了西屋的窗根底下，慢慢地蹲下身子；这一切她做得那么轻，几乎完全没有声音，宛如梦境的延续。

服仙在抹眼泪，发出像打嗝一样的哽咽声。鞠生也坐在炕上。他怔怔地看着面前的服仙，眼眶里凝结着泪水，但是没有流出来。他不想哭，他不知该为谁哭。

服仙抬起发红的眼睛，眨巴了两下，"非离不结?"

鞠生点了点头。

服仙说："咋离？你说得轻巧，你离不成!"

鞠生待了一会儿，嘴上浮起一丝冷笑。

服仙不明白，问："你还笑？笑啥!"

六团心想：他还笑了！这个该杀的！让他笑!

鞠生说："离成也好，离不成也好，横竖我铁了心。这日子我够够儿的，不成死球!"

服仙倒吸了一口气，张了张嘴，死死地看着鞠生，她的儿，"你，你就不怕她当真杀了你!"

鞠生问："谁?"

血"轰"地冲上六团的头顶。一片隆隆声中，她听到了鞠生的声音："她！鸡巴毛她敢！我先弄死她!"

接下来屋里屋外一片死寂。三个人都费力地喘息着，如同藏匿在密林中的受了伤的野兽，悄悄颤抖。

终于鞠生开口了，他告诉服仙今天头晌他又去找刘赤库了。刘赤库记差了，说：你们的事儿闹腾十几年了吧。鞠生告诉他是二十几年了。这么些年不一块堆儿住，该能离了吧。刘赤库说按说是，可谁能证明他和六团没同居？

服仙又不明白，“证啥居？”她问。

鞠生说就是证明我和六团没睡过。

服仙“哦”了一声。

“杂种操的，”鞠生骂，“他和他娘们儿夜里咋睡法儿谁证明？”

服仙寻思着，忽然笑起来，逐渐笑出了声儿。六团在屋外听见吓了一跳。

望着服仙笑得前仰后合，脸裂成八瓣，鞠生也懵了。他不安地问：“娘，你咋的啦？你笑啥呀，娘！”

服仙什么也没听见，只管笑她自己的。她笑的事儿和眼前的事没有一点儿关系。也许有关系，但是什么关系她不知道。她笑的是多少年前，半夜里她肚子一阵疼，疼醒了，她爬起来下炕就跑，连鞋也来不及穿了，从公婆住的窗根儿前跑过去，刚拐过山墙，就听见一阵吭吭声，就是那种男人干事儿的时候发出的声音。服仙猛下子站住了，忘了肚子疼，吭吭声高一声低一声的，没有个完，服仙听得浑身发软，下身麻酥酥的，觉得一阵阵地想撒尿。最后她憋不住了就跑到屋后撒尿，结果她看见公公正蹲在屋后“吭吭”呢。那天他们家也不知吃了什么东西不合适了。

服仙越想越好笑，就像这事儿刚刚在眼前发生。鞠生又连着叫了她好几声，她才醒过来，渐渐不笑了。鞠生问她笑什么，她想了想，连自己也糊涂起来。有啥招笑的事儿吗？然后她想起了刚刚鞠生说过的那些话，她就说："六团死也不会跟你去。"

鞠生说，"我知道。我也不用她去。"他停了一下，叫服仙一声，"娘！你去不成吗？你去和刘赤库说说，你证明得了。"

服仙说："啥？你说啥哪？"

鞠生的声音有点儿嘶哑，"我求你了，娘！"

服仙没有出声，又坐了一会儿，然后站起来要走。鞠生提高了嗓门儿，"娘，别走哇！你倒是说，成？还是不成？"

服仙说："这事你甭想。"

"为啥？"鞠生问。

服仙说："你走你的，我和六团过。"

鞠生说："你和我过不好吗？"

"咋过？"

"跟我走，上城里，早早儿我就想着接你去了，我是你儿，你是我娘呀！"

服仙看着鞠生，目光混浊而湿润，然后叹了口气，说："等下辈子吧。"说完这句话她离开了西屋。

服仙到了东屋，一看六团不在。她向院子里望了望，也没有六团的影子。这时，和她一墙之隔，六团背靠山墙站着，为了咬牙忍住不哭出声，她的身体抖得很厉害。她刚刚听到的话都是服仙曾经对她千百回说过的，但这一回当她听到这几句话时，她只有一个念头：跪下给服仙磕头。

当她终于能控制住自己了，她就用袖管抹去满脸的眼泪，走进东屋。她什么话也没说，因为她的嗓子眼儿发堵，像吸满了尘土。她站在服仙面前瞪着服仙，服仙也瞪着她，接着，六团“扑通”一声跪到地上，泥土迎面升起来，接住了她满是泪痕的脸。

拉连河从来都是那么宽阔。风吹过河面，又吹过平坦的原野，水的涟漪和大地的绿色涟漪连接起来向天边滚动。大地光裸的日子，河水在阳光下闪烁，发出炫目的白光。灰褐色的大地上因此有了一条闪亮的曲线。船的暗影无声地滑过。

六团来到江边时还不到晌午。她已经好久没见这条河了。从孤家子船站顺着河往下走四十几里地，就能到她娘家了。她娘家的屯子离着这条河有五里地。小时候，夏天她和小姐妹们结伴到拉连河洗澡。冰凉的水流冲刷着她时，她抱紧双臂，身体兴奋地战栗着。小姐妹们彼此撩水，尖声叫着。六团只是笑。当姐妹们都向她进攻时，她就猛吸一口气，蹲下身子，沉入水中。多么美妙而幽深的沉没！她能看见银色的水泡一排排地上升。当她最终从水中猛地蹿出来，她感到自己把阳光和风全都吸进了身体里，这时她因欢乐而尖叫了。她们在江边高高的茅草丛中穿上衣服，牙齿一边止不住地打战。风从大片的茅草上吹过，茅草摇曳着，触摸着她们晒黑的皮肤。这些被水流冲刷过的姑娘是那么新鲜。黑头发上滴着水珠，眼睛也像水珠一样晶莹地闪亮。

六团走进孤家子船站。这是一座红砖砌的大房子。只有政府的房才可能是用砖砌的。离它不远，更靠近江边有一座小土屋，已经很老了。可能最早孤家子就指的是这间土屋。它原来是摆渡人的家。现在归了公，堆东西用了。船站的人住在离江边很近的一个小屯子里。这个屯子现在叫孤家子。

已经第四天了，服仙还没有回家。六团慌了，这老婆儿能上哪儿？死哪疙瘩去了？

六团走进候船室，就是那间红砖房。门是关着的，她推开门走了进去。里面没人，只有横七竖八摆着的一些长凳。售票的小窗口也关着。六团走过去伸手推推，小木窗“吱呀”一声闪开条缝。这时六团身后传来一个声音：“你干啥呀，这会儿不卖票。”

六团猛地转回身，看见墙角里靠着一个男人。

就是通过这个人，六团弄清了船站的章程。她一直等到了卖票的时候，找到了卖船票的人，但是没有得到关于服仙去向的任何说法。来船站买票的、打听事儿的、准备上路的一些人都知道了六团要找一个六十多岁的老太太，什么模样儿，就都帮着想来想去。后来卖票的又说他像是见过一个老太太在船站蹲了一夜。可是先头的那个男的反驳说不是老太太，是个老爷子。当六团问起鞠生时，卖票的不记得这么个人。难道服仙真的跟鞠生走了？要不就是鞠生把她骗去了？这念头像火舌那样一下一下舔着六团的心。

第二天六团又到烧锅镇上走了一趟。烧锅镇那天没有集，但街上也有些卖东西的，几个店也开门。六团该问的人都问了，还是没有什么着落。倒是有个在合作社里扯布的姑娘说看见过个老太太，说老太太站在柜台前边看花布来着，好像还扯了一块布。再一想，不对，扯布的是个大婶子，老太太只是站在她旁边看，两个人好像还说话来着，说的什么她没留心。后来两个人好像一块儿走了，也许她们认识，她不知道，要不就是那个女的先走的，老太太跟着她出去的。

六团站在合作社卖布的柜台前，她想这儿的花布花样儿真多，有一块蓝底带小白点子的真中意，夏天做件褂子多好。她又看见了那些做被面的花布，鲜活得晃眼，她的心却一暗。她不再想到花布和小褂了，她感觉到那种又愤怒又害怕的情感。她很心慌。

六团躺在炕上，她睡不着。很多年没有一个人睡过觉，服仙总在她旁边。她独自一人躺在那儿，心中茫然，什么主意也没有，像个空洞。这时，她这一辈子的许多事儿从黑暗中悄悄钻出来。不是想回忆，平日里她也从不回忆。她生命的河床里全是淤泥。但是今夜，记忆之泉却喷发而出，从干裂的淤泥之下。

也是这么样的一个晚上，有月亮，很大很亮。她记得很清楚，她起来去屋后解手，大月亮把院子照得白刷刷的。她的心咚咚地跳着，她想看看院子里藏没藏着人，可她又不敢看。她伸手把屋门带上，半掩着。这个动作也许是有意识的。她绕到屋后，蹲下，可是她尿不出来。她就蹲在那儿，蹲了半天，后来她站起来，系上裤子站着，又站了半天。她浑身一阵冷一阵热，系裤子时手直哆嗦。但最后还是往回走了。她看见屋门开着，黑洞洞的。当她看见原本半掩着的屋门黑洞洞的开着的时候，她几乎昏过去。那时服仙不在大栗堡子，去城里看儿子去了。

曾经鞠家三婶子问过六团："六团呀，你想不想你男人？"

六团撇嘴说："想他？才不想呢！"

她三婶子抿嘴一笑，抽了两口烟；坐在一边的鞠老大家的大媳妇枝子忽然问她："那你想不想男人？"

六团一下子弄了个大红脸，由于不知所措，眼睛也变得水汪汪的。

三婶子就笑了，"别埋汰咱六团了。人家的身子跟黄花儿大闺女差不到哪儿去。"

六团缓过劲儿来，扑上去打枝子，尖叫和喘息使六团完全放松下来，暂时地忘掉了一切。那时候六团二十五六岁。

六团想男人吗？她不知道，确实不知道。应该说回答这类问题对她是困难的。世上也许有一类女人是不渴望男人的，她们只是属于男人，归男人所有。那么六团就是这样的女人。她属于鞠生，这是她生命中最最明确的事。然而她唯一见不到的是她属于的那个男人，她被其他的男人包围着。

那回服仙一离开大栗堡子，大栗堡子的空气就起了变化，这是六团隐约能感觉到的。这时围绕着六团的是一种危险的散发着淫欲的空气。六团只想到这危险来自外界，来自男人，可她没想到也不敢想危险在她自己心中。她觉得害怕，但又不由自主地兴奋，她不懂这是兴奋，所以她以为她怕得很厉害。有时她一边和女人们唠嗑，没什么缘由就笑起来，旁人就笑她，说她想鞠生想得撒癔症了。

那是服仙多少年来唯一的一回去儿子那儿。那时候正是鞠生因为男女作风问题受了处分，从大城市下放到小城里。服仙去看他是怀着强烈的意愿去的，想让鞠生干脆回家来。她去了约摸一个月。在这一个月的时间里，六团和庞沟子睡了。

老庞头住在村子正中，他家的房是村里最破的，屋里也是最脏的。老庞头有个儿子叫沟子。沟子生下来没多久妈就死了，沟子完全不记得他妈。本来沟子还有一个姐，叫花儿，在下洼的一个大水泡子里淹死了。那水泡子离拉连河不远。老庞头天生有腿疾，走路一拐一拐的，万幸沟子生下来没带什么毛病。所以到十来岁的时候他就放猪了。沟子原名不叫沟子，因为一年四季里他老是光着脚，鼻子下面老是拖着两道鼻涕，有人看着说像两道沟，长流水，见了他就叫他沟子，就叫开了。

在炊烟缭绕的早上，沟子“喽喽”的吆喝声就在屯子上空一同缭绕。各家的猪一溜小跑从院子里迎出来，从东到西地聚合着，簇拥着沟子，在朝阳下扬起一片金色的尘土，向着亿万颗露珠晶莹的田野滚滚而去。他们早出晚归满世界地跑，他们很自由，而且总盼得到庄稼收割后的大好时光，那时猪上了膘，沟子心里也很快慰。

六团嫁到大栗堡子的时候沟子也就十几岁。他们俩常常一早一晚见面。那时服仙养着两头猪，一黑一白，六团刚开始认不出它俩，沟子认得清。他还给它们起了名字，自的叫大白，黑的叫卡力。后来大白和卡力都给杀了，又有了别的猪。沟子也都给起名。猪有了名字，沟子和六团也有了个说笑的由头。有过一头花猪，不像别的猪一肚子囊揣，一走三晃，这头猪肉紧，身子圆溜溜的，跑起来四个小蹄子嘚嘚有声。沟子先叫它“花儿”，叫得很亲热。六团给改了，叫它“二宝”，沟子叫了两天“二宝”，又给改了名叫“朝阳”，六团不理他，还叫“二宝”。傍晚沟子赶着猪回村，一见到花猪，六团就说“宝儿回来了，今儿格宝儿没饿着吧！”沟子听了渐渐产生一种说不出的感觉，觉得是说他呢。后来当六团说“宝儿来家啦”的时候，沟子就应道“嗯哪，来家啦。”

有一天，他多说了两句，他问六团“给咱做了啥好饭呀？”六团一下子没听懂。沟子笑着说：“听你一口一个宝儿，叫得我心里头怪热乎的。”六团这才明白，她的眼睛一黑，骂道：“扯你娘的狗臊！”沟子说：“骂得好！可惜我娘死了，听不着。”六团顺手抓起把扫帚，举起来冲沟子头上拍，沟子闪开两步，六团上前两步再拍，沟子伸手抓住了扫帚。两个人对视了那么一会儿，六团一甩手，松开了扫帚把，说，“不要脸的”，说完转身回屋了。那会儿沟子已经不拖鼻涕了，大概有十六七岁。

以后，六团就不大搭理沟子了，沟子还想跟六团逗嘴，可是六团不理他。沟子说些便宜话的时候，六团也不骂他。渐渐地沟子也不逗了。再后来两个人就变成谁也不理谁。除了一早一晚，在别的时候，别的地方碰上了也不说话，就像不认识似的。这是很奇怪的变化，最后就使事情有了另外的意义。

到了十八岁上，沟子他爹开始张罗给他找媳妇。但是老也说不成，因为他家太穷了。有几回女方来过人，可到庞家一看都不答应了。

沟子并不丑，个儿长得也不算矮，就是瘦，瘦得老像个孩子。村上的人看惯了，谁都不在意。可是六团在意。沟子越长高了，越像个青年后生的样子，他的瘦就越使六团感到他可怜。尤其是两个人相互不再说话以后，偶尔对视一眼，六团的心就一抽。

沟子当然知道六团家的事，知道鞠生不回来，不要和六团做夫妻，这使六团成了个特别的女人，她那双漆黑的眼睛也因此与众不同，里面可能有很多意思。沟子并不深思那些意思，他只是忍不住要偷偷看看六团。有几回他发现六团也在看他。

终于有一次，六团去打草，在林子边碰上了放猪的沟子。因为她背上的筐里的草堆得很高，像一座小山似的压着她，所以她什么都没看见，当她听见猪的哼哼声，她才意识到沟子在这儿。沟子叫了她："嫂子，歇歇吧。"六团的心紧跳了几下，站住了。沟子走过来，帮她把草筐从肩上拿下来，放到地上。六团站在那儿，掀起衣襟擦了擦下巴和脖子里的汗，露出了穿在里面的布兜。

沟子走到地头拔了根葱，三把两把剥得干干净净，把白生生的葱递到六团面前。

六团看看，说："不吃，吃了辣心。"

沟子说："不辣，这会儿的葱甜。"

六团还是不吃，"想吃你吃吧。"

沟子笑笑，就把一根葱吃了，一边又往地里走，给六团摘了个茄子，在衣服上蹭蹭又递给六团，“吃这吧。”

六团稍稍犹豫了一下，就接过茄子吃了。

两个人边吃边说话。沟子说六团真能干，一个人够多辛苦。

六团笑笑说：“心不苦命苦。”

沟子叹了口气，说：“谁命不苦哇，别往心里去就是了。”

六团想想，没说什么。她也轻轻地叹了口气。

四周很静，天边飘浮着乳白色的雾气，夏天的小风轻轻地吹着，也像在叹息，那一会儿，六团觉得挺不错。

六团把一个茄子吃完了，就说：“走了。”两个人就分手了。

以后，六团意识到她去地里干活时会不由得注意沟子在不在附近。有一次她去割草，走着走着就到了上回和沟子说话的地方。远远地瞧见沟子真的过来了，六团转身就往回走了。

咋回事儿呢？六团想。六团答不上来，她就去想别的事，想鞠生怎么对不住自己，怎么不是东西，自己怎么能整治他。她想：离婚?！做梦去吧！到死我六团也不答应，看你能有啥咒念?！想到这些，六团就觉得对头了，不再疑问，也不再担心会有什么事儿发生。但是，会有什么事儿呢？

女人们说话从来不避六团，也许有些话她们还有意要在六团面前说，让六团听不是走开也不是。女人们说的都是夜里，当然也有白天在炕上发生的事，当然也有不是在炕上发生的。她们所谈的各种欢媾六团从心里边觉得厌恶。但是她的身体却不由自主地有所反应。

她们说弓棚子的一个老爷子和儿媳妇勾上了，老爷子劲足着哪，弄得儿媳妇三天两头找他，有一回他们在牲口圈里办那事让人抓着了，结果老爷子的那玩意儿一惊吓出不来了，结果只好把这俩光溜溜的大活人拿被子一卷，往公社卫生院抬，这一路哟……女人们笑得呀，一个个把眼泪都笑出来了。

她们发现六团并不像她们那样纵情大笑。于是她们就说：咦，六团咋这么格涩呢，咋整的？八成没亲眼瞅见心里边痒痒吧……然后又是嘎嘎大笑，笑得东倒西歪，像一片遭了雹子的庄稼。

夜里，六团做了一个梦，梦见一男一女，他们的脸都很模糊，但是女人叉开了大腿，一只光脚搭拉在炕沿上，一抽一抽地晃动，这景象很清晰。还有一种声音，仿佛一个人被捂住了嘴呜呜地哭。这是一个令人窒息的热烘烘的梦。六团醒过来时发现自己脸上有眼泪，小肚子里面有一股跳动的湿热的东西，她希望再回到梦里，因为在梦境里她的感官正在释放出来，正在进入一种高亢的状态，但是她突然地醒了，一切猛然间停顿了，之后渐渐地平息下去。

有一回，公社放电影，越剧《梁山伯与祝英台》。六团和村上的人大老远都跑去看。六团完全听不懂唱的是什么，说的话她也同样听不懂，可她还是看懂了故事，并且被深深地打动了。记得那时天已经冷了，放映机射出的光柱里，人们呼出的气白烟一样翻卷着，消散在黑暗之中。

电影散了，人们从小学校的操场往外走，人挤着人。六团一直在想：祝英台这么俊俏富贵的小姐怎么也没好命呢？她想着，忽然觉得她的胸脯上有什么东西，在她还没有明白的时候，她的奶被用力地抓住，被狠狠地揉搓了几下。六团不由自主地叫了一声。在黑乎乎的涌动的人群中，六团发出的声音就像落水者的一声呼救。

人流在旷野上散开了，六团一无所知。她的奶被那只用力凶猛的手弄得很疼。她抬起手摸了摸，接着又摸了摸，她震惊于自己鼓胀柔软的奶，她的手留在了那儿。在巨大的冰冷的黑夜中，六团的一般感觉麻木了，她的心底恍惚间升起一股渴望，对那只男人的手的渴望。乳房里面有一股强烈的、放肆的激情，一种跃动着的激情，这激情随时准备一跃化为一种可怕的仇恨。

出什么事儿了？她想，她被欺负了，被男人欺负了，她这样告诉自己。就因为她没有男人，所以她就被欺负了。她呼叫的时候没有人救她。男人，那是一种可恨的、危险的、能伤害她又能主宰她的力量。她企望被主宰，可她的企望落空了。她本可以像祝英台那样，为了心里头的男人去死。死算得了什么？她可以立刻死在这漆黑的旷野上，让狼来叼她的肉，让老鸹来喝她的血。可是她没有男人，只有一只凶悍的粗手揉搓了她的奶！她的奶让一只王八羔子兔崽子的手抓过了！用刀把那只爪子剁下来，剁碎了，也难解心头之恨。

六团哭了，用被子捂住脸呜呜地抽咽着。服仙躺在她旁边，推推她，问她咋啦，出啥事儿啦？后来又问谁欺负她了。六团什么也不说，只是哭。哭就等于说了。服仙自认为她明白了，也许她确实明白了六团的心思。第二天，在村头，在队上的人等着一块儿下地之前，服仙去了，冲着所有的老少爷们儿，也不管还有几个小闺女在，她可着她的嗓门儿，可着她想得到的脏话骂开了。这个瘦小干巴的小脑袋的女人就像一只凶恶的鸟，用她的饿眼盯着一群腐尸。她就那么一个个地盯着，咒骂并威胁他们：小心着点儿，小心家里的房着大火，小心家里的小崽儿掉到水缸里浸死，小心天上的雷劈到脑瓜儿顶上，祖宗八辈儿的坟上冒青烟！

后来还是老鞠家的人把服仙给劝住了，拉扯走了。服仙一边走一边抹眼泪，连哭带嚷，回到屋里就坐在炕上喘气，过了好久才缓过来。

晚上服仙和六团并排躺到炕上。服仙说："夜格你哭了那一场，我就明白了，头午我在队上把话都挑明了，看哪个王八犊子兔崽子还敢！"

六团说："我听见说了。"

服仙问："谁跟你说的？"

六团说："哪止一个两个，个个都问我是怎么着了？"

服仙顿了一下："你怎么说？"

六团说："我说没怎么的，等怎么的了不就晚了，那就不是动嘴的事儿了！"

服仙说："中。他别的不怕，谁还不怕敢豁命的！"

黑暗中，六团咬了咬嘴唇，没再说话。

服仙就又开始说了，说她年轻轻的守寡多艰难。分家以后有过两亩地，后来解放了，地就分了。早先那两亩地请人帮种。六团问："谁呀？"服仙说："外村的。"她一直只说是外村的。六团问她哪个屯子的，她就说远了去了。那个远了去的外村来的长工想和服仙睡，她就拿了把刀，她说：“你要敢近前一步，我立马拿刀把自己砍了。你信不信吧，不信你就上!”

六团听到这儿笑了一下，服仙说：“我不是唬他，我当真砍了。”

六团就又笑了。

服仙说：“笑鸡巴毛，你不是没瞅见过这个疤。”

六团说：“嗯哪，瞅见过。”

服仙满意了，说：“当时那血哇，顺着胳膊往下淌，你猜他咋着?”

六团问：“咋着?”

服仙一笑：“他小脸儿煞白，抹过头就蹽啦，蹽得再没见着影儿!”

这件事六团已经听服仙说过多少回了。服仙肩膀头上的那条暗紫色的疤她也见过。那道疤曾经使她血液凝固，也使服仙在那一刻变得像神鬼一样可畏。然后，慢慢地六团又知道了许多事儿。她知道了解放后土改那会儿原本要评服仙地主的，起码也是富农，说她家雇了长工。服仙死也不认，去闹，去找人评理，说她一个孤儿寡母的，苦都苦不出来，难都难死了，怎么成地主了。闹到最后什么也没给她评，就评她个中农。鞠家那两个儿子、六团她大叔和三叔给评了富农。幸亏是老爷子死的是时候，分了家分了地，不然地主是跑不了的。

再后来，沟子告诉她的，服仙家的那个长工就是六里地外弓棚子老王家的人。土改的时候当上了书记，替服仙说了情，说自己是帮工，是情愿帮的，不是雇的，沟子还说是服仙找到他门上了，求他念念旧情，那爷们儿还真是有情义，真就帮了服仙。六团听了不信，说他们俩没那事儿，沟子就笑她，说：拉鸡巴倒吧，谁能跟你说这事儿，也就我。沟子还跟六团说他自己也是个有情有义的人，只要六团有难，他必定会帮。六团问现在那个王姓人哪儿去了？沟子告诉她，那人当了书记没两年就得暴病死了。沟子再三说自己是个有情义的人，叫六团信他的话。说这话时，他抓着六团的手，热乎乎地不放。

那夜，当六团到屋后撒尿去回来，看见她有意带上的屋门黑洞洞的敞开着，她差点儿晕过去。她早就知道要出事儿。

那夜，开始她插了门，后来又爬起来把门闩下了，过了一会儿又去插上。听见一点动静她就觉得要死过去。她恨不得自己能死过去，可是死不了，她的感觉比任何时候都敏锐。后来她听见了脚步声，或者可以说是她感觉到了脚步声。她知道有人推门，推了几下推不开，因为她把门插上了。

六团浑身打战地躺在炕上，她已经无法再忍受下去，不管她心里承认不承认，她必须开门。这就是她起来去屋后解手的原因。接下来她就站在大月亮地里，望着那敞开的门。她知道有人进去了，她知道那人就是沟子，她还知道她不会跑，不会去招呼人来，她什么法子也没有，只有一条路。

院子里一片雪亮，四外的田野也在微微发光。月光把六团的身影投在灶前银白色的方块里，她忘了关门，她走进屋去。

一只手猛地捂住了她的嘴，用力之猛使她的后脑勺撞在了门框上。一阵剧烈的疼痛使六团忘却了一切，只听见一个男人的声音说：“别嚷，是我。”然后她感到一股热的鼻息吹到她的脸上。她的嘴仍然被捂着。疼痛缓解了，愤怒在她的心底觉醒起来，她张开嘴要咬那只手，但是没咬着，因为就在那一瞬间，手挪开了。

六团的上牙和下牙碰撞时发出“咯”的一声。就在这时，她的身体被一把抱住。她咬住牙关，开始拼死地挣扎。

这是一场必然发生的抵抗，但目的不是为了保护自己。它的目的就是动作本身，就是搏斗、撕打、用脚踢、用手抓、让头疯狂地甩动，每一个关节都在咔咔作响，都在强烈的动作和疼痛之后彻底地得到解放。起伏的胸脯互相冲撞着，一次比一次更接近吻合。呼吸像热风一样在耳旁一阵阵刮过。当六团一次次终于被压倒在炕上，她感到后背上的皮肉被炕席摩擦的刺痛；她还渐渐地感觉到全身的血热咚咚地在向一处流，所有的知觉也向着下身的那一处汇集，然后不断地膨胀，慢慢地爆炸开来。这是一种比她的反抗更强大更深邃的力量，于是她顺从了这种力量，或者说她把自己投入到这力量之中，她的身体像波涛一样涌动着，冲击着一个炽热而又坚硬的东西；又像是有一把锤子，一下一下地砸着她，把她的身体砸碎了，把她的心砸碎了，把她砸成了湿热的血肉，消融在黑暗之中，六团哭了，不知觉地呜咽起来。

一切都结束了，结束得很突然。沟子从六团身上滚下去，仰面倒在炕上。六团也突然止住了抽泣。除了喘气声，四下里什么声音都没有了。

月亮已经挪了地方，在天空中走了一段路。一只猪不知从哪来的，拖着黑漆漆的影子在村子里游荡。沟子忽然把手伸过来抓六团的奶，抓住了揉着，念叨着："可把我想毁了，嫂子，稀罕死我了。"六团啪地一下子把他的手打开。沟子干脆翻身凑上来，却突然十分痛苦地呻吟了一声。六团吓了一跳，惊慌地欠起身问："咋啦?"沟子一时答不出来，只顾着吸气，小声地"哎哟"着。六团推推他，"你是咋啦，说话呀!"沟子用手去摸自己的膝盖头，刚碰上就痛得缩回来，六团伸出手轻轻地去摸，她的手指头感到有点潮乎乎的，她把手指头举到月光里，这才看清手指头上沾的是血。

六团有点儿心慌，问："破了，咋整的?"

沟子坐了起来，挪到月亮地儿里，看见两个膝盖头都破了，血乎乎的一片，不由地骂了一句："鸡巴毛咋闹的!"六团一下明白了，不由笑了，紧接着心里升起一阵怜惜。沟子听见六团笑，也笑着问她："笑啥呀你?"六团说："你也特狼乎了。"

沟子说："我这是瞎子打老婆，打着一顿是一顿。"

六团说："呸！你哪儿来的老婆!"

沟子说："你不就是。"

"滚一边儿去!"六团扭身躺下。

沟子一扭身压住她，“当我是你爷们儿咋不中！”

“我有爷们儿。”六团说。

“拉鸡巴倒吧，那能算数吗？”

“咋不算，你说咋不算！”六团把沟子推开，盯着他问。

沟子想了想，“算倒是算，可你俩那叫荞麦皮打浆子，两不粘。不如你我，能一块堆儿睡。”说着沟子又要来劲，六团死命地用胳膊肘架着，用腿挡着，一下子碰着了沟子磨破的膝盖，沟子痛得翻倒在炕上。

过了一会儿工夫，六团轻声问：“疼得轻点儿？”沟子扭过脸看着六团说：“不碍事，就是腿折了，也挡不住我。”

暗影里，沟子的脸模模糊糊的，六团迟疑地伸出一只手去摸那张脸。沟子一把抓住她的手，把她拉过去。六团说：“别急，我问你，你大号到底儿叫个啥？”

沟子愣了一下，“叫啥？我哪知道去，庞沟子呗。”

那天夜里，当沟子和六团又干事儿时，他们是亲热的，不幸的是他们被打断了。那只游荡的孤独的猪从敞着的大门进了屋，拱到灶坑里。六团听见响声吓得魂儿都没了，沟子也傻了。等发现是头猪的时候，沟子恨不能把猪捅了。他飞起一脚踢在猪的后屁股上，猪“吱吱”地叫了两声，窜出门去。六团想到，刚刚那一切发生的时候，屋门居然没关，大敞四开着，她非常后怕。

六团总觉得有人在看她。每次回头之前心都一阵咚咚急跳，但是并没碰上背后的眼睛。偶尔碰上的时候，血就全涌到脸上，她只有立刻埋下头。这时候她就想，不能叫沟子来了，再不叫他来了。可有时，当她独自一人，她也能感到有人稀罕她的快乐。这种快乐并不强烈，是很朦胧的，但毕竟是温暖的。同时由于担惊受怕，她顾不上多想，顾不上对她和沟子发生的这种关系，对她自己的行为与后果有什么思索。她的生命中没有思索这样一种需求，也许这并不是人生存的一个条件。

有一回她和沟子唠嗑，又说自己命苦。沟子忽然冒出一句："咋就不能离，离了我娶你。"六团就愣了。沟子又说："像这么着，好好的一个媳妇儿不白糟践了。"六团还是不吭声。沟子问她："咋的啦，寻思啥呢？"六团只是笑了笑，说："我寻思你是想媳妇想得犯魔怔了。"

后来沟子打起呼噜来，一声声，匀匀实实的。六团撑起脑袋看着他，她心里很乱，像缠了一团的乱麻。有一会儿，她想：难道沟子的话能是真事儿？能吗？她和他……但她很快就找到了那根线头：不能。之后思路就顺畅起来。头一条，服仙就不能答应；再一条，她自己的脸往哪儿搁？屯子里的人不得认准了她是骚屄烂货，活该鞠生不要她。这样的臭娘们儿还不坐地儿就把她离了。想到这儿，六团的心里咯噔一下子，吓了一跳，鞠生不正巴望着有这么一天嘛！他巴不得的就是把六团蹬了，那他不就美上了天了。六团的脑子里开始嗡嗡直响，身上也出汗了，好像一切都已经成真了，鞠生终于把她给离了，她不是鞠家的人了。她悄没声儿地哭着，鞠生却乐得要命。这时，六团又看了一眼身边的沟子，这个穷得连媳妇也娶不上的人，在她的炕上睡得正香，还做梦说要六团离了给他当媳妇，他的脑袋瓜子是怎么长的？不是成心要祸害人吗？

沟子被六团推醒之后，打着哆嗦朝自己家走去。这个时候一只公鸡打鸣了。天还黑漆漆的，看不见一点儿拂晓的光亮。但公鸡却一声接一声地叫，因为它闻到了田野上、小树林里已经悄悄聚集起的朦朦白雾，它的叫声划破寂静的冰凉如水的空气，天和地都听到了那只公鸡的啼鸣。

服仙失踪的第七天头上，六团下了决心。必须上城里去找服仙，上鞠生那儿去找她的婆婆。那天早上起来她忽然想起一件事，钱。服仙有一个小塑料夹子，里面放着钱。那是每年春节前后鞠生给寄来的，有时候十块有时候五块，也有过一两年没寄的。服仙尽力地不花这钱，可有时实在需要也花过。她用这钱给六团买过一把梳子，一双尼龙袜子，给家里买过一个笸箩，因为旧的那个破得不能使了，老鞠家她大侄儿成亲，她送过礼钱。服仙究竟攒了多少钱六团心里没准数，但她约摸有百十块钱。服仙一直把那个装着票子的塑料夹子放在大箱子下面，可六团把大箱子翻了个底朝天，也没找着那个塑料夹子。她本来想找到钱买船票车票什么的。她又翻了所有她觉着能藏住东西的地方，出了一身汗，也没有结果。疑团从她心底升起，使她迷惑愤怒。最后当她坐在炕沿上发愣时，整个房子，整个这个家，每一样东西都是可疑的，似乎都在和她作对。一时间她恨不能点上火把房烧了。因为她已经确信服仙是和鞠生一块儿走了，而且是商量好的把她扔下了。她看见了一幅景象：一个女的涎着脸走到服仙面前叫了她一声娘，服仙没搭理她，那女的又叫，还给服仙端了碗糖水，服仙喝了糖水就答应了。

这个女人六团想象是狐狸精变的，专勾男人的魂。后来知道是个真的人，鞠生就为了她给下放到一个小地方，离开了大城市。她弄不清那女的是否也跟着去了。服仙那回去看儿子，回来说两个人早断了，六团相信了。可现在她才明白，服仙骗了她。一定有个女人和鞠生一起，这会儿服仙也和他们在一起了。

六团心里又恨又怕。她怕不明不白地一个人活着。她本来坚信她和婆婆代表着老鞠家的正宗，她们的根基是不可动摇的。她们将收留鞠生这个浪子，他若肯回头的话。可服仙的失踪使一切起了变化，一开始她还没意识到，现在她醒悟了鞠生的阴险。他把服仙弄去和他过日子，看她六团一个人怎么个活法。六团一边收拾翻乱了的东西，一边咬着牙根儿想，如果他们真就这么走了，那她还有这鞠姓的房子，她相信房梁、檩条、锅灶、柜子都姓鞠，就是鞠家。她住在这儿，她就是鞠家的人，这是不可改变的。可她接着想，要是他们又一块回来了呢，带着另外那个女人？这不可能。要是那样，他们老鞠家可真是没脸了，服仙更没脸见大栗堡子的人，不如一头扎到粪坑里浸死得了。

六团是死也不会离开大栗堡子的。她没处可去。她姐妹几个早都嫁出去了，一个哥养着爹妈。哥有五个孩子。她回娘家时就和爹妈还有两个侄儿挤在一铺炕上，哥嫂领着三个侄女睡一炕。大侄子去年十六，当六团看见他脱了光膀子钻进被子里，她猛然间想起了沟子。那个半大不小的后生和她睡在一铺炕上，中间隔着爹妈，六团还是闻见了一股陌生、但又不那么陌生，令她心酸的男人气味。

天色大亮之后，公鸡打了个盹，悠闲地在屯子里踱步。六团在井边上碰上了老庞头。那时她正摇着辘辘把水桶吊上来。大栗堡子的井很深，六团一下下摇着，随着水桶缓缓升起，井里传出无限空洞的响声。

六团一抬头，看见老庞头挑着副空桶走到近前，她脸一热，叫了声庞叔。老庞头眯缝着眼望着她，却不搭理她，像是什么也没瞅见。六团低头把满桶的水拎起来放到一边，把另一只空桶挂在钩子上，手一松辘轳，水桶就像块石头一样坠落下去。辘轳把儿飞转，一下一下地打在六团张开的手掌上，就在水桶马上要接近水面，就在那个最确切的时刻，六团的手迅疾而有力地抓住辘轳把儿，水桶就轻飘飘地浮在水面上了。六团拽住井绳，手腕坚定地一抖，水桶翻进水中，沉了下去，然后她握住辘轳把儿一下一下地摇起来。这一切六团做得那么干脆利落，像个男人。不管什么活计六团确实都是顶个男人干的。不知为什么，这更加激怒了羸弱不堪的老庞头，他冲着地上狠狠地啐了一口："呸呀！小屄养的，睡，可劲儿地睡，想进庞家门儿，别埋汰我了！"说着又朝地上啐了一口，就啐在了六团的脚边上。

六团愣了，手不由停住，水桶沉甸甸地忽悠着，她的心也忽悠忽悠地往下坠。猛然间，她想撒开手，就让水桶笔直地掉进井里，然后腾出手狠抽老庞头几个嘴巴子。如果老庞头动手和她干仗，她就和他干，她干得过他，她比他强壮有劲得多。但是，什么也没有发生，在这井边上，屯子的中心，六团咽下了一切。她咽下的东西非常尖利，刺破了她的苦胆。她的脸因此在一瞬间苍白如纸。

六团挑着水往家走，水桶来回晃，沉重地拽着她的身体，仿佛她是个醉鬼，又走在钢丝上。终于她走到了尽头，在院子门口，她“哗啦”把扁担一扔，一只水桶翻倒了，弄湿了六团的鞋，洇湿了一大片地皮。她扭过身蹬蹬地朝村外走去。

沟子靠在一棵树荫下睡着了，他睡得要多香甜有多香甜。地里的麦子刚收完，一片令人欣慰的丰饶的遗迹之上，猪儿忙着拱来拱去，快活地哼哼着。开头沟子只是靠着一棵树，仰望天空中六团那光溜溜的身子，想得很难受。后来树枝间的太阳影影绰绰地晒在他身上，晒得他晕晕乎乎的，六团就消失了。

当六团找到他的时候，沟子正睡得香。六团径直朝他走来，抬起脚要踢他，狠狠地踢，还要冲他吐唾沫，骂他那小屄养的老不死的爹。可是已经抬起来的脚没落到沟子身上，是沟子的那张脸阻止了六团。

这些天沟子夜里睡得太少，太辛苦，脸都灰了。这会儿他无声地张着嘴，看上去像个死人。六团看着沟子，忽然觉得惶惑，怕他真是死了。她蹲下身凑近沟子的脸，听他喘不喘气。他在喘气。六团这时离沟子的脸很近很近，她还从来没有这么近地在大白天里看过这张脸。这张脸皮包着骨头，太阳光穿过树枝斑驳地洒落下来，使脸上一块灰一块黄的。鼻子由于呼吸微微地抽动，六团忽然想起沟子拖着鼻涕的样子。他就是那个光着脚丫子一天到晚吸溜着鼻涕满处胡溜达的小子吗？就是这个脖子里一圈圈黑道儿、头发像一堆枯草的小子昨夜躺在六团的炕上，还压在她身上吗？一时间六团觉得糊涂了，觉得自己是不是在梦里，而她连自己是谁都弄不清了。她站起身，朝四下看看，天是白色的，微微有点儿发蓝，白色的阳光充满了天空和光裸的大地。没有风。正午收割后的田野散发出一种既新鲜又腐败的气息。从远处隐约传来的人声，使四野显得静悄悄的，一切都仿佛陷入一种莫名的梦魇般的死寂之中。

六团愣愣地站了一会儿，低头又看看沟子。他仍然像死人一样地睡着，张着他的嘴。他庞沟子活着或死跟我六团有什么关系呢？六团想。没有关系，屁毛儿的关系也没有。六团明白了。这时她发觉自己心里已经没有了火烧火燎的感觉，浓黑的胆汁缩进身体里原来的部位。那是六团从来熟悉的一种苦涩，像个硬块似的，一舔就有苦味的硬块。世界没有变，也不会变，白天完了是黑天，黑天里做个梦，天亮就醒了。世上别的许都能找着，没处找梦去。六团扭身朝屯子走去，再没有回头看沟子一眼。

黑天沟子又找六团了。门插着，他推不开，就跑到窗下去叫，没有回音。沟子心里有点儿发毛。刚才他下炕的时候，黑暗中忽然传来老庞头的声音："干啥去！"沟子吓得一激灵，立刻说肚子不得劲，就趿着鞋出门了。他听见他爹骂了一句：“扯你娘的臊!”这会儿沟子像只猫，一声接一声地叫，乞求门能打开，放他进去。六团僵硬地躺在炕上，当她自己已死了，成了块石头。过了一会儿，一滴冰凉的眼泪流下来，再后来，眼泪也石化了，万籁寂静。

第二天中午，六团下工回家做饭，正烧着火队上的民兵队长张连成来了，说是要借她家的笸箩使使，六团指给他看在院子里，他并不去拿，而是站在灶前和六团扯上了，问服仙来信没有，什么时候回来，又问六团一个人睡怕不怕？六团低头烧火，说：怕啥，还能让狼叼了去。张连成笑出满脸皱纹，皱纹里都是土。他说六团一个人真是太孤单了，怕不是想有个人陪陪吧，说着伸出脚去蹭六团的屁股。六团一把抓起灶上放着的水瓢，回手就是一下子，打在张连成的胯骨上，张连成疼得一龇牙，骂了一声驴操的，张开胳膊就要搂六团的肩膀，六团抡起水瓢又打在他的肩膀头上，然后自己跳起来窜到了门外，正在这时候沟子来了。

六团手里抓着水瓢，脸涨得通红，问沟子干吗来了，巧的是沟子也说是来借笸箩的。张连成和沟子打了两句哈哈，没事儿人似的走了。

六团进了屋，沟子跟进来。沟子问她夜里为啥不给他开门。六团不说话，蹲下身往灶里塞了几把柴火，站起身走进东屋里。沟子又跟进来，还是问她为啥不开门？六团就说：问你爹去。沟子怔了怔，说：我今夜格儿还来。六团说来也白来。沟子说我成天价想，六团说想也白想。沟子一时没话说，傻愣愣地站着，六团说躲开，我还烧火做饭呢！沟子不动。六团又说：滚一边去！这时沟子说话了，他说：我操你妈！然后冲上来把六团推倒在炕上。

六团倾斜着倒下去，沟子的身体向空中一跃，砸下来，瘦削的肩膀戳进她的胸脯。沟子用头挤压着她的头，疼痛扭歪了六团的脸，她感到嘴里有一股血腥的气味，血从牙床上大量渗出。

沟子不由自主地哼哼着，蹬着像孩子一样的细腿，他的脸从上方俯视着六团，眼珠突了出来，但又根本没有看见她。六团冲着这张呆滞亢奋的脸猛啐一口，粉红色的唾沫四射飞溅！挂着点点血腥，太阳穴旁的青筋突突地跳着，沟子干完了他成天价想干的事。

六团双腿叉开躺在炕沿上，沟子起身系裤带时，她欠身看见了自己光裸的肚子和大腿。这情景使六团恍惚觉得是曾经出现过的，也许她托生过别的动物，也交配过。沟子用袖子抹去脸上的唾沫，冲着六团大口地喘气。六团闭上了眼睛。

灶上大锅里的水呼呼地冒着白烟儿，快开了。沟子咕咚咕咚喝下一勺子凉水，把水勺子扔在灶台上。他问跟着他出来的六团晌午吃啥？说自己肚里空得慌，边说边冲六团挤咕眼睛。六团怔怔地望着沟子。沟子咧咧嘴说：“瞅啥瞅，还不麻利儿地弄饭，不怕你爷们儿饿出个好歹的。”沟子说完嘿嘿地乐了，觉得挺有趣儿的。六团仍然一动不动地看着他，沟子也看着她，等着她说话。

来不及了，根本就来不及躲开，六团已经抄起灶上的勺子，舀起一瓢滚着白烟儿的水，哗地朝沟子泼了过去。开水洒在他光着的脚面上，“哇”地一声惨叫。

六团脸色煞白，说：“滚！”

沟子的两眼噙满了泪水，同时充满了惊恐而愤怒的神情，这是一个受了欺侮的孩子。

六团又舀了一瓢开水，说："滚!"沟子赶忙向后一跳，撞在门上，又踉跄地退到院子里，还没有站定，门咣地关上了。

六团靠在门上。她全身的力量聚集在了她胸中的一点。这时如果沟子推门，如果有谁再碰她一下，那一点就会爆炸，就会有血肉撕裂的较量。但是沟子走了，龇着牙像条受了伤的狗似的，一拐一拐地离开了六团的院子。

不远处传来一串小孩子奔跑叫骂的声音，引得狗也跟着叫了。锅里的水仍然一团团地冒着白烟，可灶坑里的火已经灭了。

后来服仙回来了。沟子的脚褪了一层皮也好了。可是六团到了该来例假的日子却不见红。那两天她夜夜睡不着觉，人总是恍恍惚惚的，服仙以为她病了。六团和服仙说她想去城里找鞠生，她想的是自己到下坎草甸子去躲几天，回来就说见着男人了，怀上了。服仙不说同意也不说不同意。

那天六团在地里干活，忽然觉出下身湿乎乎的。她疯了似的拔腿就跑，钻进了玉米地。果然她看见一条黑紫色的湿迹，发散出熟稔的怪味。六团两腿软绵绵的，晃晃悠悠地坐在了玉米地里。阳光下，玉米叶儿闪着毛茸茸的光，散发着无比美妙的芬芳。六团抽抽噎噎地幸福地哭了。

六团要上城里的决定像风一样迅疾地传遍了大栗堡子。自从服仙失踪以后，人们一拨又一拨地往她家跑，他们不仅想去看戏，还可以加入演出，各抒己见。大部分人都坚决支持六团的决定。一个乡下老娘们儿能跑哪儿去？一准是和儿子去了。可是也有一鸣惊人的话语，说服仙八成死了。还有一种更接近于戏的说法，说服仙是让鞠老二的魂叫去了，去商量怎么处置这么个不忠不孝的儿子。服仙自然还要回来，到时候说不定把鞠生也降服了，一块儿带回来。活人是斗不过死人的。反对的人说扯啥呀扯，全是封建迷信的玩意儿，毛主席不爱听。他老人家爱听革命的词儿。小后生们说着还唱上了，唱的是下定决心不怕牺牲排除万难去争取胜利，意思是鼓励六团呢。六团去了城里，找着了服仙，然后咋办呢？这个问题成了讨论的焦点。有人建议干脆待着不走，看鞠生咋着，就算有别的女人，结发之妻也是正房。后生们又笑了，说有小老婆犯法。老的就说犯法咋没把鞠生下了大牢？瞧人家陈世美，脑瓜子咕咚一声落了地。后生说城里正文化革命呢，顾不上吧。老的问鸡巴毛的，啥命？女人们嚷嚷道：咱管它啥命呢？女人左不了就是苦命。接着有人就又说起了哪个屯子谁家的那个叫粉儿的女人，说是那女人说不出的有多么俊，男方怎么心肝宝贝地把她娶了去，后来又把她休了。说她肚子大了，可生不出小崽儿，说她是妖精坯子，肚子里怀的是黄鼠狼，就把她给休了。粉儿就魔怔了，拿个破碗挺个大肚子四处讨饭，讨到婆家，婆家把她打出来，她就跳井了。大伙儿唠呀唠呀，抽呀抽呀，人人都眯起了眼睛，女人怀里的孩子都呛得直咳嗽。最后，笼罩在腾腾烟雾中的人们都闷声不响了。六团忽然抽泣起来。

六团边抹眼泪边说早晚是一死，不如跟粉儿似的。大伙儿听了就劝她说，你哪能跟粉儿比，她是被休了的人，你不是。他休不了你。到底世道两个样儿了，他鞠生想当陈世美也由不了他当，有共产党管着他。就算他把服仙弄去了也鸡巴没用，你不点头，他能离成婚？反了他了。哭啥！这方圆百里的谁不知道老鞠家的六团，活得多有名分。如今是不兴立碑了，要是早年间你六团就是鞠郭氏，死了也是鞠生的媳妇，没跑儿，有碑为证。六团听着听着不哭了，心也松了，胆也壮了，觉得就是真到了城里自己也不怕了。

过了一天，淡淡的透明的月牙儿还在西天上，六团就上路了。队上派了匹不能干活的老马，由鞠老大套辆车送她。两个老太太和三个小闺女搭车一块儿去下洼串亲戚，这倒使六团离开大栗堡子没有太难受。

天上有云，六团抬头看看天，忽然想起十来天以前，鞠生走的那天她看见天上一只“熊瞎子”把太阳给吃了。恐怕那不是吉兆。

尽管是夏天，早晨的风也很凉，六团不由得哆嗦了。小丫头问她冷不？她摇摇头说不冷。云越来越淡，当太阳升起来的时候，片片薄云在刹那间变得通亮，金光灿灿，化作一只只小鸟儿，很快地都飞走了。六团想，这应该是好兆头。

可是她仍然止不住哆嗦。

大地一片雪白，天蓝得像刚着过一场大火，干净得没法再净了。

太阳照在雪地上，整个宇宙发射出宝石般的光芒。

三辆成亲的马车迎着光芒向前飞跑，扬起闪闪发亮的雪雾。车上挤满了人，六团头上罩着块红布，什么也看不见，只闻着自己头上头发油的香味，听着车轱辘隆隆转，马喷着响鼻儿，马蹄嘚嘚叩击大地。突然，天边传来一声鞭炮的脆响，如黑夜里流星闪过。当马车赶进了大栗堡子，鞭炮声已响成一片。孩子们脚步咚咚地跟着车跑，尖亮的干涩的小嗓门儿喊着：新媳妇来啦！新媳妇来啦！

当红布揭开时，六团感到头上的香气忽地飘散开去，她的心忽悠一下仿佛丢失了什么。炕上炕下摆满了桌子，桌上摆满八碟八碗，腾腾地冒着热气，围着桌子的一个个脑袋也冒着热气。在拜了天地，拜了祖宗，拜了服仙之后，服仙拉起六团的手说："瞧瞧你爷们儿吧。"

那是一张白脸，在热气腾腾的昏暗的屋子里，那张脸跃然于一切背景之上，目光直愣愣地对着六团，并穿过了她。后来六团多少回拼命想记忆鞠生的时候，她能记起的就是这张脸。它长久地挡住了六团的眼睛。

六团在那夜从姑娘变成娘们儿。这一变化是在漆黑一团中发生的，是在一阵尖锐的疼痛中发生的。她管住自己一声不吭，并相信一切的磨难都是天经地义。她甚至因此有了一种满足感。但仅此而已。在她所有的性器官都未苏醒之前，事情就永远地结束了。在黑暗中，六团只感觉到一件事，这个男人的皮肉比自己滑嫩，一阵温热的心潮轻轻涌起。

太阳在新婚之夜之后升起来了。那是一个很特别的使六团难以忘怀的早晨。那天六团醒来时看见了鞠生的后背。她愣了一下，简直不知所措了。然后她匆匆穿衣下地。鞠生也醒了，也同样匆匆地穿衣下炕。六团的头发散开着，披在肩膀上后背上。她拿起梳子梳头，鞠生站在她旁边忽然伸手摸了摸她的头发。六团定住了，一动不动地面对一面圆镜子坐着。鞠生喃喃地说：真跟缎子似的，说着俯下身把脸在头发上蹭了蹭。六团在镜子里看见自己的脸比鞠生的脸黑得多，她赶紧低下头用梳子一下一下地梳头。鞠生站在她身后没走开，六团把头发挽起来，挽成一个纂儿，鞠生一把把纂儿拆散了，一头的黑发哗地沉甸甸地落下来，打在鞠生的手上。鞠生伸出手从六团手里拿过梳子开始给六团梳头。这回六团从镜子里看见了鞠生白生生的手从自己漆黑的头发上一下一下划过。这是六团的婚姻生活中堪称幸福的一刻，她的脖子僵硬地挺着，血缓缓地暖暖地从头顶流过，使她有点儿发晕。最后她的头发被梳成了两条辫子，两条辫子在身后用线绳系在一起。鞠生告诉她说：城里人都这么梳。

六团用块头巾围着出门抱柴火烧火做饭。后来等鞠生不在屋时，她对着镜子照了半天，然后把鞠生给她编的辫子拆了，挽成了纂儿，这样她就和屯子里的娘们儿一样了。

随着太阳一点点升高，天空中的蓝色也越来越淡，最后整个天空都充满了明晃晃的太阳。可六团还是觉得手脚冰凉，她恨不得自己这会儿正在地里干活儿，弯着腰流着汗，那她就什么也不用怕了。

她在心里一遍遍地念叨着：乌密县前进公社大栗堡子大队，乌密县前进公社大栗堡子大队……她怀里揣着一封鞠生几年前来的信，她知道信封上大的字儿是她的地址，信封下角的小字儿是鞠生的地址。如果她走丢了，她想过，不管她在哪儿，她就把信封上的那行小字儿扯掉，这样她就能准确无误地找回家。

正午时分，马车把六团拉到了江边，立刻就得往回赶。六团站在路边，看着她大叔欠脚一蹦，一屁股坐到车辕上，伸手抓起鞭子捅捅马屁股，马不动，又捅了捅，马才走。六团忍不住叫了一声："大爷！"鞠老大回过头看看六团，六团跟着马车走，鞠老大挥挥手说："去，去吧，不怕的。"六团才站下。鞠老大恍惚觉得六团这会儿的样子他在哪儿见过，等到六团已经成了一个小黑点儿，他突然想起来了，秋天他打兔子的时候，伤了腿的兔子缩在石头下面就是这副样子。

六团的视线被泪水蒙住了，一切都十分模糊。马车消失之后她终于转过身来，她看见的是一片亮闪闪的白光，那是正午的太阳下的拉连河。

六团和鞠生成亲后，鞠生只待了八天就走了。他说他工作忙，离不开。一年里他来过三封信，都是这么说。同时他还问候服仙身体还好哇，问及家里的收成。但是他没有提六团一句。信都是写给服仙的，服仙很满意。听人念信时六团当然也在场，信中提到的事她都记得清清楚楚。鞠生说城里正在打麻雀捉老鼠，鞠生说他捉了十八只老鼠，得到了表扬，大伙就都笑起来。后来鞠生还提过炼铁，说铁化得成水一样的时候，他们都又笑又叫又拍巴掌。那时鞠生是在大城市里，凡是他说的事大伙听了都觉得新鲜。他姑兰头给他大爷家来过一封信，信上说鞠生在工作上积极进步，很有出息，还上了夜校。老鞠家的人都觉得这是老鞠家的光彩，进了城，入了机关，又有文化。连六团都因此觉得有点儿与众不同。虽然鞠生在信里不提六团，但是每回他有信来六团连着好几天心里都挺高兴，干着活儿嘴里不由地哼哼几句小曲儿。

鞠生刚走的时候六团自己一个人还睡西屋，过了些天，服仙说让她到东屋陪她睡，她就搬过去了。正是猫冬的时候，有人来串门六团就端出一笸箩炒得香喷喷的葵瓜子往炕当中一放，等人走了地上一层的瓜子皮，脚一踩上去劈劈啪啪的响。六团爱听这声音，心里觉着欢喜。没人来串门她两个人就坐在炕上纳鞋底子。服仙一只六团一只，麻绳闪着油亮亮的光，拽起来滋啦滋啦的响。六团也爱听这声儿，心里觉得舒坦。服仙忽然哼出一句曲子："春季里桃花红又红哇，孟姜女呀寻夫哭奔长城呀，"六团听听就乐了。等服仙唱完一段她就接着唱："夏季里呀荷花香又香哇，有西施呀醉卧在东床呀……"两个人你一段我一段能一连唱十几段儿。鞋底也纳得又密又齐整。到鞠生第二年回来过年的时候，已经有四双新鞋给他准备着了。

快过年了，六团包了好几帘子粘豆包，然后又一锅锅蒸，蒸熟了放到外面大缸里冻上。屋子里热气腾腾的，热得她棉袄都穿不住，只穿了件布褂子。鞠老大家前一天杀的年猪，服仙和鞠生都去吃白肉血肠了。后来大爷家的枝子给六团端来一碗，六团喝下去觉得别提多香了。

蒸完粘豆包六团又给叫去帮着扎灶王爷骑的马。马是用玉米秆儿扎的，六团手上划了好几道小口子。等六团回到家里鞠生已经躺下睡了。这一夜鞠生没有碰她。

早上六团起来鞠生也没起，一直睡到太阳升得老高。六团又忙了一天，杀了鸡，请来了灶王神像。鞠生又出去串了一天门，连晌午饭都没回来吃。这一天六团的心里有点儿不安。有一只讨厌的虫子不停地嗡嗡叫，而且它能从耳朵眼儿里飞进脑子里，飞来飞去。

晚上六团把炕烧热了，给鞠生热上洗脚水，就在东屋陪服仙坐着。鞠生不回来六团就一会儿烧把火一会儿又烧把火，怕鞠生回来了一下子没热水。听见鞠生进院，六团赶紧迎出去问洗脚不？鞠生嗯哪一声。六团舀了盆热水端进西屋，说：“洗吧，水正热乎。”鞠生却说：“谁说洗脚啦！”口气很硬。六团愣在那儿了。鞠生一边脱衣服用眼角瞟了一下那盆热水，叹了口气在炕沿上坐下，脱了鞋洗了脚。等六团倒了水回来，鞠生已经钻进被子里闭上眼了。六团吹灭灯上了炕，黑暗中两个人并排躺在炕上。过了一会儿六团听见鞠生翻了个身，然后又听见他叹口气，六团想问他有啥愁事，可没开口。后来鞠生就睡着了。六团睡不着，她静听了一会儿鞠生喘气，就轻悄悄地朝他侧过身子。她看不清鞠生的脸，只能看到一个人影儿。她面朝这个灰暗的影子侧身躺着，从一无所知的黑暗中慢慢获得了安宁，她就也睡着了。

六团是慢慢醒来的，一夜她像是沉在了很深的井里，随着身体渐渐上升，睡眠变灰变淡，她睁开了眼睛，同时吓了一跳。因为她看见鞠生那张泛白的脸正对着她，呼出的气她都能闻到。她一动也不敢动。这时鞠生也经历了从沉睡中升起，一跃而出的过程。他醒了，也睁开眼。这样，鞠生在睁开眼的时候也看见了六团离他很近的脸，而且正瞪着他看。

他们互相对视了几秒钟，他们都受了惊吓。对于鞠生来说，除了感到心惊之外还由此产生了一股强烈的厌恶感，这使他从中突然地获得了勇气，他猛地坐起来，说："我说，咱俩得离婚。"

六团不懂，她问："啥？你说咱俩啥？"

鞠生看着纸糊的窗子，又说了一遍："离婚，我要和你离婚。"

六团坐起来，穿衣下炕，一声不出。鞠生也穿上了衣服，坐在炕沿上。六团又爬到炕上叠被，鞠生问："你听见没？"

六团停住手，"听见啥？"

"我刚才说的话。"鞠生说。

六团问："啥话？"

鞠生站起身，眉头皱了皱，说："我左右是跟你说明了，我不能跟你过，咱俩没感情，只能离，你寻思寻思吧。"说完他就出去了。

六团继续叠被，把被子叠好，摞到炕头的一口大箱子上。褥子放下面，枕头放上面，中间是那床飞舞着凤凰的花被和另一床半新的被子。六团举着花被要往褥子上放时，她忽然觉得胳膊一下子断了，被子从她手上滑落下来。六团低头望着被子发呆，接着她的腰缓缓地弯下来，头抵到被子上。

这一天里六团继续做着过年的各种准备。当她渐渐觉得身上又有了力气，她从被子上抬起头，睁开干涩的眼睛，就下炕干活了。她干得比头两天更卖劲儿。她先和面，准备蒸红枣馒头祭祖宗用，面和好了放在炕头上，然后又把三间房里里外外都扫了一遍，该擦的地方也擦了。等面发好了她就把红枣馒头蒸出来，晾着。晚半天服仙说头上刺痒，让六团给她篦篦。六团就和服仙上了炕，跪在服仙身后用篦子给她篦头。服仙闭起眼享受着。六团想要不要开口和婆婆说呢？这念头只一闪而过。其实她心里早就做了决定：不说。什么也不说，甚至什么也不想。就当什么也没发生过，就当那是做梦。这样的话一切就都会过去。

服仙觉得头篦过以后很舒服，对六团说："我也给你篦篦。"六团说："我洗洗得了。"晚饭她留下了淘米的水，然后又热了一锅水把头发洗了。洗完头她回到西屋，坐到炕上等着头发干。服仙睡了一觉起来解手，见西屋还亮着灯就进来，她看见六团披头散发地坐着，直瞪瞪冲着油灯发呆，服仙一惊，问："咋啦？"

六团浑身一哆嗦朝服仙扭过头。服仙问："咋还不睡？"六团说："等着他呢。"服仙说别等了，歇着你的吧。

服仙回东屋躺下，过了会儿看见西屋还有亮，有点儿气了，她大声说："点灯就不怕熬油哇！"西屋就黑了。

早上六团一睁眼发现自己穿着衣服，炕上也没有鞠生，她想去问问服仙，一掀帘儿看见鞠生睡在东屋炕上。六团傻了，惊慌地想，难道服仙和鞠生是一气的，要把她休了？她回到西屋，坐下又站起来，又去掀开东屋的门帘儿，鞠生和服仙都睡着，一点儿动静也没有。六团不知道该怎么办，一回身看见缸里只有半缸水了，她就拿起扁担水桶出门了。

井台上都是冰，非常滑。六团这时看见自己脚一滑掉进井里，原先站着她的地方空荡荡的，什么都没有了。这是死亡第一次展开翅膀从六团头顶飞过，接着飞走了。但它的影子投在了地上，那地方就和原来不一样了，最终会生出可怕的毒芽。当六团站在冰冻的井台上时，那一天还很遥远。

六团挑着水走进院子，服仙迎出来，劈头就问："咋的啦，他咋没和你睡?"

六团把头天早上鞠生说要离婚的话和服仙学了一遍，服仙不信，六团苦笑了一下说："那是我听岔了?"服仙就冲进东屋把鞠生叫起来，问他有这事儿没？鞠生坐起来不出声。服仙急了就嚷：瞅你那一脸丧气样儿！跟啥人学啥人，你姑就是破鞋烂货贱到家了，你要学她咋的？大年节的谁要敢动邪心不得好死！六团想拦住服仙别嚷了，还没开口说，鞠生先开口了。鞠生说是，是有这事，他就是不想跟六团过，要跟她离。

服仙惊呆了，眼看着鞠生像看着一个怪物。接着她抬起手，哆嗦着指向鞠生，眼泪哗哗地流下来。鞠生一低头，把脑壳夹到膝盖中间，服仙一屁股坐到地上，大声地哭起来。六团这时才觉得自己也该哭，于是也学服仙的样儿一下坐到了地上。服仙边哭边拍着地，呼叫着老天爷啊老天爷，让她一闭眼一蹬腿拉鸡巴倒吧！由着鞠生点火烧了房拉鸡巴倒吧！谁也别活了！她哭得十分动情，六团则是低低的呜咽。最后鞠生一跃下了炕，走了。服仙止住哭，六团把她从地上拉起来，两人掸掸身上的土，就奔了鞠老大家。

一屋子老鞠家的人，阴黑着脸惶惶然地看着鞠老大。鞠老大气得嗓音都变了，当初兰头那个屄色的玩意儿就让咱老鞠家丢死人了，这会鞠生这小王八犊子反了他了，又要来这么一手，又要往他头上浇粪汤子，没啥说，打！他扫了一眼服仙和六团，恨不能这一眼就能把这两个鞠家的娘们儿消灭了。

服仙颤声问："那要是打跑了呢？"

"打折他的腿，看他往哪儿跑！"说着他吩咐人去找鞠生，又叫人把扁担准备好，还有绳子，"把人给我绑来，绑他三天三夜，不服就饿着，非把他整停当了算！"他猛然咳嗽起来，"呸"的吐出一口痰，又狠狠地跺了几脚。六团站在一边，一直在打冷战。

过了会儿，去找鞠生的人回来了，说找不着人。服仙一听急了，说："要真是回了城那可没咒念了。"

鞠老大吼了一声：追！鞠家的男人就全出动了。

过了一晌午，谁也没找着鞠生。顺着去下洼的路，一直跑过两个屯子，也没人说见着鞠生过去。

鞠生要把六团给离了的消息已经在屯子里传遍了。这消息比过年还要令人振奋。尽管天寒地冻，不少人都站到屋外路边上，一个劲儿地东张西望，看见个人影从远处来就当是鞠生，但都不是。到太阳偏西的时候，有消息说在镇上邮电所里看到鞠生了，说他正往回来呢，有人问要不要迎着他把他捆上弄回来，鞠老大一挥手：绑个鸡巴毛呀，还嫌不张扬咋的！鞠家人这才踏实下来，专心等待了。

这时，六团一个人跑出了屯子。她很怕有人看见她，就沿着小树林躲躲藏藏地朝前走，等到离屯子远了，她才跑到路上。她走得很急，有两回差点儿绊倒。

这一天六团都处在极度的矛盾中，一会儿她觉得兴奋，有人给她撑腰整治鞠生；一会儿她又非常后悔，后悔自己把这事说出来了。因为这样一来一切就都成真事儿了。为什么不能让这事像做梦似的完了就拉倒呢。她怀着一种朦胧但是急切的愿望去迎鞠生，她想拦住他，告诉他家里发生了什么事，看他有什么办法让灾难消失，让生活恢复原先的样子。鞠生在邮电所里写了一封信，发走了。他写信的时候心中发热，又紧张又激动。他把信封封上以后又仔细地看了两遍，心里念着信封上的名字：孙小玉，孙小玉，孙小玉。最后他把信扔进了信筒里。

从邮电所出来他忽然觉得肚子很饿很饿，因为写信费了他极大的精力，而且使他又体会了一番与内心恐惧搏斗的过程。他一直是恐惧的，从他决定要向六团提出离婚，离大栗堡子越近这恐惧就越强烈。可是他终于胜利了。当他把他已经提出了离婚的消息写在信上时，他确实觉得是个胜利。因此，他在镇上的小饭铺花了八毛五分钱吃了顿饭，要了个烧茄子，半斤米饭，还要了二两白酒。

太阳西斜了，西边天上有云，云一点点地弥漫开来，天空由白色渐渐变成了灰色。太阳一被遮蔽，大地立刻阴暗起来。鞠生走在回大栗堡子的路上，他的心一刻比一刻觉得寒冷。空气中恐惧的分子在增加，而孙小玉，这个能使他血液加快流动的名字越来越稀薄了。他不由得把这名字念出声：孙小玉！灰色的光裸的田野瞬间就把他的声音吞噬掉。鞠生停下来，四下看看，喘了口气。沉寂从四面八方包围上来，渗透到他的骨头缝里，他瑟缩着，迟缓地迈着步子。

不久他就看见了六团的身影。六团也看见了他。他们互相走近了，仿佛不得不靠近，有两只看不见的手推着他们。在灰色的天穹下，苍茫的日光无限冰冷，照着这两个渺小的人。他们互相对视着。

从六团的脸上，鞠生看见了他自己的恐惧。他看见六团的嘴唇嚅动了一下，但是没有发出声音。天气是那么寒冷，六团每呼出一口气就从鼻孔里冒出一股白雾。鞠生面色发青，他在发抖。然后鞠生看见了六团的眼角滚下了泪珠，他以为那是他自己在流泪，他甚至抬起袖管蹭蹭自己的面颊。那时候他们都还年轻，仇恨还没有来得及在他们可怜的生命中长成。

鞠生心里明白事情已经发生了，因此而要到来的惩罚是无法逃脱的。他用手摸自己的脸时那种如同摸在石头上的感觉使他的心一震。一股力量，一个清晰的声音从他内心深处升起：不管发生什么都忍受，只有忍受，甚至包括死亡。于是他开口说了一声："走！家走!”就迈步走过六团身边,向大栗堡子走去。铅灰色的云斜扯着,映衬着屯子上空白色的炊烟。在北国的苍天与原野之间,鞠生在前,六团在后,他们还不知道从这里开始,他们就一同走向那绝命的无法变更的旅程。

六团从火车站走出来,心里不那么怕了。因为这个城市距离她的想象不远,是个低矮的灰秃秃的城市。甚至和她去过两回的县城相似。唯一引起她注意的是有些女人脚上穿的鞋,黑色的,发出幽暗的光泽,六团想这种叫皮鞋的鞋一定非常结实。

路边有个小吃店,六团觉得肚子很饿,但她咽了口唾沫走过去了。她手中攥着那个信封,问了好几个人,终于来到一条卫东街。顺着卫东街再走,往右拐,拐进一条窄路,红卫路。又往前走了约半里地,她找到了鞠生住的地方。

那是一排红砖平房。砖的红色已经难以确定。在她刚走向这排房时就有人迎上来问她找谁?她说出鞠生的名字。问话的是个女的,说话的口音六团能听得懂,她告诉六团鞠生上班去了,不在家。又问六团是他什么人,六团支吾一声,终于说出是他家里的。那女的像是没听懂,问是什么亲戚?六团没回答,只点了点头。那女的还是挺警惕,打量了六团几眼,然后把她领到这排平房其中的一间,指给她看门上的锁。这时又有两三个女人凑上来问,找谁的?哪地方来的?六团说是乌密县前进公社大栗堡子大队的。一个女人越过六团凑到玻璃窗上往里看看,说:不在家。六团也往前走了两步,凑近窗子朝里看。一个女的又问，是老鞠什么人哪？先头问话的女人说是他老家的亲戚。六团忽然从窗前扭过头，她说："我是他屋里的。"

几个女人"哦哦"了几声，但满脸疑惑，互相看着："屋里的？那你是他……"她们停住，等着六团回答，六团就又说了一遍："我是他屋里的！"声音比刚才大、坚定。这下这几个女人像是明白了。她们大吃一惊，眼睛闪闪发光，齐刷刷地盯住六团，嚷道：闹了归齐你是他老婆！老鞠有老婆哇！真叫邪性啊！！

好一阵子，六团消失了，是隐去了。女人们尖锐的声音从遥远的地方传来，一片模糊，几乎碰不到她，穿透不了她迟钝的知觉。后来一个小个子女人碰了她，用手拉拉她的袖子说；走，先家坐去。老鞠上班的地儿不远，几步就到。六团不动。那女的更用劲儿地扯了扯她，"走呀，又不是外人，不是老鞠的媳妇嘛。"女人们听了直乐。六团还是不动，也不说话。看上去她脸色蜡黄，神情呆滞，那双极其幽黑的眼睛确实有点吓人，毫无顾忌地瞪着她面前的女人们，就像她不是人，不是她们的同类。女人们不由地止住笑。

而这时，有样东西像个土豆子，在阴暗的地窖里滚动：服仙没在这儿，她们没见着服仙，服仙不在这儿，她在哪儿呢？

接下来有人叫一个孩子去找老鞠，还有两个女的也跟着去了。那个小个子女人再一次对六团说："走吧，屋里坐着等，走了一道了不累呀！"说着还挽起了六团的胳膊，六团这回没有拒绝。

小个女人住在排房的顶头，她拉着六团往她家走，其他人都跟着。走了几步六团站住，女人回头问：“怎么啦？”六团说：“不，我就那疙等。”说完这句话她又往回走，回到上了锁的门前。是的，没人懂得这扇门是样什么东西。它代表了遥远的路程，代表着背井离乡，它是六团在这个陌生的世界里唯一的栖身之地。所以她站在那儿，像个又聋又哑的人直勾勾地面朝门站着。女人们全愣了。她们想：难怪老鞠瞒着他有个老婆，原来这半傻不茶的女人脑子还有毛病。也难怪老鞠看上毛月姣了，那是人精呀！

挂着“万年红百货店”牌子的小店就在卫东街上，其实六团来时已经路过了。店门漆得通红，很扎眼，走进店里更觉着黑黢黢了。纸糊的顶篷遍布一块块黄斑，充满了一股腐败的霉味。鞠生在那儿做会计，很多年了。

这时派来报信儿的男孩站在店中央，看样子想等他一起走。一块儿跟来的两个女人没有进来。她们站在马路边上，做出闲聊的样子，眼睛一个劲儿地瞟着街对面的菜摊。一个白白胖胖的女人穿着件白布大褂正站在一大堆西红柿边上，脚边放着磅秤。她扭头看见了街对面的两个女的，笑着招呼她们，这两个女的就三步两步跑过去了。

万年红百货店里一片沉寂。鞠生的脸在昏暗的光线下显得更加苍白。店里另外两个售货员背过身，把一块块香皂肥皂摆来摆去，好像在玩搭积木。鞠生很心慌，他的手下意识地拨拉着算盘珠子。男孩儿先是傻愣愣地等着鞠生，目光渐渐被鞠生的手指所吸引。那些手指又细又长，灵活极了。算盘珠发出又脆又响的噼叭声又尖锐又悦耳，具有一种魔力，使时间凝固不动了。突然有人带着一股风冲进店来。鞠生和男孩都惊讶地抬起头，他们看见了毛月姣白白胖胖的泛着红晕的大脸，紧接着鞠生就感到了她嘴里喷出的热乎乎的气息。

毛月姣有一张大脸，这张脸上的嘴也很大，嘴唇出奇的厚。这张嘴可以使毛月姣显得热情而又娇艳，也同样可以使她显得凶恶而阴险。当她走近红卫路的排房时，她的样子是后者。

六团因此被吓住了。

毛月姣一面走来一面和邻居们打着招呼，声音高高的，是六团完全听不懂的南方口音。她的嘴角冰冷地向下撇着，从那件脏得发灰的大褂口袋里掏出钥匙，打开了那扇锁着的门。她不回头地冲六团说：进来吧。六团就跟进屋了。

六团看见屋子里的东西很少，处处收拾得干净整齐，就在屋子中央站住了。毛月姣终于向六团转过身，她指指一条长凳让六团坐。六团顺从地走过去坐下了。可是还没等坐稳，长凳子空着的一头就翘了起来，六团险些摔倒在地上。她拼命用手扶着墙，才算站住了。她的脸涨得通红，头发都乱了，她朝毛月姣指指凳子，没出声，嘴角微微动了动。她站着，没敢再坐下。

毛月姣看着六团，脸上掠过一丝冷笑。与此同时忽然觉得这个乡下女人也实在怪可怜，于是她的嘴巴微微一变，神情就温和了。她说了一句“当心点，坐吧”，六团答应了一声“嗯哪”，然后坐下，这回坐稳了。毛月姣看着她坐下之后，同情心又随之消失，她半侧着脸用眼角瞟着六团，心里已认定这个女人完全不是她的对手，最最起码也比她丑得多，又黑。但不管如何六团是鞠生合法的老婆，这就足够毛月姣恨她。

毛月姣也坐下来。她坐在屋子里的那张单人木床上，顺手掸了掸床单。这张床她和鞠生睡是太挤了，而且周围都是眼睛，因此总是鞠生到她家去。鞠生没她丈夫心灵，不爱说话，可鞠生懂得疼人，月月把自己的那份米给她，自己吃棒子面。而男人活着的时候，家里的米连孩子都吃不上。

毛月姣顺手把床单掸掸干净，抻平了，然后她抬起头直视着六团问："你是从乡下来呀？"她说话声音圆润，在六团听起来像唱歌似的。

六团没听懂，问："啥？"

毛月姣不由瞪了她一眼："你是东北乡下来的？"歌儿唱得慢了点儿。

六团就答道："嗯哪。"

"你来找老鞠有什么事情？"这句话的口气完全像鞠生组织上的一位领导。

六团想，她是干啥的？还有这屋的钥匙？可她什么也没问，只定睛看着毛月姣的嘴。

毛月姣以为六团听不懂话，就说得更慢也更明白了。而且她还冲六团笑了笑。

毛月姣说：也难为你老远跑到这里来，不过嘛，老鞠的家事也不是一两天的矛盾，大家心里都有数。这么些年老鞠一个人过生活，长眼的人谁看不见？还是俗话讲得好，强摘的瓜果不甜，强撮的姻缘不贤，捆绑难成夫妻，你就是找到这里又能怎样呢？世上还有一句话，爱的是金，不爱的如土，你说你是何苦来？如今，爹教娘教不如共产党教，毛主席说了的要婚姻自主，你们那是封建婚姻，父母包办，不是毛主席的革命路线。积善有善报，行善有阴功，你放老鞠一条路，来世老天爷自会给你个好男人。这些话都是为你好，愿听就听，不听谁也救不了你。不信你就待你的，看老鞠见你不见你。说完了这通话，毛月姣就站了起来，从高处俯视着六团，等待反应。

而这时，又一只土豆滚动起来，横冲直撞：咋的？咋的啦！还让人活不？这是哪家的理！老天爷你不长眼咋的？扯什么王八犊子！

毛月姣听不见阴暗地窖里的滚动声，她静静站了一会儿，一咬牙转身就走。六团忽然叫住她。

六团叫：他大姐！

毛月姣站住，回过身，她看见六团正用一种呆滞而又逼人的目光朝着她望，她忽然觉得这种目光很熟，像是鞠生也有的。一股怒气猛冲脑门儿，她怨极地说："我告诉你了，你男人出差了，不知道什么时候回来，也不知道回不回来，你就等着吧。"

毛月姣说完推门走了。留下六团一个人坐在长条凳上。

鞠生回到家里时天已经黑下来，没有人发现他，因此也没有人绑他。是鞠老大提着扁担找上门来的。因为鞠生没有点灯，屋子里比外面更黑，鞠老大进门二话没说，抡起扁担就朝坐在炕上的鞠生打去。扁担带着风声，“呼”的落在鞠生的肩膀上，只听鞠生“哎哟”一声就从炕上倒了下来，摔到地上。鞠老大看不大清鞠生怎么着了，只看见地上倒下一个人影，就抡起扁担又打，一边骂着：“你个王八犊子兔崽子，你个小白脸儿花花肠子，你想反哪！看打不死你的！”

扁担落在鞠生身上叶叶的响，鞠生哎哟哎哟叫，这情景和鞠老大设想的情景大相径庭，一点儿不像公堂会审，倒像是黑地里打闷棍。屋外咕咚咕咚的脚步声纷至沓来。鞠老大住了手，大喊一声：“点灯！”但一时谁也摸不清灯在哪儿。还是鞠生从地上爬起来，摸摸索索地从口袋里掏出火柴把灯点上了。鞠生那张惨白的脸上流着血在黑暗中突然出现，把所有的人，包括鞠老大都吓着了。

鞠老大大吼一声：“跪下！老实儿跪下！”

鞠生跪下了。

鞠老大让他招出来是不是在城里姘了骚娘们儿，鞠生低头不吭声。鞠老大又让他起誓，从今往后不再生二心，他仍然没有声音。鞠老大急眼了：“你个熊包蛋！你哑啦？今儿格你要不起这个誓饶不了你！你说！”

鞠生不知道他还会说话，他只知道他跪在许多人之中，他们是些黑黢黢的面孔，是一股股沉重而混浊的呼吸，是他从小就闻惯了的气味。这时他的生命倒退了，退回到了幼儿的状态。他本来应当号哭，只是他没有眼泪。但是他的心悄悄在哭泣。他蜷缩着，他觉得自己已经销声匿迹；可突然，后背受到一下重击，接着又是一下，他不由自主地扑倒在地上，脸砸向泥土；然后他恍惚听见一个女人惊慌的尖叫和哭声。

两天里六团没吃没喝，躺在炕上，服仙也不吃不喝地躺着。六团不知道鞠生这两天是怎么过的，在哪儿过的？她听见大婶子端来了小米粥让服仙吃，服仙不吃，说吃不进去。大婶子就重重地叹了口气说："那小子是中了邪了，死不吭声。"

过了会儿大婶子又把粥端到西屋，问六团是不是吃点儿东西。六团觉得很饿，可她知道她不能吃，就摇摇头闭上眼睛。后来有几个姑娘媳妇来看她，她紧闭着眼不理她们。一个小闺女问："大姑得了啥病了，咋跟要死似的。"其他的人就呵斥她。小闺女还是忍不住摸了摸六团的鼻子。然后说："有热乎气儿。"

再一天早上，天还没亮，六团就饿醒了，她下了炕，看见那碗小米粥还放在灶台上。她去看看服仙，服仙还睡着。她不敢动那碗粥，就拿了扫帚扫院子。服仙听见扫帚刷啦刷啦的响声，隔着窗子就骂六团："你没心没肺呀，什么当口还颠儿颠儿的，你男人要蹬了你，不说有死的心，还挺恣儿的！下贱玩意儿！"六团赶紧放下扫帚回屋又躺下了。

这一天她很绝望。她不知道这事到什么时候是个头。如果鞠生还不吭声，那她不是要活活饿死吗？她很想知道鞠生有没有饭吃。如果也饿着他，那他就顶不住，就怕他有饭吃。所有别的悲伤和忧虑都逐渐模糊了，只剩下饥饿、饥饿的煎熬。太阳缓缓地在天空中移动，六团以前从来没有想到太阳走得这么这么慢，就像不动似的。六团的心中渐渐产生了一种能和饥饿抗衡的力量，是怨恨。她怨恨凝固不动的太阳，怨恨像死人一样躺在东屋的服仙，怨恨鞠老大，当然也怨恨鞠生。奇怪的是她是最后才怨恨鞠生的。饥饿使她的听觉异常敏锐，她听见狗叫，听见远处井台上水桶碰撞时发出的咣咣的金属声，听见沟子赶着猪从房后走过，甚至听见他吸溜鼻涕的声音。后来，饥饿感减轻了，或者说不那样尖锐了，六团心怀怨恨，绝望地等死。她还年轻，她以为死是件很容易的事。她不了解死亡总是在一切的残忍之后才会出现的。

记不清天黑以后又过了多久，鞠生回来了。西屋的门被人从外面关上。鞠生上了炕，毫无声息地躺在六团身边。六团昏头昏脑地问："完事儿了？"鞠生"嗯哪"应了一声，两个人就睡过去。早上她起来做饭，贴了饼子，一家三口坐在炕上吃。鞠生刚吃两口就噎着了，咳起来，六团没顾上看他一眼，还吃自己的。服仙厉声说："死人！还不赶紧给捶捶背。"六团放下贴饼子给鞠生捶背，捶了两下，鞠生忽然下炕往屋外走。服仙问："哪儿去？"鞠生说："解手。"

鞠生出去后服仙立刻问六团："夜格咋睡的？"六团嚼着满口的饼子，重复了一句："咋睡的？"服仙提高了嗓门儿："问你哪！他和你干没干？"六团这才明白了，摇摇头说："没。"服仙又问："没沾你身子？"六团又摇摇头。服仙"咣"的一声把碗撂到炕桌上，身子一歪就倒下了。六团问她咋啦，哪儿不合适？服仙“呸”地啐了她一口。

鞠生解手回来，服仙脸冲着墙躺着。她告诉鞠生：你要不和你媳妇睡，干那断子绝孙的事，我就饿死。

中午六团做了饭。服仙一口不吃。她把饭端到西屋，鞠生吃了也躺下了，一会儿打起呼噜来。空气中飘荡着爆竹的气味，孩子们像鸟一样呼啦啦飞来飞去。年三十儿了。

六团走出屋门，忽然一个小鞭儿跳了两跳在她脚下炸响了，她不由一声尖叫。一抬头，看见几个孩子正站在院门口笑。六团喊了声“小猴崽子！”孩子们撒丫子就跑，她追得气喘吁吁才站住。这时她吃惊地发现，她在笑。

枝子后来来了，看见六团既没揉面也没剁馅，就大声嚷：天塌了也得过年呀，得罪了灶王爷还了得！鞠生被喊醒，走出屋看了六团两眼，吩咐说：“咋还站着，还不麻溜包饺子！”

等六团开始包饺子的时候，服仙也起来了，和六团一起包，还一边闲唠嗑，真像什么事都没发生过。鞠生坐在炕头抽烟，他抽的是纸烟，不是烟叶子。服仙说叫我抽一口，鞠生就把手上的烟卷递给服仙，服仙紧嘬了两口，说没劲，又把烟卷递给六团，六团吸了一口，什么都没说，把烟卷又还给鞠生，鞠生接着抽，说还是纸烟好，烟叶子太呛人，烟味太冲，城里人闻不惯。

晚上六团下了二百个饺子，三个人吃了。吃完了六团又接着包，她算计她和的面拌的馅儿够包七八百个饺子。鞠生在炕上坐了一会儿，说："我出去转转。"起身要走，服仙把他叫住了。

服仙说六团你也别包饺子了，生子也不许出门，你俩回屋歇着吧。服仙的目光和声音带着不可抗拒的威力和不容置疑的暗示。

那天夜里，有一会儿，鞭炮声响彻了大栗堡子，荒凉黑暗的世界忽然像镜子一样反射出天上明亮的星光和各种神奇欢快的光亮。

六团被鞭炮声惊醒，听见孩子们的欢叫，心里生出了一种说不出的滋味，她想，要是她也有孩子……刹那间，她的心被这个愿望照彻，甚至有了一种美好的幻觉，觉得她身边的这个男人也一定这么想。她伸出手去摸鞠生，摸着了被子下面隆起的身体。她掀开自己的被，又掀开鞠生的被，她把自己的身体贴到鞠生的身体上。在接下来的几分钟里，一切声音都消失了，风也停了，所有的亮光都在无声地闪耀。鞠生进入了六团的身体，射出白色的液体，然后又退了出来。他不知道他射出的是梦想之光。后来六团在这片朦胧的光辉中睡去。风又刮了起来，吼叫着穿过广袤的黑夜，可六团睡得十分安稳。

时间难道有形态有生命吗？但它会停顿。当毛月姣离开后，时间在红卫街的排房里静止了。六团呆坐在长凳上，仿佛坐在时间隧道里，人不知在什么地方消失掉了。后来她听见门上有响声，看见门缝里有什么在闪烁发亮，之后门就开了，女人们涌进来。六团就知道了毛月姣是个什么人。

她是副食店卖菜的，丈夫是钟表店的师傅。两口子是南方人，有三个儿子。两年前她丈夫得病死了，她就眼见着肥胖邋遢起来。她丈夫得的是肝病，在医院拖了半年，那阵子毛月姣的三个孩子像小叫花子，从地上捡了东西就吃，没人管，后来……话说到这儿顿住了。六团问："她爷们儿没了？"

没了，走了。女人们相互望望，六团直瞪瞪地看着她们。后来，毛月姣的儿子常来鞠生这儿住，鞠生的衣服老是毛月姣给缝补。大伙儿想：这叫互相帮助。可大伙儿想错了。错倒不怕，可老鞠还有你这个结发之妻，这可就难办了，成了乱搞不说，还犯着法哪。

一个女人突然反问道："你抓着人家啦？看见人家干的事啦？"六团觉得问这问题的人是抽她的嘴巴。她咬咬牙说："这位大姐，领我找我爷们儿去中不？"笑的人不再笑了，都静下来。六团又问：中不？小个女人站起身：我领你去。

鞠生在大栗堡子过完年，年初三又去六团娘家吃了顿饭，然后就回城里了。半个月以后他写来一封信，信上说他必须离婚，他和六团没有感情，他是被迫和六团同床的。信是找识字儿的人念的，当下就传开了。六团没跟服仙说一声就回了娘家。

六团的爹妈听说这件可怕的事开头都傻了，由着六团尽情哭诉。直到她说自己丢死人了，没法儿再在大栗堡子待了，也不想给鞠生做媳妇了，她妈才打断她，问："那你上哪待？"六团说："家来！"

她爹一直闷头抽烟，这时猛一磕烟袋："鸡巴屁话！这家没你的地方儿，麻溜给我走人!”六团听了怔了怔，大哭起来。娘俩儿哭成一团。

后来她的两个姐姐两个妹子都回娘家来了，还有六团的七姑八姨们。六团被围在炕中间，她只记得有人在外屋烧火做饭，柴火发出噼叭的声响。每一个人都在说话，说饿了就吃饭，吃完饭接着又说，又有人在外屋烧火做饭。柴火噼噼叭叭地燃烧爆裂，锅里的稀粥咕嘟咕嘟冒着气泡，整个屋子像一只药锅，熬制仇恨的迷魂汤。

六团两眼通红，眼角边蒙着白色的眼屎，一连三天三夜她都没有睡，甚至没有闭眼。开始她的心像一块铁沉重地坠着她，后来仇恨的火焰把它烧化，化成沸腾的白炽的铁水。六团以为自己活不了了，正在死去。旁人也看出了这一点。她们说：就是死，你也要死在鞠家。六团最终彻悟了这个道理，她没有任何选择，她活着或死都要当鞠生的媳妇。她回大栗堡子了。

她瘦了。因为仇恨的煎熬她的身体渐渐干枯，她也哭，但眼泪一点也不能滋润她。她每天还是照样干活，伺候服仙。自从她跑回娘家又回来以后，服仙就不大和她说话。六团绝不主动开口。每天她把菜端到桌上，把饭盛在碗里端到服仙面前，服仙只垂一下眼皮。她恨她。有一股黑色的浓汁浸透六团的心，这日子太苦了，她不知道自己怎么才能活下去。再后来，当她把饭端给服仙，她感到恶心，而且难以抑制，就扭过身跑到院子里吐了。她怀孕了。

屋子里越来越暗，摆放整齐的家具渐渐模糊起来。六团侧着身子躺在单人床上，脸上呈现出一种痛苦的表情。她在做梦。

六团梦见一扇漆得血红的门，她用力推开门走进去。店里摆着一口大锅，一个人披散着头发跪在灶前拨火。当那个人回过头来，竟是服仙的脸。她爬起来打开锅盖，锅里躺着一个很小的人，像是个孩子。灶里的火苗一蹿一蹿，那小人儿开始扭动身体，无声地哭起来。六团看着吓得张开嘴想喊……但发现自己没有声音。她猛地吓醒了。

这是个什么地方？六团的心怦怦跳着，困惑地坐起来，慢慢想起这是鞠生的家。她还想起了下午，那时她一个人站在万年红百货店门口，她并没有推门进去，而是想等鞠生出来。但没有人出来。她觉得害怕，渐渐又感觉害臊，她的脸发烫可手脚冰凉，一副要哭的样子。街对面站着小个女人和另外一些人，朝她指指点点，六团再也忍不住，转身逃跑了。

她走回红卫街的排房，有人想和她说话她不搭理。因为她们都是尸首畜生。不错，那些盯着她的眼睛，不正像躲在灌木丛后的狼或猪狗的眼睛吗？畜生！王八蛋！狗屄的娘们儿，六团想，偷人养汉的骚烂货！让你们身上长疮头上长癞，顶风臭十里。让你们遭千刀遭万剐，火烤油煎，死了没地方埋。屋门紧紧地关上了，六团倒在床上，她太累太困，于是睡着了。火焰暂时熄灭。

现在她醒过来，发觉天已黑了。她翻身下了地。从昨晚到这会儿她还没吃东西，觉得饿极了。透过窗玻璃六团看见外面有亮儿，就打开门站在门口朝外看。她看见那亮光是从别人家的窗子里透出来的。她知道那是电灯，她在县城见过，但心里仍然为那光亮感到惊讶。多亮啊，她想，真真比天上的月亮还亮千百倍。她回身看看屋里，看见头顶上也吊着一个灯泡子，她走过去伸手摸摸，不知道怎么才能让它也亮起来。正在这时，灯泡大放光明！六团惊呼一声缩回手，眼前金星四射一片昏黑。她不由闭上眼，迷糊了一会儿，再睁开眼时看见毛月姣站在屋里。

毛月姣手上拿了一个饭盒，里面装的是包子。她笑着问六团饿了吧，吃不吃包子？出于人类自救的本能，六团伸手接过了饭盒。

六团一个紧接一个地把八个包子都吃了，毛月姣看着她吃，还给她倒了杯水。六团吃着吃着脑子里忽然闪现一个念头：这馅子里别是下药了吧。这种与死亡有关的念头再次一闪而过。肉馅包子很香，六团吃得顺嘴流油，等她把包子吃光了，毛月姣从她手里拿过空了的饭盒，说：“喝口水吧，这包子油大腻人。”六团就把桌上的一杯水咕咚咕咚喝下去。毛月姣问：“饱了？”六团答：“嗯哪。”毛月姣抿嘴笑笑。

晚上的毛月姣和白天的毛月姣完全是两个人，柔声细气地哄着一个善良而不幸的孩子。她告诉六团鞠生不是出差了，他人在，只是不愿见她。她劝了他一天，可没有用，看样子他真是吃了秤砣铁了心，这可怎么好呢？她很伤心，头上的灯光在她微微浮肿的脸上投下几片暗影。嫂子呀，你听我说，看戏看头夜，种田看头年，如今他这么多年都熬过来了，你现在来实在是晚了。当初你们怎么就做下了冤家哪？可怜，作的什么孽呀！一串眼泪扑簌簌掉下来，剩下一滴挂在睫毛上颤动着。六团非常惊讶。

接着，她看着毛月姣从衣袋里掏出花手绢，以为她要擦掉那滴眼泪，可是她把手绢塞到六团手里。六团更惊讶了。

打开看看吧，毛月姣说。这时六团感觉到折起的手绢硬撅撅的，像是包着什么。她打开手绢，三张纸落出来，掉到地上。可那不是纸，是钱，三十块钱。毛月姣弯下身把钱捡起来，再次放到六团手上。这钱是给你的，她说，要是你同意跟老鞠离，老鞠再给你三百块，有多少的债也该了了吧！他可是舍不得吃舍不得穿呀！还有，毛月姣从口袋里又掏出一块手绢，这次她用手绢擦擦眼角，擤了把鼻涕，还有就是我求你了。毛月姣吸吸气，抽搭起来，嫂子，求求你离了吧，我保证老鞠养娘养你养到死，咱们就算亲戚，还往来、我毛月姣今生今世念你的恩情，来世变牛变马变……门突然开了，一个五岁的男孩儿出现在门口，轻轻叫了一声“妈!”毛月姣泪光闪闪，看看孩子说：“你来作啥？谁叫你来的?”男孩儿咬着嘴唇不出声，眼睛死盯着六团。毛月姣起身走过去，伸手把孩子一把抓过来，眼瞟着六团说：“叫，叫大姑，这是你大姑。”小男孩儿眨巴着眼紧靠在毛月姣的怀里，仰起他的小脸，望着妈妈的下巴颏。

儿子，六团看见了，是儿子。一直到这个儿子进屋之前，六团都被一条无形的绳子捆着。她的心始终迟钝沉重地跳着，不能给她以说话和任何行动的指示。但是这个孩子的出现，像把刀子一样尖利地划破她，她觉醒了，绳子断了，她自由了。她强烈地感到了自己的一无所有，这使她自由。面前的这个女人是她男人的姘头，长着一副大厚嘴唇说哇说哇，还养了三个儿子，花她男人的钱，她的手正搂着她儿子的身体。六团恨她，恨这个男孩儿，她只有恨，这是她唯一的财富。她用她全部的财富聚集起的力量，猛地一挥，扇在毛月姣脸上。

毛月姣只眨了眨眼。六团吸了口气，使出更大的劲儿扇了毛月姣第二个巴掌。这时候毛月姣反扑了。她低下头，猛冲过去，六团被撞得连连倒退，抵在墙上。毛月姣张开血盆大嘴：你个没人要的东西，你死了那条心吧，你男人不要你，你就一个人等死去吧！呸呀！她朝六团啐去，唾沫喷了六团满脸。六团浑身在发抖，她听见上下牙在磕磕碰撞。她从心中发出一声咆哮，低下了坚硬的、像大地一样沉重的头颅。

毛月姣被撞倒了，倒下的同时她伸手揪住六团的头发。六团也随着她倒在地上，压住了她的身体。两个人在地上打滚，发出阵阵凶恶的呻吟。是毛月姣先感到了害怕。这个女人是那么有劲，那么凶猛，那么的毫无知觉。是的，六团就像一个一直在和激流搏斗的人，而现在她终于顺水而下了，再没有什么能阻拦她，她能咬死狼，咬死狮子。

小儿子尖声哭起来，门开了，一个八岁和一个更大的男孩儿冲进屋，他们看见被六团压在身下的毛月姣，大声喊着：妈！妈！攥紧拳头狠砸六团的头和后背。但六团没有知觉。她的手臂像岩石一样粗硬有力，手像两把钳子，卡住毛月姣的脖子。呼吸变得一刻比一刻痛苦，毛月姣的眼睛越睁越大，渐渐突了出来！六团的脸上迸射出万颗金星，被一片可怕的白光所笼罩。这时那五岁的孩子抓起地上的一个板凳，朝着六团的头砸下去。

毛月姣终于发出声音，她嘶哑地喊：救命！杀人啦！

许多人冲进屋子，许多双手揪住六团，把她从毛月姣的身上拖起来。毛月姣挣扎着从地上爬起来，还没站稳就张开锋利的手指去抓六团。白炽的火焰隆的一声从面颊上烧过去，疼痛使得六团眼前漆黑一片。她发出一声拖长的哀号，挣开众人，她的手揪住毛月姣的衣襟用力撕扯，一根根纤维发出惊心的断裂声。衣服从领口到下摆彻底撕开了。

两个圆滚滚的大奶颤动着，令人震惊地呈现在灯光之下。灯光还在毛月姣雪白丰腴的肚皮上投下两块黑幽幽的影子。

这巨大的双乳仿佛悬浮在空中，发着光，使人眩晕。连六团也感到了迷惑与激动。她听到一声惊讶的叹息，不知是从哪儿发出来的。在惊骇与憎恶的冲击下，六团的手指战栗着伸向那柔软而富有弹性的肉，在接触之后坚定地划了下去，光滑而紧密的皮肤裂开了，首先现出四道灰白的印迹，然后无数颗血珠迸发而出，绽开鲜红的花朵。

毛月姣哭了，她哆嗦着用手揪住撕破的衣服，试图掩住胸口，她的儿子们看着她。但六团不让她这么做，六团要把她的衣服撕成碎片，把她的胸脯撕碎。女人们拼命揪住六团。六团的指甲缝里塞满血污，手臂如在狂风中一样挥舞着，她挣扎、喘息，断断续续地喊着，老屄色的，让你浪，我弄死你个骚娘们儿！你个婊子，狗鸡巴驴鸡巴操的！

毛月姣号啕大哭，冲出屋门，冲进黑夜。身后跟着她的三个儿子，他们哭喊着：妈！妈！余音飘得很远很远。

红卫街排房的人把六团锁起来了，锁在鞠生的屋里。夜深人静的时刻，六团从后窗子爬出来，她跑了，跑回大栗堡子去了。

那时正是割豆子的季节，没有女人下地，除了六团。中午歇气儿的时候，六团只觉得腰像要断了似的疼。她一步一步挪到家，服仙做了饭等着她。两个人坐到炕上吃饭，服仙吃完一碗高粱米水饭，六团接过她的空碗要去给她盛饭，她伸腿下炕，一条腿去够鞋的时候好像抻了一下。她给服仙盛饭回来，又给自己盛了一碗，当她朝炕上一坐时只觉得身子下面一热。

一下午六团都躺在炕上，下身一直在流血。到了天快黑的时候，她就昏过去了。她流产了。

就在六团那天深更半夜从鞠生家逃出来，从遥远的小城向着大栗堡子逃奔而回的时候，发生了一件大事。一具尸体从拉连河里被捞了出来。

八月天，去下坎打草的后生跳到河里摸鱼，结果摸到了这具尸首。尸首已经泡烂了，而且被鱼吃了一部分，但仍然能分辨出是个女的。大栗堡子也有男人在下坎打草，这可怕的消息像野火一样吹进了他们的耳朵里，点燃了他们脑袋瓜里一个惊魂动魄的念头。

他们跑哇跑哇，跑得气都要断了，来到捞出尸首的地方，他们怀着无比惊恐的心情辨认了尸首。然后他们就把服仙的尸首抬回了大栗堡子。正在他们蒙头转向不知道下一步该怎么办时，六团灰乎乎的失魂落魄的身影出现在村口。

远远地看见了大栗堡子，六团就像一个在海上绝望漂泊的人看见了陆地，当然她从未看见甚至也没听说过海，她是在噩梦之海中漂泊。一路都是被噩梦魇住了的感觉控制着她。现在梦终于醒了，她的心总算落了地，她只想赶快进家门，倒在炕上蒙头大睡。只是她有点奇怪，屯子里的人都上哪儿去了。这时候二丫头迎面跑来，跑着跑着看见了她，就站住了，两眼瞪得滚圆，面如死灰，忽然一扭身，冲到墙根儿吐起来。六团吃了一惊，紧走几步，走到二丫头身后问："咋啦？"二丫头吐了一地的粘东西，六团伸手在她背上捶捶，又问："你这是咋的啦？"二丫头缓过气来，直起身子，六团看见她的嘴唇动了动，说："哎呀妈呀，吓死我了！"六团问："啥事儿把你吓成这熊样儿？"二丫头转向六团，张了张嘴，什么话都没说就哭起来了。

六团昏了过去。她一路哭喊着："娘哇，我的娘哇！"凄厉的呼唤响彻了大栗堡子的上空。在家门前的空地上，她看见了无遮无挡地躺在地上的服仙，一下子就昏过去了。

六团一直哭，哭了一天一夜，又哭了一天一夜。其间除了昏昏沉沉地浅睡之外，醒来就是哭泣。那两天六团低低的呜咽在人们耳边时断时续，到后来每一次的停顿都叫人不由得期待着哭声再起。

尸首在西屋放着，盖着一领席。当六团的哭声终于一点点弱下去，各种各样的关于服仙是怎么死的说法在屯子里传开了。有的说服仙是不留神掉到河里了，还有的说是她故意寻死，生生让儿子给逼的。种种说法最后都传到六团的耳朵里。六团混混沌沌地想：命，命哇命！但突然间，长空中一道闪电，血液在她的血管中嘎啦啦凝结成冰。天爷呀，她想，是鞠生把服仙弄死的。霎时她的心如一泓明镜，照见了一切。鞠生逼死了服仙，是他把服仙推到江里淹死的。他要让服仙去作证，服仙不肯去，鞠生就急眼了……混浊的水面下晃动着一团团模糊可怕的影像，就是在这个时候，六团的哭声停止了。屯子里的人一时间都觉得心里头有点儿空荡荡的。

六团身边一直有女人陪着她哭，这时她们发现六团整个人像是在很远很远的地方。她们担心是服仙把六团的魂给带走了，她们就叫六团，鞠家大婶子盘腿坐在六团面前，带头喊道："六团哇，你回来哇！六团哇，你回来哇！"别的人跟着她一起喊，一直喊到眼泪重又顺着六团灰黄的面颊流淌下来，她们才住声，松了口气。后来，鞠老大以长辈的身份想问出六团去城里的情况。六团说得含糊不清，说来说去就是那几句话：那个骚屄娘们儿把鞠生藏起来了，不叫她见，她和那个破鞋干了一仗，城里的人想把她扣起来，她逃回来了。于是大家都明白了鞠生在城里是有了女人，就齐声骂鞠生，骂几句鞠生，哭几声服仙；后来下葬的事儿也夹杂在其间定下来了。

老鞠家的人四下搜寻来了一些破木板，凑合着钉了口棺材。服仙就被放进了棺材里。这一切六团都呆呆地看着，后来又有人提出来是不是该把鞠生叫回来，六团泥塑般的脸上掠过一道阴影，她断然地说，鞠生在那个骚娘们儿手里，叫不回来。

下葬的头一天，棺材在院子里摆着，老鞠家的几个小辈人都来陪这最后一夜。六团已经不再哭了，只是人还发木。夜深了，蚊子和小飞虫越来越密集地团团围着唯一的油灯飞舞；蛾子冲进火中，扑扇着燃烧的翅膀，落到炕上。大伙儿不由自主地谈起了鬼，说起了死去的粉儿，又说起更早年间的一个叫多伦的女蛮子，怎么成了孤鬼在大野地里游荡，直到她的仇人家的人都死光了，她才离去，也不知她去了一个什么样儿的地境儿。阴曹地府呗，有人说，阎王判官说叫你去哪儿你就得上哪儿去，九九八十一个去处呢！有人说不是，是七七四十九层地狱。二丫头嚷：妈呀妈呀，别说鬼了！她哥就笑她：怕个球呀！哪来的鬼！现今有共产党毛主席，还有贫下中农，该杀该判该咋整治就咋整治。活人才能治活人，真死了谁还治得了谁哇？啥鬼不鬼的。六团一直坐在一边没出过声，这会儿忽然开口问：弄死了人咋整治法？二丫的哥说：杀人抵命，没啥说的。六团的嘴唇微微颤抖着，说：那儿子弄死亲娘呢！所有的人都吓得一激灵，都不出声了。也就在这时，一阵邪风不知从哪儿刮进屋来，油灯忽闪忽闪地晃动，巨大的人影子也满墙地摇晃起来；火苗一明一灭像魂儿似的挣扎来挣扎去，最终挣扎不过了，噗地冒出一缕青烟儿，灭了。屋里一片漆黑，只听见二丫头尖叫一声：妈呀！

当东方泛起鱼肚白的微光，天上的星辰越来越淡地在天空中消融，乡野渐渐地从无边的灰暗中显露出来。黎明前的空气像水一样清凉。这时候人都被瞌睡征服了，有的后生溜回了家，剩下的闺女们歪歪斜斜地睡了一炕。在灰蒙蒙的晨光里，这些睡着的人，她们那不自然的扭曲的姿势，使她们看上去像是死去了。只有六团一个人睁着眼睛，眼睛里并没有生命的迹象。

六团正忍受着来自眼底的疼痛。在那里，毛月姣的血正从雪白的胸脯往下流，而那个已无法辨认的万分可怕的服仙，眼窝里露出白骨，叠印在红白交映的血光里。她不想看，她想闭上眼睛，但做不到。她的眼珠胀大了，干涩得无法转动，同时有亿万根小针在飞速穿梭。六团最后呻吟了一声："天爷！"老天爷听见了这声呼唤，让她的眼闭上了，紧紧合拢了。一阵刺痛向全身弥漫开去。这时候鸡就叫了。

当棺材抬出院时，六团疯了似的扑上去拽住抬棺材的人。鞠老大问她咋啦，她连声地喊：等着；她返身跑进屋里，掀开箱盖，拿出自己平日舍不得穿的一套好裤褂，她唯一的一件绒衣一块围头巾，她抱着这几样东西跑出来，喊着要给娘带上，边喊边要去掀棺材盖。有人拦着她，她就连踢带踹地号起来：娘呀，你苦哇，你死得惨死得屈哇！俺不能让你就这么走了呀，娘！后来棺材就放下了，把这几样东西放进去。六团扒住棺材不让盖上，她又把脚上一双八成新的鞋脱了，搁在棺材里，哭喊着要和服仙一块儿走。女人们看得心都碎了。鞠家大婶子把头上的一根银簪子摘下来放进棺材里，让服仙带去使，又有人学她们的样子放进一个大瓷碗，一把断了齿的梳子，一双纳了一半的鞋底子，还有一小口袋的黄米……棺材再次抬起来时，发出嘎巴嘎巴的响声，但是被一片惊天动地的哭声盖住了。

棺材抬出了屯子，抬进了小树林，一路上哭声不断。邻村的人也跑来了，在地里干活的人停下活计，远远地望着。他们看见的是那副棺材像船一样在绿色的田野上漂浮向前，哭声就像起伏的浪潮。

六团在小树林里又昏死过去一回。她的哥嫂代表她娘家的人也赶来了。当六团扑到刚刚隆起的坟上，双手扒着泥土哭得上不来气时，她嫂子一屁股坐到地上，一只手拍着地仰起脖子面朝长空，老天爷哇老天爷，你可是得睁眼呀！俺妹子这辈子咋活的你可都瞅见啦，吃的是猪狗食干的是骡马活呀，她比那狗还忠心哪！过一天少三晌，白天黑夜她累死累活呀！俺妹子图稀个啥呀！不图黄金白银，不图獐狍野鹿，只图稀这辈子落下个好名声，生是鞠家人死是鞠家鬼，她大婶子！你咋一撒手丢下她走了！往后她还给谁烧火做饭，端汤倒水儿呀！六团听着听着就哭死过去了。

这次下葬仿佛是一场洗礼，使屯子里的人看到六团已不是过去的六团了。她已经分成了两半，一半跟随服仙去了阴间，去侍候婆婆，另一半留在阳世为了等男人回来。她的男人其实是一条十恶不赦的野狗。

就在服仙下葬之后，一桩可怕的罪行传开了。服仙是被亲生儿子害死的。服仙失踪前的一天，鞠生曾逼着她第二天去公社作证，服仙不答应，鞠生的脸就黑了。服仙说就不去你敢弄死我！鞠生说咱走着瞧。服仙劈头盖脸地骂道：你个狼崽子，没心肝的；鞠生上前一步：去也得去，不去也得去，由不得你。这时候他们娘俩儿已经是在去公社的路上，或者是在江边上了。

服仙还是不住口地骂，鞠生的脸阴得像锅底。他再次问：你去是不去？服仙把一口唾沫啐进鞠生眼里。鞠生一抬胳膊，把老太太推进了拉连河。服仙扑腾了两下，临死前叫出丈夫的名字。

有人在江边看见过服仙母子二人，有人甚至听见了那最后的呼喊，似乎是：他爹，俺找你来啦！还有一种说法是鞠生是在半道下的手，然后把服仙装进麻袋包里，扛到江边扔下江去的。因为确实不止一个人看见鞠生扛着个口袋在路上走过。

整个大栗堡子像一口开了的锅，形形色色的药不断扔进锅里，混合成毒性剧烈的黑汤，毒气在空气中弥漫。而这时六团却睡了，她睡了三天三夜，睡得就像死过去一样。屯子里的人甚至还为此虚惊了一场。

她静静地躺在炕上，阳光先从东边照亮了她右面的脸颊，然后鼻子的阴影渐渐缩小，正午的太阳在她的脑门上反射出一层幽光，然后再次投下鼻翼的暗影；六团的睡眠随着广阔大地的巨轴在缓缓转动，转向越来越浓的暮色。

夜深了，星星变得更大更明亮，四野空旷而寂静。鸡叫声打破了这寂静，但是并没有惊醒六团，早晨的太阳又悄悄升起来。

三天三夜的睡眠之后，六团醒了。她觉得自己像是换了个人，脑袋瓜里无比清亮，身体里蕴藏着力气。而且最重要的是她做出了一个决定，她的身体做出了一个决定，她要去告鞠生。告他弄死了服仙，事情就是这样。这会儿他正和那个白胖的娘们儿睡着，可他跑不了了，他就要下地狱了。想到这儿，想到她六团，居然能有这么大的本事，把这个害了她一辈子也害了服仙的男人活活揪回来，跪在她面前哆嗦着磕头求饶，六团就止不住兴奋地战栗起来。天爷呀天爷，她暗自叨念，你可指给我一条道儿了！地狱就在前头，门儿也是能弄开的。她的心咚咚地跳着，越跳越有劲，原先蜡黄的脸泛着红光。六团活了，可算活了。

在各种各样的传言之中，还有一个传言，说哪儿哪儿也走丢了一个人。六团听了先没觉出什么，过了会儿忽然一激灵，她想：地底下埋的是不是服仙哪？一天之中，她像犯魔怔似的，一会儿一激灵，老觉得服仙就站在她背后，用一双死人的眼睛盯着她。后来又传来话，说别处走丢的是个半大小子，六团那颗不定的心才安稳了，重又起劲地跳动起来。

六团懂得告状要上法院。而她对法院这类地方并不陌生。这是有文化的鞠生给予六团的唯一的教育。最早乡里叫六团去，六团那时候也就二十二三岁，吓得一个劲儿哭，说不出话来，人家就让她走了。后来她听说官司判下来：不准离婚。过些年她又到过区里，那时鞠生已被下放，六团怀过的孩子也没了，鞠生又一次回家来，听说他请区上法院里的人吃了席，席上有他从城里带来的酒，还有不少的肉菜。六团心慌了，她和服仙一块儿跑到区上法院去哭诉。然后又找着了刘赤库的家，就在公社所在地的大三洼子。刘赤库在区里法院上班，不老回来，六团和婆婆两个人天天堵在人家门上哭。刘赤库的老婆先还给她们端碗水，陪她们抹过两回眼泪，后来也经不起每天这么个闹法儿，刘赤库就说根本不认识鞠生这么个人，也不管这桩案子。于是也就没人提下文了。鞠生一去又是多少年，再见着鞠生他就有了白头发。他们三个人围着炕桌吃猪肉罐头。鞠生一低头，灯下，他的脑瓜顶上像落了一层灰土。可他回来还是为了离婚。他说多少年不在一起过，根据哪条哪条法就该算离了。他说这话的时候用了一个六团没听懂的词：发生性关系。可六团明白了这层意思。她说那你还找我干啥。她心里有数，就是一百年不在一起也白搭，共产党毛主席向着她，不向着那些狗男狗女。鞠生写了长长的状子递到县上，上面写着这些年他没和郭六团睡过觉，可是谁证明呢？他就去求服仙。服仙哪能为他证明，她要是答应了就不得好死。对了，服仙是说这句话来着。六团的思路到了这个地方，真的和假的已经难以分辨了，她自己也分不清什么是真事儿，什么是她想出来的。她记得服仙说：你自个儿缺德还不算完，还想叫我也不得好死哇！鞠生说：你要不去我就不认你这个亲娘。服仙大声嚷：哪儿就称了你的心随了你的意了？天塌下来砸不死我我就是你娘！你要我证明我就证明：你回来那天就钻了六团的被窝，我亲眼瞅见了！鞠生也大声嚷：放你奶奶的狗臭屁！你可别把我逼急眼了！服仙喊：逼急眼了你就杀了我吧，不杀死你亲娘你不是人揍的。鞠生就要找菜刀。六团冲上去把菜刀抢到手里，死攥着不放。鞠生就踹了她一脚。后来，后来鞠生没下得了手，第二天他走了，服仙也就不见了。后来六团去城里找服仙，没找着服仙倒见着了鞠生的姘头。她把鞠生给藏起来了，兴许就是那个骚娘们儿给鞠生出的主意，离不成就弄死她们。除掉了服仙和六团她就能和鞠生过了。

六团的脑袋瓜现在非常好使，比以往任何时候都机敏清晰。她编织着一张网，这张网越织越密，黑匝匝的，最终将没有缝隙，透不过一丝光亮，把鞠生死死罩住。

从早到晚，六团生活在罪恶之中，她的话就是铁的事实。她听见有人议论，说鞠生干的事儿也邪，咋没杀了六团呢？他真正该弄死的是六团呀！六团也这么想。她想对呀，可不是嘛，他是想我死，他一门心思就是想我死！我要死了他的事不就结了，他就能踏踏实实热热乎乎地搂着那骚货睡啦！她听见了毛月姣在枕头边上对鞠生说：弄死她！弄死你媳妇！可她怎么能听得见他俩说话呢？当然是毛月姣泄露的。毛月姣努着大厚嘴唇冲她说：你还敢找上门来，没弄死你，算你命大，你就等着死吧！六团听她说出这话时就扑了上去，和她撕巴起来。

夜深人静时是六团的思维最活跃的时候。她看得见所有发生的细节。她甚至去实施这些细节。罪恶就发生在半夜。六团醒了，被一个声音弄醒的，她一睁眼就看见鞠生站在屋门口，像个鬼。六团真的看见了，她吓得一骨碌坐起来，鞠生不见了。六团觉出大事不好，她推推服仙，可服仙不在她身边，她身边没有服仙，这么说她是和鞠生睡在西屋，她忘了。她究竟和谁睡在一个炕上，这个事实在她心中总是含混不清的。如果她可以选择的话她会毫不犹豫地选择和服仙睡。因为她实在不能想象她和鞠生躺在一处。她忽然想起她和鞠生曾坐在西屋的炕上，月光下那沉寂的恍惚的一刻，然后一只臭虫咬了鞠生的腿。那么说她是睡在西屋。半夜时分，当她一睁眼看见鞠生像鬼影子似的消失在屋门口，六团下了炕，悄悄地追出去。在院儿里没有鞠生，什么也没有。她转了回来，这时她看见屋门口的地上，月光里盘卧着一条蛇，她吓得尖叫一声“妈呀!”叫过之后四下里没有任何动静，地上的蛇也一动没动，她这才慢慢看清了，那不是蛇，那是一条绳子。鞠生正是想用这条绳子勒死六团。绳子还在。

穿着官衣的警察老范来大栗堡子调查这桩人命案。六团交出了一股截绳子，作为物证老范把绳子收走了。六团还指给老范看了她捡起绳子的地方。屯子里的人带着老范去了江边，到发现服仙尸首的地方去了，老范在江边的茅草丛里转悠了好半天，不让人靠近他。那天是个阴天，风吹得茅草一片片地倒下，老范头上的帽子时隐时现。老范还被领到服仙的坟头上。曾经举行过的葬礼历历在目。昏死过去的六团好像仍然趴在坟上。老范都看见了。而且他还感觉到六团的形象渐渐发出光芒。大栗堡子的每一个人都站在这光芒之中。六团的美德就是他们的美德，六团的苦难就是他们的苦难。六团播下的火种在每个人心头燃烧。这样一场熊熊大火给警察老范留下了深刻的印象。

县公安局发出了一封公函，内容是经鞠生的爱人郭六团和大栗堡子贫下中农的揭发，及公安人员的调查，鞠生被确认为杀死服仙的嫌疑犯。时间是一九七四年九月。

鞠生被抓起来的消息传到六团耳朵里。她先是十分震惊，这种又怕又激动的心情使她夜里难以成眠。她原先只是一个灰头土脸的妇人，就像地上的一块土坷垃。她的存在几乎完全是被动的，老天刮风或下雨，地上的石头能有什么想法呢？命运对于六团就像老天对于石头一样。但是现在石头却有了想法，不仅有了想法，而且石头感到：风哇雨哇，雪哇霜哇，这些老天的旨意里竟也含有石头的意愿。六团触摸到了命运，正是这感觉使她无比地惊恐激动！她一生一世从未经历的，一生一世一直在等待期望的一件事终于发生了，而这件事的发生竟也有着六团的作用。接下来一种深深的欣慰和满足渐渐地浸润了六团干枯的心田。她睡着了，而且睡得很沉很香，不再有噩梦。

六团发现自己下身出血时，她和服仙正在吃高粱米水饭。她觉得下身一热，解开裤带看到一团暗红的血块，她的腿立刻软了，瘫坐在炕沿上。服仙搁下碗一口气跑出去四十几里地，去请家住在双流镇的仙姑大燕尾儿。

天还没黑的时候，服仙和大燕尾儿进了门，还带着一个呆傻的男孩儿，说是大燕尾儿的侄子。六团整个下午都在流血，垫在身子下面的灶灰黏乎乎的，使她觉得自己躺在烂泥地上。油灯下跪在炕头的大燕尾儿头发油光光的，散发着一股逼人的臭香。她那两片又薄又长的嘴唇呈现出深紫色，在脸上虫子一样地蠕动着。她双目紧闭，而她身后的黑暗中，那个呆傻的男孩儿始终翻着白眼，像两个一动不动的玻璃球悬浮在昏暗之中。这是六团最后的记忆，然后她就昏死过去了。大燕尾儿说她之所以没能逮住那个叼走六团孩子的黄狼精，是因为那天晚上没有星星也没月亮，这叫做撞上天狗。本来她已经抓住那孩子的一双小脚，可撞上了天狗，把她眼瞅着要成的事给毁了。

天狗本要把六团也一块儿叼走，幸亏大燕尾儿的侄子看见了，他的眼一瞪，像两个探照灯似的冒出两道光，号叫了几声，把天狗吓跑了，也算是六团命大。

流产后的第三天六团就下地干活了。太阳下她汗渍渍的脸发出绿光，身上的布褂子全被汗溻透了，紧贴在她身上，露出一根根骨头的影子。那正是割黄豆的时节，六团头朝下，背拱起，从早上干到太阳下山。有时她想直一下腰，但她发现自己做不到。她的腰已经永远地弯成弓形，如果她想把它弄直，就要忍受剧痛，于是六团放弃了，继续顺着田垄向前挪动。汗水从她的后背流到脖子上，又顺着脖子流到下巴颏上，滴落到泥土中。六团想，天狗在哪儿呢？为啥没把自己给叼走呢？天边上，灰褐色的田垄终于融进了灰白色的远天，也许天狗就在那儿。

失去了肚子里的孩子，六团的身上不再流着鞠家的血了，她感到加倍的虚弱、卑贱。只有更加忘我地为这个家干活，服侍服仙。六团献身的意愿那么明显，连服仙都感觉到了，她一直怀着嫌恶和同情交织的矛盾心情。终于有一天，服仙和六团说：不要把孩子掉了的事告诉鞠生。服仙的这句话使六团一下流出了眼泪。接着她再也忍不住，当着服仙的面大哭起来。服仙先看着她，然后开始抹眼泪，渐渐也哭出了声。六团听见了服仙的哭声，抬起泪眼，服仙像水中的影子模糊不清地晃动。两个在滂沱的泪水中浮现的身影接近了，婆媳俩抱头痛哭。

六团和服仙商定，孩子没了的事一定瞒住鞠生，同时写信催鞠生快回来。等他回来了，他一定会和六团睡的，因为六团身上已经怀上了他的骨血。然后六团就会再次怀孕。如果说六团这一生真正渴望过什么，那就是渴望这次怀孕。写给鞠生的信上说服仙身体不好，怕是染上什么病了，希望他能来家看看。信发出去以后，她们俩等了近两个月，等来了鞠生的一封信。信中说他忙，不能回家。随信寄上五元钱，请母亲大人查收。至于他先前已经知道的六团怀孕的事，他问都没问一声。

只有一个原因能够解释鞠生这种绝情绝义的举动，他在外面有了女人，尽管他从来没有承认过。六团问服仙咋办呢？服仙答不出来，可过了两天服仙有主意了，也许是从别人那儿讨来的。她说该给鞠生工作的地方写封信，求当官主事儿的人让鞠生回家来，不让他在城里待着了，省得他起外心，要把老婆给离了。六团的心头一惊。就像她手里一直握着一样玩意儿，可她不知道这叫枪，扳机一动枪响了，六团吓了一跳，继而一阵揪心的惊喜。信是六团求支书写的。

支书写完之后把信给六团念了一遍。六团听起来觉得像戏词儿，什么陈世美啦，包青天啦。六团问是咋回事儿，支书告诉她，他把鞠生比作陈世美，把管着鞠生的上级比作包青天。六团心想支书可真不是白当的。

此时鞠生确实正在恋爱。热恋的对象是个没考上高中在他工作单位当管理员的姑娘。也许在收到那封信之前人们就有议论，那封信促使领导采取了行动。他们被抓住时穿着衣服，但是小仓库的门反锁着，敲打了半天才开。巨大的耻辱使这个不到二十岁的姑娘就此离去。她放弃了她这份工作，躲在家里很久不出门。鞠生曾去找过她，但是被孙小玉的父亲骂出来。领导决定处理鞠生，作为正式职工决定把他下放。本来他们选了一个离鞠生老家不远的小城，但鞠生不同意，他说他可以去别的任何地方。在整个事件进程中，鞠生只在这一点上表示了自己的意志。于是他被下放到关内一个小县城。

服仙就是去那儿探望儿子的。六团在这段时间里和沟子睡了，后来又坚决拒绝了沟子。但这段经历在她心中留下了烙印。有时她盼望鞠生能回来，同时也不由自主地盼望和男人同房。她的脑子里会浮起一些想象，她感到自己的奶头鼓胀挺起，看见了自己在黑暗中的笑靥。她同样是个会浪的女人，她的身体如黝黑的沃土，期待尖硬的犁头，那时，她就化作无边的潮湿而又松软的波浪。但是鞠生再也没有回来，没有触摸过六团。而庞沟子早在多年前就被招女婿招到别的地方去了。

沟子后来当上了车把式，几乎没有再回过大栗堡子。这很自然，因为大栗堡子对他来说没有什么值得留恋。他家的破房在他离去之后简直就要倒塌了，竟然一直没塌，没有把老庞头砸死在里面，真是老天爷开恩。不过冬天里，大风还是把烟囱刮倒了一回，浓烟倒灌，从门、从窗缝、从窗纸的破洞里往外冒，那时这座屋子就像云雾缭绕，在太虚幻境一般。

开春了，六团去集上卖鸡蛋，远远地看见跟在犁地撒种人身后的老庞头，拄着根木棍在踩格子。他的身影像是纸扎的，在风中飘荡。

春风那么强劲，吹得六团的头发像燕子的翅膀在风中扑扇。大地呼吸着春天，吐出朦胧的嫩绿。

就是在这个春天里，在烧锅集上，六团遇见沟子了。沟子的目光像春风拂面，六团的心跳得快起来，不由得用手拢拢吹乱的头发。沟子倒一点儿也不慌，他穿得虽不新，可整整齐齐的，人也胖了，就像一口袋扎好了的粮食，又利索又敦实。沟子问六团吃晌午饭没？六团说身上带了干粮。沟子说我身上带着钱，去吃饺子中不？六团先说不去，可末了还是和沟子去了一个小馆儿。在小馆儿里，沟子要了二两烧酒。六团没有喝酒可她一直觉得晕乎乎的。因为这是她一生里头一次在馆子里吃饭，而且是和沟子在一起。她想：这不是梦吧？一边用手指甲掐掐自己的大腿。

饺子热腾腾地端上来，六团忽然想起了老庞头。她告诉沟子她出来的时候还瞅见他爹在地里。沟子只“嗯哪”了一声，没问别的。

沟子一仰脖儿把烧酒喝光，放下空杯子，六团急忙低下头。沟子说：吃哇，你倒是吃哇。六团就埋头吃饺子了。沟子睁着一双发红的眼睛直愣愣地看着六团，说：“真真糟践了。”六团问：“啥糟践了？钱哇？”她以为沟子后悔带她来吃饺子。沟子吐出一口酒气，说：“咋还没整明白？你六团生生给糟践了。”六团怔住了，直愣愣地望着沟子，渐渐地眼眶里盈满了泪水。沟子说：“哭啥？哭顶嘛！”六团一眨巴眼，泪珠掉在盘子里。

吃完饺子，六团要往家走，沟子说他赶车来的，能捎她一段。六团就坐上了沟子赶的大车。沟子看见六团的篮子里放着一双塑料凉鞋，问给谁买的？六团说给自己买的，夏天穿比布鞋耐穿，还能蹚水。六团看见沟子的褂子里裹着一块花布，问给媳妇买的？沟子说预备给孩子做被面的，沟子的媳妇说话就要生了，说完这句两个人陷入沉默。风已经小了，几乎停了，只是空气在静悄悄地流动。这是春天里最明媚的那种天气，小虫儿在飞着，在六团和沟子的沉默之中嗡嗡飞舞。一股微微的、内在的、含苞待放的气息从六团的身体里散发出来，沟子闻到了。

路前方是一片褐色的小树林，沟子一甩鞭子，马跑起来，很快来到林子边上。沟子吆喝牲口站下。六团问干啥？沟子说解个手，就从车辕上跳下来。他四下看看，朝林子走了两步，又转回身，他看见六团坐在车上一动不动，就问：“你不解手？”六团不吭声。沟子朝她走近，说：“没人，来吧。”六团咬住嘴唇，跳下大车。

在一丛矮树后，六团被掀翻在地，她听见自己的身体像块石头发出咕咚一声，惊飞了树枝上的鸟儿。没有痛楚，但是也没有那种感觉，只能感到下身来自沟子的打击。沟子像夯，要把她砸进身下的泥土里去。她不由自主的一声接一声地叫着，沟子在喘气的当口说："别出声！"六团于是咬住嘴唇，她在心中继续呻吟着：啊！啊！啊！欲望一点点渗出来，六团的知觉在苏醒，记忆之流开始畅通，就在这时候，犁头融化了，变软了。接着传来马的嘶叫，有人在喊：老板儿！老板儿！

沟子慌张地爬起来，提上裤子，骂道：杂种操的，哪个鸡巴玩意儿！他走出树林。

路边站着的是沟子邻村的两个人。其中一个对另一个说："瞅瞅，来了吧，我说啥来着，是沟子，差不了。"

沟子一边系裤子一边冲那两个人乐着："家走哇？"

一个人答应道："家走。"

沟子又问："上集上了？咋没瞅见你俩呢！"

又一个答："可不没瞅见咋的！"

沟子郑重地系好了裤子，拿起插在车上的鞭杆子，无声地嘟囔了一句：王八犊子！他纵身跳上车辕，回头冲小树林瞥了那么一眼。那两个人也相继一跳坐到了车帮上。沟子大声地吆喝了一嗓子："驾！"同时把鞭子"叭"的一甩，大车顺着树林边的土路走了，不一会儿就把小树林甩在了后面。

六团从地上费力地坐起身来，她蓬乱的头发上粘着草梗子，屁股上沾满了潮湿的泥土。忽然，她想起自己的篮子，篮子里放着那双塑料凉鞋。

服仙没能把鞠生带回来。她是一个人从城里回来的，身上穿了件新做的褂子。她和屯子里的人说到鞠生，总是一面叹气一面骂，可她真正想骂的是六团，她想说的是要不是有六团，鞠生八成就跟她回来了，回来再给他娶一个他看得上的。但是服仙既不能这么说也不能这么做。她说的与做的没有一样背叛了六团。但六团怀的孩子掉了，鞠生不肯再操她了，这个事实如鲠在喉，服仙咽不下去。那是一段最可怕的日子。六团唯一的靠山服仙，也靠不住了。她是不是只有死路一条了呢？她真的想到了死，可是她又害怕又不甘心。她唯一能做的就是战战兢兢，黑天白夜小心地服侍服仙，给她篦头，给她洗脚，给她捶腰，没有什么事六团没为服仙做过。夜里，当服仙睡熟了，她偷偷地流一通眼泪，一天才算熬过去。白天她必须是舒心的，要有笑模样儿，还要有规矩。这样难熬的日子记不清过了多久，笼罩着六团的阴云渐渐淡薄了，终于消散了。六团也变得炉火纯青。她那无尽的冤屈和艰难被磨炼得愈发坚硬，体积越来越小，最终成了一块深埋心底的燧石。有了它，仇恨就会随时迸射火星，燃起地狱的大火。

日复一日，几十年过去了，六团和服仙相依为命地过日子，仿佛她们会地老天荒地活下去。六团从没有想到服仙会离她而去。但是婆婆却先走了。她上哪儿去了呢？她待在一个什么样的地方？有时六团忽然感觉婆婆还要回来的。有时她待在屋里会猛然回头，因为她觉得服仙在她背后。夜里她也惊醒过，以为服仙又躺在她身边了。这种错觉常常困扰她。有一天晚上，六团吹灯躺下可睡不着，后来她听见院子里有响动，就翻身下炕，轻手轻脚地走到门后，把耳朵贴在门上听了又听；最后她“哗啦”一声拉开门，冲着黑漆漆的院子叫了两声：“娘！娘！”她的呼唤被沉沉的黑夜吞掉。四下一片静寂，仿佛她不曾喊过什么，仿佛服仙也不曾存在。六团关上门回到炕上，躺下哭了。她不知道以后的日子怎么过，她心里面是空的。

大约又过了一个来月的样子，关于服仙之死和鞠生罪行的议论刚刚平息了一点儿，人们刚刚安于等待结果，平地刮起了狂飙，鞠生回来了！

消息是到下洼串亲戚的人带回来的，说是有人在江边看见了鞠生。他在江边转悠时让人看着了。见着他的人说他的头发长得老长，不像人样子。黄昏时分，在渐渐逝去的天光里，那阴森的孤零零的身影很快地消失了。

这是真事儿吗？人们怀疑。但是人们又情愿相信这是真的。因为如果一切老没有个结果，人们甚至盼望死人从地底下钻出来，回到阳世解决问题，不然怎么办呢？何况鞠生是事件的主角，而且压根儿就活着。

六团一听说鞠生的出现吓得要命。她不敢一个人睡，跑到鞠老大家和他家儿媳妇枝子挤着睡。她的理由很简单，鞠生是来杀她的。既然他连亲娘都弄死了，他能放过她吗？

两三天里，鞠生消失了，也许是人看花了眼。但是就在疑云四起的时候，屯子里的一个后生，马六指的儿子马成在离大栗堡子不远的庄稼地里亲眼见着了鞠生。鞠生还和他说话来着。鞠生告诉马成他被城里的公安局押起来了，他冤枉，服仙不是他弄死的。可是没人理他，怎么着都没人理，也不审他，就关着他。结果他逃出来了。他不信他娘死了，要是死了他也要把她从地底下弄出来问个明白。马成说鞠生在玉米地里过夜，吃生玉米棒子，鸡巴毛的跟野人似的，成天价吓人啦！

六团的第一个反应是告发他，好赶紧把他抓起来。可是她没去，因为屯子里没人开这个口，大伙都惶惶然不知道该怎么着。于是六团的脑子里又浮出第二种念头：是不是该给他送点儿吃的去？不过她也没去。实际上她什么行动也没有，只是又出工了。在她那张扁平的黑黢黢的脸上，看不出任何表情，恐惧、悲哀、仇恨都看不见了。而且她忽然失去了和人交谈的愿望，她沉默着。看上去她谁也不需要。她已经做好了最可怕的准备。可是她不知道那是什么，一点儿也不知道。她只是又搬回家自己睡了。

这时夏天快要过去了，还没有过去。大栗堡子的人却都有一种不寒而栗的感觉。也许是因为过于的激动兴奋，但更主要的是因为一种预感。人们聚集在地头或者炕头上，沉默会突如其来地降临，大伙的心就会不由地哆嗦一下。

那天，从一大早天色就很阴沉，团团的黑云无声地在天边聚集。

风掠过广袤千里的平原，田野开始不安地动荡起来。一个身影出现在通往小树林的土路上，在地里干活的大栗堡子的人立刻就发现了那是鞠生。在片刻的震惊、相觑之后，他们向他跑去，围住了他。鞠生的样子使他们几乎无法开口和他打个招呼，他的样子把大伙都吓毛了，仿佛他是从坟墓里钻出来的野鬼，眼睛像死人一样阴暗地看着屯子里的乡亲，就像他从来也不认识他们。他先开口了，他的话石破天惊。

鞠生说小树林里那个土包子下面埋的不是服仙。

所有的人都呆住了。鞠生又说了一遍，那不是我娘！二道甸子那边走丢了人，土里埋的是他们那地境儿的死鬼，不是我娘！四下还是一片死寂，只有庄稼窸窣的声响。鞠生的喊声带着哭腔："那不是我娘，操你姥姥的你们听明白没?"

张着嘴的老庞头忽然出声儿了，他说："二道甸子撩哪儿去了，瞎巴巴，他们的人咋能死到下坎来?"

老庞头的话使人们警觉，盯着鞠生的眼神变得阴沉起来。一个后生开口问："你说不是你娘，你咋知道的?"另一个说："可不，你咋知道的?!"鞠生的嘴唇僵硬得像是木片，说不出话来，他的眼睛憋得发红了，渐渐变成一双狼的眼睛，他盯着这一圈墙一样围住他的人；突然，他扑向一个后生，一把夺过他手里的铁锹，冲出人群。

鞠生疯啦！大白天的要掘坟啦！这消息伴着天空中的闷雷震动了大栗堡子，把大栗堡子兜底翻了个个儿，所有的人都倾泻到田野上，向小树林的方向滚动。这时天空变成黄色，起风了。黄风霎时间就滚滚而来，遮蔽了田野上的景物，人们的身影在黄沙中时隐时现。一团团的沙石打在六团的脸上，糊满了她的嘴，她满嘴沙子，断断续续地哀号着，冲在最前面，跌倒了有人把她拉起来，搀扶着向前奔。狂风把他们的衣服吹得紧紧地贴在胸前，有些人不得不背过身去。六团的头发披散下来，在风中狂飞，她一次次地摔倒又一次次地爬起来，终于跑进了小树林。

鞠生从已经挖成一个浅坑的坟边抬起眼睛，尘土给他的脸蒙了一层面具，他听见了风暴卷来的声音，其他的人也听到了。本来鞠生就是风暴的中心，但是新的更大的风暴刮来了。跑在前面的孩子尖声叫着：她来啦！六团来啦！

六团狂乱地挥舞着手臂，像是一路在和人厮打，她奔了过来，她的声音已经完全哑了，衣襟半敞着，露出了干瘪的胸脯。看见了鞠生，她突然站住，眼里闪过一片疯狂的光，她用干枯的手指猛抓自己的胸膛，深深地划出一道道血印，同时发出像狼一样的干号。小孩儿被吓哭了，鞠生死死地盯着这个鬼一样的女人，站在他身边的其他男人也像他一样怔怔地看着六团，仿佛被梦魇住了，动弹不得。接着，六团冲向鞠生，一头撞到他身上。

鞠生仰面朝天地倒下了。当他爬起来的时候，六团已经扑倒在他挖出的坑里，用头拱着坑里的土，用一种不是人声的声音嘶喊着："弄死我吧！把我埋了吧，你个畜生，不是人揍的，老天爷要罚你，要雷劈了你！你跑不了！你死……"六团的声音忽然卡住了，她再发不出声音来了。这时天边闪烁一片绿光，头顶上，闪电掠过天空，发出细碎的噼啪声。人们抬起头望着老天，雨点开始落下来，硕大的雨点打在人的脸上，砸进他们的眼眶里，砸得眼珠生疼。人们一动不动地站着，沐浴在老天的意志之下。这意志铺天盖地地降临，震慑大地。这个时候，谁也没有想到，连鞠生自己也没有想到，他纵身一跃，跳进坟坑里，抬起腿朝六团狠命地踢起来。

小孩儿的哭声在雨中尖利地响起来，夹杂着女人们的尖叫：王八犊子！挨千刀的！还不绑了他！男人们终于惊醒，在茫茫大雨中扑向鞠生，把他从六团身边拉开。鞠生奋力挣脱，他们就把他压倒在地，连踢带打，人们怒吼叫骂着，声音盖过了雨声。鞠生像狗一样在泥地里爬着，然后钻出人堆，踉跄地跑了几步，但是立刻又被围住，更重的更多的拳头落在他的头上。最后他被捆了起来。雨中的鞠生满身泥水，头发一绺绺湿淋淋地贴在额头上，他被拉扯着向屯子里走去。这时他的骂声冲天而起：六团！我操你八辈祖宗！六团你个臭屄，我和你没完！你害我一辈子，我非杀了你，活宰了你！你个狗屄娘们儿！你活不了啦！

六团一动不动地倒在坑里，她的身体蜷缩成一团泡在泥水之中。狂风夹着雨点抽打着她，她一无所知，她已经死了。地狱之火已经着起来，她和鞠生被捆在一起，他们的血和肉被一点点烧干烤焦，身体变成了黑漆漆的两段。六团的耳边一直响着痛极的惨叫，但难以分辨是谁的声音。

大雨如注。

深夜里六团哼哼着，啜泣着醒来，全身都汗湿了。她躺在炕上，记不清躺了多久。她只记得一片模糊的可怖景象，以及炽热的感觉。她只觉得人是躺在烧得烫手的火炕上，她一直在喊着：别烧了，烫死人啦！可没有人理她。她哆哆嗦嗦地伸手摸摸土炕，惊讶地发觉烫手的不是炕而是自己的身子。这之后她就不再出声，默默地把自己交给了黑暗燠热的命运。一切的煎熬都变得无所谓了。六团在迷迷糊糊之中只感到一件事，那就是有人和她一起被煎熬着，她并不孤独，这使她踏实，使她不畏惧死亡。她心中有一种死也能闭上眼了的欣慰之感。

可她还是醒过来了。醒来的一瞬间，六团觉得自己躺在一片光明之中，渐渐她才辨别出黑暗，辨别出窗户，看见了窗外那个赤裸裸的月亮。

像往日的晴朗之夜一样，大地被月光染得一片雪白，大栗堡子的一间间土屋被分割成白森森的正面和黝黑的暗影。在那些死寂的阴影之中，有一个小小的黑影在移动。狗叫了两声就住嘴了。四野阒然。

六团慢慢地从梦魇中挣脱出来。狗叫声使她真的清醒了。她感到身上已没有了滚烫的感觉，她伸手摸摸脸，又摸摸胳膊，皮肤是凉的。她深深地吸了口气，吸进的也是一股清凉，当她把气吐出来时变成了一声微弱的叹息。她想：这么说，是活着呢。出了啥事儿呢？她一下子想不出，她很累也很渴。刚移动了一下身子就不由“哎哟”叫了一声，全身的每个骨头节都像断了似的疼。她想她是让人痛打了一顿吧！是谁打了她？她也想不出。过了一会儿，她更加强烈地感到口渴，渴得难耐，于是她咬着牙支撑起上身，坐了起来，手脚都有用，都使得上劲，身体也是囫囵个儿的，挺好。她想她八成是烧糊涂了，又想起一些其他的情景：小树林里被挖开的坟，一个女人头拱在地上在大雨里号哭，以及一阵诛心的叫骂……六团的心一紧，这时她完完全全地想起来了，是鞠生，是那个万恶的男人，他嚷要杀了她、弄死她！老天有眼，她活着，好好地活着呢！哪能让他如愿呢！六团这时觉得身上长了些力气，骨头也不那么疼了。再说这点儿疼又算得了什么？她只是渴，水就能救她的命。

她下了炕，趿上鞋，腿有点儿软可不碍事，她走到外屋，一把抓住水缸的沿儿，然后她摸着水勺子伸进缸里。水勺子碰着缸底发出坚硬的声响吓了六团一跳，接着她明白了水缸是空的。她愣了一会儿，咋办？她想，去谁家要口水喝，或者到井边去……

六团推开屋门，月光刷地扫射进来。她迈出门槛，屋外是空旷而雪亮的夜。大栗堡子仿佛冻结在银色的月光中，一片死寂。六团走出了七八步，不会更多，就站住了。她忽然感到一阵心跳，因为这时狗又叫了两声，而且就在离她很近的地方。狗叫之后，一阵风打着旋平地而起，卷着几根草棍在月光下飘飘忽忽地转。六团的后背升起一股凉气。她看见风朝她转了过来，一种突如其来的恐惧攫住了她，她想逃回屋去，把门插上。她觉出自己的腿在打抖，这使她更加的怕了。然后，就在她向后转身的那一刻，那个黑影从斜对面的黑暗中出现了，走进了月亮地，小小的脑袋上，乱蓬蓬的头发发出一团朦胧的银光，蹒跚着，无声地走向六团。

月亮迸射出火焰般的白光，四野一片灰烬。烟雾袅袅升起，化作团团灰云，交叉地飘移着。坟墓洞开了，死去的人从黑烟中走了出来，这就是服仙。六团叫道：娘！没有回音。她想再叫，但是却叫不出声，也许刚才的一声也并没有发出声音。而服仙已经来到六团的面前。

从服仙身上发出的气味使六团心惊。她想这也许正是死人味。那么自己是不是已经死了，来到婆婆跟前了呢？婆婆的脑袋瓜雪白雪白的，像个发光的球，环绕着一圈毛茸茸的白光，虽然月亮在她的身背后，她的脸也可以辨认。那是一张疲惫干巴的脸，好像睡着了似的眯缝着眼睛，接着六团听见了这个鬼影发出了声音："唉哟，遭死罪了，可算家来喽。"与此同时一股温热的臭气扑到六团的脸上，六团双腿一软，扑通跪到地上，吓哭了。

只听服仙的声音说："咋的啦，要死哇，粘豆包还有没？"然后服仙的身体就从六团的身边绕过去，走进了家门。

六团瘫倒在大月亮地儿里。她站不起来，也动弹不了，她只能一口接一口地喘气，她蜷缩着的身体像一只卧在地上的大猫，腹部微微起伏着。说不清究竟过了多长时间，六团渐渐想明白了，那个鬼影不是鬼影，确实是消失了许久的服仙。想到这儿六团倏地坐了起来。

现在她能够看到敞开的屋门，屋里依然漆黑，但在黑暗中的某处，服仙待在那儿。天爷呀，要是一切都没有发生那就对了。在服仙咂着嘴翻了个身的工夫，六团不过出来解个手。难道事实不是这样吗？在这一瞬间，六团忽然有一种无限自由之感，仿佛事物的面貌是可以由她创造的，或是去解个手，回到炕上接着睡觉，或是去做一件必须做的大事。那是什么呢？思路到此断了。六团缓缓地从地上爬起来，走进了黑洞洞的屋门。

服仙倒在东屋的炕上，像一堆破烂，六团冲着这堆破烂叫了两声：娘！娘！服仙动了动。六团凑近些，分辨出了服仙的头，她凑上前去，又叫："娘，你从哪疙来呀？"没有声音。六团伸出手推推服仙，服仙身子一抖，把六团吓一大跳，这时服仙嘟囔了一句："急啥，等完事儿了再说。"六团不由得问："啥事儿，完啥事儿哇？"服仙答道："等我包完粘豆包儿。"六团怔住了。刚才服仙就提到粘豆包，可六团没有顾得上想，这会儿她想起了有天早上服仙问过她粘豆包儿还有吗？正是那天，问完了服仙就不见了。老天爷是不是知道从那以后要发生的一切可怕的事儿呢？也许这一切都是他安排的。他让服仙消失，让她迷里迷糊地走丢了，仿佛死了似的，然后又把她从天边送回来。他为什么要这么干！他究竟偏向谁，要把谁推进罪孽的深渊呢？这时，服仙忽然在黑暗中吭哧吭哧地笑了，笑得很古怪，就像是在咳嗽。服仙发出的声音使六团万分惊骇。她不由自主地捂住她的嘴。服仙肮脏瘦弱的身体在六团手中抖动挣扎着，终于平息下来。六团刚一松开手，服仙就骂道："妈屄的，滚一边去!”

六团接触了服仙之后，心中的恐惧消失了。她压低声音问服仙：“你蹽哪儿去了？咋回来的?”服仙说：“管着吗你!”六团一把抓住服仙的肩膀，摇着她，摇得她像个瘪口袋似的直晃悠，“你到底哪儿去啦？你个老不死的!”服仙抬起脑袋，望着六团，六团看见一条闪光的细线从她的嘴角处流下来，服仙张了张嘴，“呸”的啐了一口，说：“王八犊子，不是人揍的，狗鸡巴操的，疼死我啦！疼死我啦！……”口水一个劲儿地从她嘴边流出来，六团一松手她就歪倒在炕上，继续嘟囔：“成价饿啦，给个粘豆包吧，饿体当了，行行好，给一个吧!”她开始啜泣起来，抽抽搭搭地哭着，哼哼着，好像这样很舒服，她的声音越来越微弱，最后归于沉寂。她昏睡过去。

现在只剩下六团一个人了，孤独而又绝望。她自言自语道：咋着呢？可咋着呢？有一会儿她真想放声恸哭，别的什么都不去想它了，可是从她的眼眶里却流不出一滴眼泪。她终于想起该干一件事，把灯点上，她就点上了油灯。可油已经不多了，火苗上的黑烟竖直地往房顶上蹿。在这昏暗的光晕之中，六团看见了一幅景象。她看见太阳升起来，黄澄澄的像个煮熟的鸡蛋黄，它冉冉上升，那时服仙从炕上走到地上，又走出屋门，她活着，活生生的，不管她多么肮脏，疯疯癫癫地笑着，她也是活着。她是老鞠家的人，是鞠生的母亲，那时，六团将无地自容，因为她想咒死婆婆，想冤屈男人，毒如蛇蝎就是用在她这种女人头上的。那就死吧，她想。奇怪的是六团想到死的时候就跟想那就回娘家去吧一样的平静。她用力吸了口气，从炕沿上站起身，脑子里在琢磨：怎么去呢？她先想到上吊，又想到跳井，接着如电光划破长空，她想她要投河。她要上路，走得远远的，就像服仙那样，没人知道她六团上哪儿去了，也没人知道她六团会不会有一天再出现。只有她自己知道她永远不会再回大栗堡子了。鱼将分食她的肉，啄空她的眼眶，带着她游向更远更远的大水里去，然后……

然后，当她想到然后，这时一个炸雷轰顶！她呆了。然后鞠生将冤情大白，他将回到城里去，踩着六团的尸首，就像踩着粪土。六团又看见了那片白花花耀眼的胸脯。鞠生的身子是模糊的灰暗的，像一条瘦狗，趴在主人的身边，他趴在毛月姣的身旁。大量的血冲上六团的头，她感到一阵昏眩。血在她的脑袋里加速地流着，发出隆隆的声响。这汹涌奔流的已经不是血液本身，而是血化作的怒潮，一浪高过一浪；难道，难道六团就这么白白地死了吗？今生今世的苦难难道能以一死了结！六团战栗着，然后，一声撕心裂肺的“不——”从她的心底冲出来！它不是声音，而是一股力量，一股炽热的气流，它挟着六团腾空而起，飞越了大栗堡子的上空，飞越了树林的尖顶和平坦的原野，如流星般坚硬地燃烧着，向着漆黑深邃的夜空飞去。人类永生的精神就是在这样的意义上产生的。

仇恨，如六团心中的深仇大恨使人类拥有了无限的权利，死亡和它相比是多么渺小可悲。六团在最后的时刻顿悟了，她不死，必死的是服仙。

此刻服仙倒在炕上，没有迹象表明她活着。也许她发出了轻微的鼾声，可她已经死了，早已死了。不管发生什么事情，她的命运已经决定了。而这个决定不是六团做的。罪恶也不归于六团。天上那个凝固不动的月亮和万古永生的太阳都能为六团作证，还有云，还有树，草，庄稼，房屋，屯子里的猫和狗，野地里跑过的狼和狼崽儿。猫狗生下小崽儿然后死了，狼崽儿长大又生了狼崽儿，只有六团像一块孤零零的石头。毛月姣的儿子能管鞠生叫爹吗？难道服仙能成为他们的奶奶吗？如果石头也有生命，它当然有，那石头就会裂开，流出鲜血。

六团"噗"的一口气把灯吹灭。她伸出手抓起炕上扔着的一个枕头。枕头从空气中划过时发出一股六团熟稔的气味，之后压在了服仙的脸上。

服仙的身体猛然伸展开来，急速地扭动着，似乎在她的身体里刮起了一场风暴，短促的风暴；然后变为一阵微弱的颤抖掠过全身，向着无限的自由消散而去。

四野静寂。一片游云把它小巧的影子投在窗户上。屋子里一下暗下来，仿佛是服仙的魂在离去时把什么发光的物质从屋里带走了。这时六团松开了手。黑暗中她的脸像窗纸一样灰白。她明白她干完了。

不，并没有干完。

这一刻她的脑子里一片空白，但她的心里很清醒。她知道她该接着干什么。她到院子里找到一截绳子，用绳子把服仙捆了起来，捆得尽可能结实，然后她把她拖下炕。服仙掉在地上发出"咚"的一声，六团觉得像拖的是一口猪。现在她得上路了，她得把这个死人的身体弄走。她试了试，这时她发觉自己错了，不该把服仙拖到地上，如果是在炕上，那把她扛到肩上要容易得多。靠着她一个人的力气现在她没办法扛起她来。六团出汗了，她愣怔了一会儿。她忽然想起服仙有回病了，自己曾经背着她去公社卫生所，于是她重新解开绳子，服仙像一株腐烂的苞米散开在地上。六团又喘了两口气，然后把服仙的身子拉起来靠在炕沿上，再揪住她两只僵直的胳膊。这次她咬紧牙关站起来了。

服仙的头在六团的肩膀上摇晃着，后来就抵在了六团的耳朵上。两个女人的头紧紧地贴在一起。六团出的汗弄湿了服仙的头发，六团大口地艰难地喘气，她觉得服仙也跟着她一起喘气。过了一会儿，六团喃喃地说："哎哟我的妈呀，走不动啦，不成啦！"服仙的下巴颏在六团的肩膀上一碰一碰的，头忽然滑向外侧，身子也倾斜过去；六团站住脚，用力地把服仙的身体向上一颠，使她紧紧地贴住自己，这会儿她恨不得服仙和她变成一个人。

月亮被云遮住了，开始时是淡淡的几朵，然后繁衍成一片片棉絮状，越来越浓重地遮蔽了整个天空。田野变得昏暗无光，道路更加幽深狭窄了。六团一步步地走着，她的腿在发抖，两边的高粱如同两堵黑黢黢的高墙，没有尽头。六团昏沉沉地想：天爷，这是到了哪儿呀？恍惚间她觉得自己是处于服仙的位置上，越来越沉重越来越僵硬越来越冰冷，无可阻挡地压倒了一切，把一切压垮。六团翘趄了两步，摔倒在田埂边。而服仙仰面朝天地掀翻在田埂上。

接下来是一段无比静谧的时刻。两个女人的身躯卧倒在湿润的泥土地上。黑暗的波涛在她们头顶上起伏翻卷，那是夜风吹过高粱地。她们仿佛沉没在黑夜的深处，被掩埋起来。

六团的脸贴着泥土，凉森森的，她想这也许是躺在坟墓里吧。坟墓里还有虫子在叫，还有庄稼摇摆的唰唰声，多么让人舒心哪。可这不是真的。她没有死，她知道她并没有死，为什么她不死呢！

六团抬起头，她渐渐分辨出地上服仙的身影，就爬了过去。风吹着服仙的头发，在她的脸上飞扬着，六团声音颤抖地叫道：娘！娘！然后她趴在服仙的身上哭了，一边哭一边把眼泪蹭在服仙又脏又臭的衣服上。风把六团的呜咽呜呜地从黑夜带给黑夜，从原野带给原野，带给无限荒凉之中的冥冥上苍。

后来当六团停止了哭泣，她闻到了一股潮湿的气味，猛然间，她意识到这气味是从水面吹来的。她明白了，那正是拉连河。

铅灰色的大水浮动着，向着天边的微光涌去。仿佛在那里，大地裂开一个口子，拉连河被吸进去了，而且一切的生命都将被吸进去。树木、庄稼和茅草都不由地在为此而簌簌颤抖。

服仙的身体躺在江边，衣服被气流灌得鼓涨起来；急流从她身边卷过，她好像已经急不可待地要随之去了。六团找到了一块大石头，很重，把它搬到服仙近旁。她没有带绳子之类的东西，想想决定用衣服把石头兜起来，然后再捆在服仙的身上。她脱下服仙的裤子，服仙的裤子里都是屎，不过她对此根本视而不见了。天光在她的额头上闪闪发亮，她满头大汗，她知道她要快快地把服仙扔进河里，让她沉入令人眩晕的急流之中。石块又大又重，一条裤子无法把石头捆住，六团就又把衣服从服仙身上扯下来。赤身裸体的服仙在一瞬间使六团心惊胆战，她不由倒退了两步，盯着这具瘦小佝偻的躯体。六团的脸发白了，胸口里一阵恶心，转过身吐了。她冷汗淋淋，哆嗦着再次接近服仙的身体，当她抓住了一只胳膊的时候，她觉得这已不是服仙，而是一个可恶的灰暗的东西。六团努力用衣服和裤子把石头捆住，再和这东西绑在一起。虽然她觉得不够结实，她想：就这么着了。于是她拖着这沉重的东西走了两步；只两步，她系的结就松开了。

天边，大地裂开的口子正在扩大，从裂口中射出灰色的光在加强，而且渐渐掺和进蒙蒙的红色，水面在那光线下从原野上脱颖而出了。大河闪着凝重的光，无声地移动着，那遮蔽万物的夜眼看就要逝去，或者已经逝去了。六团的心在沉重地跳。她还能做什么？她能救出自己而埋葬这个肉体和它所连带的鞠生吗？她必须救出自己，不然鞠生就不能被埋葬。也许六团的脑子还能思想，更大的可能是她不再想什么了，血在身体里流动，这就是思想。随着血液的流动，六团动作了。以渐渐呈现出玫瑰色的黎明为背景，六团脱下了自己身上的褂子，清冽的气流拂过她的皮肤，她不由双手交叉地抱住双肩。这个皮肤灰暗的女人感受到了大自然对她的抚摸，接着她松开双手，站了一会儿，双乳的侧影下垂着，像两个口袋……之后她弯下身去，跪在地上，把自己的衣服加上原来的衣服系在一起，把石头和服仙捆绑在一起，用力捆紧，系成死结。然后她咬牙推动这件沉重的东西，把它推下了拉连河。

随着一声雄鸡的啼叫，天地间迸射出万道异彩，空中的每一朵云都美丽地燃烧起来，整个的天空渐渐地变幻成一块灼热的金子，无边的原野上蒙着一片片粉色的薄雾。

六团沿着江边走着，因为这里有一条不知是通向何方的小路，粼粼波光在她光裸的皮肤上钻石般的闪耀着，她不由得眯起了眼，而且不由得笑了笑。她的面孔呈现出梦幻般的幸福表情，这会儿，她觉得无牵无挂了。太阳刚升起来，现在她的影子还很长很清晰，黑魆魆的在地上自由自在地摇晃移动。

江边的小路在前方拐弯了，拐进了庄稼地。六团就跟着它拐了弯。她的两条光膀子一前一后地甩动着，胸前的两只奶啪嗒啪嗒地拍打着她的肋巴骨，这是六团从未有过的体验。头上是光芒万丈的青天，这也是六团从未有过的早晨。